TOD EINES LUDERS

»Tod eines Luders« ist der vierte Krimi mit Felix aus der Feder des Münchner Künstlers und Autors Martin Arz. Wie schon in »Es ist hingerichtet!«, »7 Tuben Leichenblut« und »Mords Rum
mel« geizt Arz auch hier nicht mit Sex'n'Crime und bitterbösen Seitenhieben.

MARTIN ARZ

Tod eines Luders

BRUNO GMÜNDER

Leuschnerdamm 31, 10999 Berlin
info@brunogmuender.com

Covergestaltung von Gunter Bauer unter Verwendung
eines Fotos von Sam Carson

www.samcarson.com

Druck: Clausen & Bosse, Leck

ISBN 3-86187-594 2

Bitte fordern Sie unseren kostenlosen Verlagsprospekt an!

1

Ich habe geschossen«, rief er atemlos, dann senkte er seine Stimme zu einem rauen, gefährlichen Flüstern. »Vier Schuss, vier Treffer. Er ist umgefallen wie ein nasser Sack. Kannst du dir das vorstellen?!«

Ich konnte und wollte es mir beim besten Willen nicht vorstellen. Ein Schauder krabbelte mir in Zeitlupentempo den Rücken hinunter und eine kalte Hand presste kurz mein Herz zusammen, bevor sie sich um meine Kehle legte, damit ich keinen Ton herausbringen konnte.

Er berichtete weiter: »Weißt du, wir haben das hier als Erstes gelernt … das Schießen, meine ich. Ich hätte nie gedacht, dass mir das Töten so leicht fallen würde.«

Diese Nüchternheit in seiner Stimme.

»So extrem leicht! Vier Schuss. Die haben uns beigebracht, dass man mindestens viermal richtig treffen muss. Sonst erwischt es dich. Verdammt noch mal, verstehst du? Der hätte mich kaltgemacht, ehe ich piep gesagt hätte, wenn ich nicht so schnell gewesen wäre.«

Ich konnte ihn förmlich vor mir sehen, wie er mit rotglühenden Wangen den Telefonhörer fest gegen das linke Ohr drückte.

»Er ist umgefallen wie ein Sack nasser Kartoffeln. Und dann all das Blut. Es hat auf dem glitzernden Schnee so unwirklich hell geleuchtet.« Er verstummte und schnaufte schwer.

»Tut es dir Leid?«, fragte ich in die Stille und zog mir die Decke enger um die Schultern. Schon den ganzen Tag war mir kalt gewesen, doch das Telefonat ließ mir das Blut in den Adern gefrieren. Eben kroch die Gänsehaut wieder von unten an mir herauf.

»Ja, nein, ach, eigentlich nicht«, sagte er nach einem Räuspern und einem Zögern. »Vor zwei Wochen ist eine Studentin aus Frankreich spurlos verschwunden. Man vermutet, dass er sie erwischt hat. Wer weiß, was er mit ihr angestellt hat. Man hat nur ihren blutverschmierten Rucksack gefunden. Und nun habe ich diese Bestie abgeknallt. Richtig abgeknallt.«

»Du Macho«, flüsterte ich in die Telefonmuschel. Die eiskalte Hand in meinem Inneren war in einer plötzlich aufflammenden Glut zum Schmelzen gebracht worden. »Du Teufelskerl.«

»Mehr!«, rief er.

»Blutrünstiger Mörder.«

»Oh, Baby, gib's mir!«

»Killermaschine.«

»Ja, gleich komme ich!« Er prustete lachend.

»Was war das denn überhaupt für ein Gewehr?«, unterbrach ich unsere Vorbereitung für eine Telefonsexorgie. So schnell konnte ich nicht zur Tagesordnung übergehen.

»Wie? Was issn das für 'ne Frage? Ein Gewehr halt. Was weiß denn ich. Es hat sich mir nicht vorgestellt. Die haben am ersten Tag jedem so ein Ding in die Hand gedrückt und uns im Schießstand getriezt und uns eingebläut, die Knarre immer dabei zu haben, wenn wir das Universitätsgelände auch nur einen Millimeter verlassen.«

»Aber er war im Unigelände …«

»Das kannst du laut sagen. Bei den Mülltonnen. Keine zwanzig Meter entfernt ist er plötzlich vor mir aufgetaucht – zack – und ich spürte den Atem des Todes in meinem Nacken.«

Er senkte die Stimme dramatisch und machte eine Kunstpause.

»Im Nacken? Wenn er vor dir auftauchte?«

»Korinthenkacker! Kniefiesler! Vier Schuss, vier Treffer. Hirn, Blut und Eingeweide spritzten in alle Richtungen. Ich sah aus wie Jack the Ripper!«

»Da bist du auch noch stolz drauf?!«

»Jedenfalls bin ich hier nun der Star. Deshalb muss ich auch gleich Schluss machen. Die wollen eine Party mir zu Ehren steigen lassen.«

»Weil du Blut an deinen Händen hast?«, fragte ich.

Ich hörte, wie Emil die Telefonmuschel mit seiner Hand zuhielt und irgendjemandem *»Just a second ... yeah, I'm coming ...«* zurief. Für mich hatte er noch eine kurze Salve von Abschiedsfloskeln übrig: »Ich muss jetzt Schluss machen, tut mir Leid. Die wollen mit mir feiern. Ruf dich morgen noch mal an oder schreibe eine Mail. Ich denk an dich! Ich vermisse dich!«

»Ich dich auch!«, rief ich noch, doch da hatte Emil bereits aufgelegt, um sich für seine Bluttat feiern zu lassen. »Ich denk an dich jede Sekunde«, seufzte ich leise und ließ das schnurlose Telefon neben mich auf das Sofa fallen.

»Wapfbepfomhhpfefepfh?«, fragte Katja.

»Hmpfpfth,« antwortete ich.

Katja hatte während meines Telefonats einen neuen Rekord im Krapfeninsichhineinstopfen aufgestellt. Seit meine beste Freundin Mutter von Zwillingen geworden war, hatte sie einen gesunden Appetit auf Süßes entwickelt, was nicht unbedingt dazu beitrug, dass sie ihre einst gazellenhafte Mädchenfigur wiedererlangte. Da sie mit ihren fast einsachtzig jedoch Modelmaße hatte, verteilten sich die Pölsterchen, wie man so schön sagt, in den langen Seiten. Katja hasste diesen Spruch, musste aber zugeben, dass nun, nach Schwangerschaft, Geburt und anhaltender Fresssucht, ihre Brüste, die vorher Mäusefäustchen geglichen hatten, endlich etwas üppiger geworden. Was ihr gut stand. Katja schluckte den letzten Bissen hinunter und schleckte sich den Zucker von den Fingern. »Sorry, zu lecker diese Krapfen. Also, ich hub zum Behufe der Informationsgewinnung an zu fragen, ob sich etwas Besonderes im fernen, frostgebeutelten Spitzbergen ereignet hat.«

»Allerdings.« Ich schnappte mir schnell den letzten Krapfen, nach dem mein Gast bereits gierig die Hand ausstreckte. »Der gehört mir.« Ich klopfte ihr auf die Finger.

Katja verschränkte schmollend die Arme und zog einen Flunsch. »Erstick dran, Honey«, sagte sie. »Und jetzt sag, was Emil besonderes zu berichten hatte.«

»Er hat nun Blut an seinen Händen.«

»Haben Ärzte das nicht alle?«

»Werden wir ein wenig philosophisch? Ja, wenn sie Leben retten. Nicht wenn sie Leben nehmen«, sagte ich geheimnisvoll. Katja spitzte die Ohren. »Gib dem Mann meines Lebens eine Knarre und er wird zum Jäger. Emil hat doch bei seinem Spitzbergenaufenthalt als allererstes einen Schießkurs machen müssen, wie alle dort. Ist angeblich so üblich. Und nun hat er gestern Abend mal eben einen waschechten, ausgewachsenen – halt dich fest – Bären erledigt. Einen richtigen, lebendigen Eisbären. Mindesten zwei Meter groß und fünfhundert Kilo schwer. Vier Schuss, vier Treffer.«

»Wow!« Katja war ehrlich beeindruckt. Ihre ungläubig aufgerissenen Augen hätten jede japanische Manga-Figur vor Neid erblassen lassen. »Er hat einen Eisbären erschossen? Stehen die nicht unter Naturschutz?«

»Wohl nicht. Zumindest nicht in Spitzbergen. Deshalb haben Emil und die anderen als Erstes Schießen gelernt. Scheint dort öfter zu passieren, dass Eisbären gefährlich nah an menschliche Siedlungen kommen. Und dann heißt es eben er oder ich.«

»Wow!« Katja wiederholte sich. Sie befeuchtete ihren rechten Zeigefinger und tupfte den Zucker auf, den die Krapfenberge auf ihrem Teller hinterlassen hatten. »Einen Eisbären. Drei Meter und achthundert Kilo Kampfgewicht. Kriegt er den jetzt? Ich meine, den kann man doch ausstopfen oder so. Oder noch besser: Das Fell vor den Kamin legen. Macht sich vor allem fototechnisch hervorragend. Ich komme dann mit meinen Kleinen und knipse sie klassisch auf dem Eisbärenfell.« Sie klatschte begeistert in die Hände. »Und aus dem Fleisch kann man leckeren Bärenschinken machen.«

»Und aus Krallen und Zähnen schicke Ketten, oder?«, fragte ich sarkastisch. »Ein wenig Zierrat für die Damen?«

»Sicher. Endlich denkst du mit.« Katja ließ sich nicht aus dem Konzept bringen. »In diesem Fall können wir den Bär sehr wohl verteilen, denn er ist ja erlegt.«

Ich legte so viel Unverständnis wie möglich in meinen Blick.

»Verstehst du? Das bekannte Sprichwort …«, fuhr sie fort. Ich schaffte es, noch eine Prise absolutes Desinteresse in meinen Blick zu packen.

»Okay«, seufzte sie. »Vergiss es. Ist wohl nicht der richtige Zeitpunkt, um den Bären aufzuteilen. Nimmt dich ganz schön mit, was?«, meinte sie mitfühlend.

»Das kannste laut sagen«, antwortete ich. Tatsächlich nahm es mich mit, dass der Mann, den ich als sanftmütigen, eher schüchternen Feingeist kannte, der alte Teesamoware sammelte und sich an coolem Jazz ergötzen konnte, dass ausgerechnet dieser Mann einen Eisbären mit vier sauberen Schuss niedergestreckt hatte. Eine blutrünstige Bestie, der erst kurz vorher eine Französin verspeist hatte. Und nun feierte dieser Mann, den ich liebte, in der eisigen Dunkelheit Spitzbergens mit irgendwelchen Medizinern eine Alkoholorgie. Der Mediziner als solcher gilt bekanntlich als trinkfest.

»Dr. Emil Eichendorfer, der Arzt, dem die Eisbären nicht trauen«, witzelte Katja, doch es gelang ihr nicht, mich dadurch auf meinen trüben Gedanken zu reißen.

Es war ohnehin nur eine Fügung des Schicksals gewesen, dass Emil an dem zehntägigen so genannten Fortbildungsseminar in Spitzbergen, das ein renommiertes schweizerisches Pharmaunternehmen ausrichtete, teilnehmen konnte. Eigentlich hätte sein Chef ins nördlichste Norwegen reisen sollen. Doch der hatte sich kurz zuvor bei einem fünftägigen, ebenfalls so genannten Fortbildungsseminar in Saas Fee, zu dem ein bekanntes deutsches Pharmaunternehmen geladen hatte, das rechte Bein gebrochen. Er hatte es wohl versäumt, sich gebührend auf das Seminar, bei dem die Einführung eines neuen Medikamentes gegen Blasenschwäche offiziell im Mittelpunkt stand, vorzubereiten. Ohne Skigymnastik sollte man eben nicht die Wintersaison auf dem Gletscher von Saas Fee eröffnen. Also wählte der Chefarzt der Chirurgie im Münchner Krankenhaus Bogenhausen unter allen hoffnungsvollen Ärzten in seiner Abteilung ausgerechnet Emil als Vertretung für zehn Tage Polarnacht. Zwar unterhält die Universität von Tromsö auf Spitzbergen nur ein Institut für Klimaforschung und noch dazu ist die Insel im Winter für Touristen eigentlich nicht zugänglich, doch was ist das schon im Angesicht der obszönen Summen, die ein Pharmariese springen lässt, um sein neuestes Präparat zur Blutgerinnung eindrucksvoll der Zielgruppe näher zu bringen. Die Schweizer wussten zu klotzen, wo andere nur kleckerten. Karibik-Kreuzfahrt oder Skiwochenenden in Aspen – alles pillepalle. Während sein Chef sich vor Ärger am Gesäß knabberte, genoss Emil einen kostenlosen Luxustrip in vierundzwanzigstündige Dunkelheit – eindrucksvolles Polarlicht, Schlittenhundefahrten, Schießtraining und anschließendes Heldentum dank Bärenabknallen inklusive. Beneidenswert! Oder eben nicht. Ich zog mir die flauschige Decke über die Ohren. Da war wieder die kalte Hand in meinem Inneren, die mir die Eingeweide zusammenschrumpfen ließ. Weniger, weil mein Herzblatt am Ende der Welt in einem Ort namens Ny Ålesund einen possierlichen Teddybären kalt gemacht hatte (vier Schuss und so weiter), sondern vielmehr, weil selbiges Herzblatt beinahe ein körperwarmer Mitternachtssnack für eine menschenfressende, blutgeile Eisbestie und somit kuscheliger Magennachbar einer französischen Studentin geworden wäre. Die neue Abenteuersportart: Extreme Müllraustraging … Moment mal!

»Was in Dreiteufelsnamen hat der Kerl eigentlich bei minus dreißig Grad und fünf Meter Schnee draußen bei den Mülltonnen verloren?!«, rief ich misstrauisch und fegte die Decke beiseite.

»Am Ende gar: den Müll raustragen«, schlug Katja, wie immer viel zu nüchtern denkend, vor.

»Bei Eissturm und minus fünfzig Grad? Nein, da steckt was anderes dahinter.«

»Cruisen im Packeis. Poppen mit Eiszapfen. Voll cool.« Katja lachte.

»Und warum geht er mit der Knarre raus?« So schnell gab ich mich nicht geschlagen.

»Weil er zum Schuss kommen wollte«, kreischte Katja und kringelte sich ein wenig vor Lachen.

»Abfall raustragen! Pah, die Schweizer pampern die doch von vorne und hinten. Bestimmt gibt es dressierte Pinguine als Müllabfuhr.«

»Eben nicht.« Katja wischte sich die Lachtränen trocken. »Pinguine gibt's nur am Südpol, wie wir alle wissen.«

»Klugscheißerin! Geh doch zu *Quizzen ist Trumpf.*« Merke: Lade nie deine beste Freundin zum Krapfenessen ein, wenn dein Freund auf Eisbärenjagd ist.

»Wer von uns beiden bewirbt sich denn ständig bei *Quizzen ist Trumpf?* Völlig erfolglos, wenn ich das mal betonen darf! *Definitely not me!*« Sie spielte darauf an, dass ich täglich einmal die Kandidatenhotline der Quizshow anrief und brav Fragen nach der Hauptstadt der Niederlande und dem französischen Präsidenten per Telefontastendruck beantwortete – und das seit exakt fünf Monaten. Vorhin hatte ich ihr erst die Ohren vollgejammert, dass mich die erfolglose Bewerberei finanziell ruinierte – bei einem Euro und sechsundvierzig Cent pro Anruf.

»Na, wenigstens ist mal wieder was los hier.« Katja hatte sich wieder im Griff. »Du entwickelst erneut detektivisches Gespür, wenn auch völlig fehlgerichtet. Hach, das waren noch Zeiten, als die Kripo ohne unsere Hilfe völlig aufgeschmissen war.« Sie ging nahtlos dazu über, ihre heroischen Taten und ihr kriminalistisches Gespür in den schillerndsten Farben zu schildern. Bei den drei Fällen, in denen wir schon gemeinsam der Polizei Konkurrenz gemacht hatten, gab es ihrer Ansicht nach selbstverständlich nur eine Person, die wirklich zählte: Sie – Katja Bremer, Magisterin der evangelischen Theologie, Mutter reizender Zwillinge und daher momentan babypausende Kundenberaterin einer

Werbeagentur sowie Gattin des angesagtesten männlichen Top-Models. Und wenn mal nicht sie den Fall gelöst oder mir das Leben gerettet hatte – was zugegebenermaßen bei unserer letzten Aktion tatsächlich so gewesen war, als sie, hochschwanger, mich in buchstäblich letzter Sekunde den Klauen eines psychopathischen Massenmörders entrissen hatte –, dann war es eben ihr Ehegespons, ohne den ich längst sämtliches Wurzelgemüse von unten betrachten könnte. Zweifelsohne kam ich in ihrer kleinen Revue viel zu schlecht weg. »Und deshalb«, so schloss Katja ihre kräftig stinkenden, weil eigenlobenden Ausführungen, »hoffe ich inständig, dass wir bald mal wieder eine Leiche oder so was am Hals haben. Es ist einfach viel zu fade in den letzten Monaten gewesen!«

»Abgesehen davon, dass du Zwillinge geworfen hast, dein Gatte alle Titelblätter beherrscht und nun auch Hollywood erobert, mein Gatte Bären tötet und ich mal eben arbeitslos bin«, sagte ich mit einem Seufzen. »Hast Recht, es waren die fadesten Monate unseres Lebens.«

»Es muss einfach mehr geben, als Windeln wechseln!« Katja verdrehte die Augen. »Das kann doch nicht schon alles gewesen sein?! Das bisschen Leben – der Führerschein?!«

»Klau nicht bei Erika Pluhar!«

»Ein paarmal Love Parade, eine Alkoholvergiftung, zwei Kinder und drei Kriminalfälle. Ach ja, und dann war da noch der dreitägige Horrortrip, den ich von dem gepanschten Scheißzeug hatte, das mir mal ein Italiener andrehte. Aber ich rede immer nur von mir – wobei ich dieses Thema zugegebenermaßen äußerst spannend finde. Was macht die Jobsuche, Felix?«

Ich winkte müde ab. »Lass uns lieber weiter von dir reden. Die Prinzessin hat gestern mal angerufen, und mir eine kleine Aufgabe – wie sie es auszudrücken geruhte – in Aussicht gestellt, aber da ist noch nix fix. Und du weißt ja, dass ich auf Schick und Mick keine rechten Böcke habe.«

»Die Prinzessin, dass die in ihrem Alter überhaupt noch arbeitet … Mach halt eine Detektei auf«, schlug Katja vor. »Da hast du Erfahrung und außerdem bist du ja ein Leichenspürhund *par excellence.*«

»Du willst ja bloß meine rechte Hand werden und was erleben.«

In diesem Augenblick klingelte es. Ich erwartete niemanden. Draußen war es am hellichten Nachmittag stockdunkel geworden, Schneeregen trommelte gegen die Fensterscheiben. Da sich alle zwei Sekunden irgendein Prospekt- oder Zeitungsverteiler gegen die Klingelanlage lehnte und auf Einlass hoffte, reagierte ich nicht. Wer wirklich zu mir will, muss standfest sein und mindestens zweimal läuten. Katja war eben dabei auszuführen, dass selbstverständlich sie Herz und Hirn der Detektei sein würde, wo hingegen ich als subalterner Mann fürs Grobe bei ihr in Lohn und Brot stehen würde, als es das zweite Mal läutete. Also gut, ich gewährte Einlass. Dem harten Klacken der Schuhe im Treppenhaus nach zu urteilen, schien sich eine Frau die Stockwerke zu mir hochzuarbeiten. Es war wie bei diesem Spruch vom Teufel, kaum redet man von jemandem, schon ist er da. Die Prinzessin erklomm deutlich abgekämpft und heftig japsend die vier Etagen zu mir. Hätte sie nicht ihren schweren, bodenlangen Nerzmantel getragen, würde sie das Treppensteigen sicher nicht so mitgenehmen.

»Der Winter kommt erstaunlich früh, nicht wahr? Es ist doch gerade erst Oktober. Und kein Wort über meinen Mantel, Kleiner«, begrußte sie mich schwer atmend. Sie spielte auf unsere früheren Auseinandersetzungen an, welche sich um ihre Vorliebe für echte Pelze drehte, die ich nur sehr bedingt gutheißen konnte. »Ich habe so was noch in Leopard, Gepard und Ozelot zu Hause. Natürlich echt. Und du weißt genau, dass ich mich nicht scheuen würde, die Dinger auch anzuziehen.«

»Und sei es nur, um mich zu provozieren«, antwortete ich schmunzelnd und deutete einen Handkuss an.

Isabella Prinzessin zu Badenstein-Fürengroot-Badenstein, Münchens Society-Königin und unangefochtene First Lady der PR-Branche, lachte herzlich. »Stimmt«, sagte sie, während sie sich mit wehendem Mantel in mein Wohnzimmer begab. Ihr Atem rasselte erschreckend, so sehr hatten sie die Treppen mitgenommen. »Mit meinem Jaguarjäckchen habe ich dich ja mal ganz schön auf die Palme gebracht.«

»Ach«, ich zuckte mit den Schultern, »du weißt ja, ich habe auch einen echten Pelz – alle vier Wochen bei Vollmond.«

»Nicht nur du! Kleiner Lycantrop.« Schlagfertig war die Prinzessin schon immer. »Das ist übrigens ein Werwolf.«

»Ich weiß, dass ein Lycantrop ein Werwolf ist. Nein, im Ernst. Nächste Saison werde ich dich mit einem echten Eisbärmantel ausstechen. Emil hat schon mal die Jagd aufgenommen.«

»Interessant, davon musst du mir unbedingt berichten.« Die Prinzessin hatte es sich auf meinem Sofa bequem gemacht. »Allerdings später, mein Lieber, später.« Die Art, wie sie das sagte, ließ keinen Zweifel daran, dass sie meine packenden Neuigkeiten nicht die Bohne interessierten, weder jetzt noch später. »Entschuldige, Kind«, sie beugte sich zu Katja hinüber und hauchte ihr zwei Begrüßungsbussis auf die Wangen. »Ich habe dich fast übersehen! Aber gut, dass du auch da bist. Wie geht es deinem hinreißenden Mann? Ich finde ja, er sieht mit jedem Werbeplakat besser und erotischer aus! Diese neue Kampagne für … Dings, ach Kinder, ihr wißt schon … einfach animalisch! Da wäre ich gerne noch einmal fünfundzwanzig! Ganz zu schweigen von seinem sensationellen Gastauftritt in dieser Serie, na, *Sex and the City*, richtig. Sensationell! Die Medien waren voll davon. Warst du nicht ein klein wenig eifersüchtig, als du ihn mit dieser aparten Sarah Jessica Parker durch die Betten hast hüpfen sehen? Du musst so unglaublich stolz auf ihn sein. Und die Kinder? Alle wohlauf?« Die Prinzessin plapperte vor sich hin, schnell die nötigsten Höflichkeiten abhakend und keine Antworten erwartend, bevor sie auf den Grund ihres Besuches zu sprechen kam. »Gut, gut. Ich weiß gar nicht, wo ich anfangen soll. Die Ereignisse überschlagen sich gerade.« Sie fächelte sich mit der behandschuhten Hand Luft zu. Ich begriff.

»Etwas Tee?«, fragte ich daher.

»Danke, mein Kleiner.« Die Prinzessin hatte es sich schon bei unserer ersten Begegnung zur Angewohnheit gemacht, mich »Kleiner« zu nennen, dabei fehlen bei mir nur wenige Zentimeter bis zu den magischen Einsneunzig. Wir hatten uns damals während der Oktoberfestzeit kennen gelernt, als ich mit Katja und Gatten auf der Suche nach einem wahnwitzigen Massenmörder war, der die turbulente Kulisse der Wiesn für seine erbarmungslosen Metzeleien nutzte. Die Spur, die wir verfolgten, hatte uns in den mehr oder weniger erlauchten Umkreis der Prinzessin geführt. Seitdem kreuzten sich unsere Wege häufig. Und sei es nur, weil die alte Dame seit einiger Zeit Katjas Ehemann Archange Angeletti, seines Zeichens männliches Top-Model aller Top-Models, als PR-Beraterin betreute und seine Karriere in schwindelerregende Höhen getrieben hatte. Als eine der wenigen Münchner Gesellschaftslegenden entstammte Isabella zu Badenstein-Fürengroot-Badenstein nicht nur von Geburt höchstem Adel, was sie die zahllosen Adoptionsprinzleins deutlich spüren ließ, sie war auch eine der noch selteneren Gesellschaftslegenden, die die altmodische Ansicht vertraten, dass harte Arbeit adelt. Also betrieb sie trotz ihres hohen Alters, sie hatte die Siebzig schon weit hinter sich, weiterhin eine renommierte Public-Relations-Agentur, die sich im wesentlichen auf die Förderung (und nicht selten auch auf die Zerstörung) von Karrieren spezialisiert hatte.

»Felix von Schwind«, sagte die alte Dame plötzlich in schelmisch-tadelndem Tonfall zu mir, nachdem sie einen Schluck Tee zu sich genommen hatte, »ich dachte, ich hätte mich schon bei unserer ersten Begegnung deutlich ausgedrückt!«

»Äh, ich verstehe nicht ganz?«, antwortete ich verdutzt. Auch Katja zog fragend die Augenbrauen hoch.

»Ich habe dir schon damals einen Posten in meiner kleinen Firma angeboten«, sagte sie. »Nun ist mir zu Ohren gekommen, dass du momentan Kapazitäten frei hast.«

»So kann man es auch nennen«, antwortete ich. Ich hatte Katja doch eingeschärft, dass sie der Prinzessin gegenüber meine momentane Erwerbslosigkeit nicht erwähnen sollte. Verräterin.

»Schau Katja nicht so strafend an. Sie hat es mir nicht gesagt. Es war dein Vater. Es ist mir schleierhaft, weshalb du dich nicht sofort an mich gewandt hast. Du hast schließlich einen gewissen Lebensstandard, den du wahren musst, nicht wahr? In Zeiten wie diesen müssen wir zusammenhalten.« Sie hob abwehrend die Hand, weil ich zum Sprechen ansetzte. Sie wollte von mir weder eine Rechtfertigung, warum ich mich nicht bei ihr gemeldet hatte, noch eine Erklärung dafür, warum ich überhaupt Kapazitäten frei hatte. »Wie bereits erwähnt, habe ich momentan etwas viel um die Ohren und bräuchte dringend kompetente Unterstützung in meinem kleinen Team. Du bist jung, siehst gut aus, hast gute Umgangsformen und bist nicht auf den Kopf gefallen. Genau so jemand suche ich.«

»Prinzessin«, wehrte ich ab. »Du brauchst mir nicht um den Bart gehen. Du weißt, ich habe kein Interesse an den Kreisen, für die du tätig bist. Ein Promi in Gestalt von Katjas Gatten im Bekanntenkreis reicht mir völlig. Ich glaube daher nicht, dass ich die kompetente Unterstützung für dein Team bin.«

»Ehrlich, wie immer.« Die alte Dame lehnte sich zufrieden lächelnd zurück. »Genau das brauche ich. Und um dir die Entscheidung leichter zu machen, sollten wir erst mal über dein Gehalt reden. Ich biete dir zunächst eine projektbezogene Zusammenarbeit an. Die Arbeitsstunden sind flexibel bis unorthodox, ebenso ist es das Aufgabengebiet. Dafür bekommst du ein pauschales Honorar. Solltest du danach noch Lust haben, für mich zu arbeiten, und davon gehe ich aus, können wir neu verhandeln. In Ordnung?«

»Ich weiß nicht«, zauderte ich. Ich hatte keine Lust. Andererseits brauchte ich dringend einen Job. München, die boomende Stadt der New Economy und Medienhochburg – *tempi passati*. Selbst der BND zog nun weg. Mieten zahlten sich nicht von selbst. »Sag mir erst, wie hoch die Pauschale sein soll.«

Isabella zu Badenstein nannte einen Betrag, für den ich schon in D-Mark am hellichten Mittag auf dem Marienplatz nackt einen Kopfstand gemacht hätte. In Euro erst recht. Also verschweige ich ihn hier besser. »Gut«, sagte ich mit trockener Kehle, »wen soll ich dafür umlegen?« Denn um etwas anderes als Auftragsmord konnte es bei dieser Summe nicht gehen.

»Das, mein Lieber, ist nun wirklich nicht unbedingt nötig«, sagte die Prinzessin kryptisch. Ihr Blick verdunkelte sich. »Du sollst uns nur für ein kleines und pikantes, nun, nennen wir es mal, äh, Ablenkungsmanöver zur Verfügung stehen. Mehr nicht. Felix – und natürlich auch Katja – sagt euch der Name Mona Wenzel etwas?«

2

Mona Wenzel stand neben dem lodernden Kamin und starrte vor sich hin. Sie rauchte Kette, Mentholzigaretten light, von dem Augenblick an, als wir in ihrer Straßlacher Villa eingetroffen waren. Die Prinzessin hatte Katja und mich einfach in ihren vor meinem Haus wartenden Mercedes gepackt und ihren Chauffeur angewiesen, sofort zu dem Anwesen der ebenso beliebten wie berühmten Schauspielerin Mona Wenzel zu fahren. Der heftige Graupelsturm, der den Tag verdunkelt hatte, hatte sich schnell ausgetobt, die Straßen waren wieder frei. Die Wenzel residierte in Straßlach, einem winzigen Dorf im Süden von München, in das sich jene Schönen und Reichen zurückzogen, dic es nicht mehr nötig hatten, im benachbarten Grünwald oder einem anderen Münchner Promiwohngebiet auf dem Präsentierteller der Klatschpresse zu sitzen. Wer hier in Diskretion lebte, hatte es wirklich geschafft. So wie Mona Wenzel, TV-Liebling der Nation seit den siebziger Jahren des vorigen Jahrhunderts. Sie verkörperte in zahllosen Serien niemand anderes als sich selbst, die patente, frisch-forsche Gutfrau mit dem Herz am rechten Fleck, und eben dies brachte ihr den Titel Quoten-Queen ein.

Früher war sie mal hübsch, jetzt war sie geliftet, doch sie stand beim deutschen Mann angeblich immer noch auf Platz sieben der »Mit welcher Frau würden Sie gerne eine Nacht verbringen?«-Liste. Mona Wenzel, demnach siebtgeilste Braut der Nation, sog gierig an ihrer Zigarette und warf mir einen müden, aber misstrauischen Blick zu.

»Der da? Seid ihr sicher, dass das klappt?«, fragte sie dann mit schleppender Zunge und deutete mit einer fahrigen Handbewegung auf mich. Sie hatte getrunken. Kein Wunder. Mir fiel außerdem auf, dass sie Hochdeutsch sprach. Ich (und das restliche TV-Deutschland) kannte sie nur als ständig sprachlich knapp am Komödienstadel vorbeischrammende Vorzeigebajuwarin.

»Sicher«, antwortete die Prinzessin, die sich auf dem Zweisitzer aus weißem Leder niedergelassen hatte, der mit einem Dreisitzer und einer Chaiselongue den Mittelpunkt in dem großzügigen und geschmackvoll eingerichteten Wohnraum bildete. Alle Sitzgelegenheiten waren belegt. Katja und ich kauerten auf der Chaiselongue, neben der Prinzessin saß eine leitende Mitarbeiterin ihrer PR-Agentur, die sich eifrig Notizen machte: Penelope Kazmarek, schön, elegant, damenhaft, blond, kühl – eine tiefgefrorene Version von Grace Kelly, mit dem seelenlos-eisigen Blick einer Nicole Kidman.

Auf dem Dreisitzer hockten wie wachsame Geier drei weitere Teilnehmer dieser abendlichen Runde: Da war der Anwalt von Mona Wenzel, der ausgerechnet und unvermeidlicherweise auch gleichzeitig mein Vater sein musste. Ich war letztlich kaum erstaunt gewesen, ihn hier zu treffen: Dr. Heinrich von Schwind, Anwalt der Reichen und Durchtriebenen, der so manch verlogenem Amigo den Arsch aus dem schwarzen Sumpf gerettet hatte. Neben meinem Vater saßen die persönliche Assistentin von Mona Wenzel, eine glotzäugige Giraffe namens Gudrun Nachtweih, sowie der Gatte des Stars, Thomas Gebrecht, der nun das Wort ergriff.

»Habe ich Sie recht verstanden, Isabella«, sagte er zur Prinzessin gewandt. Thomas Gebrecht mochte Mitte fünfzig sein, er war ein großer, schlanker, markant-attraktiver Mann, bei dem es auch nicht störte, dass seine Geheimratsecken einander in der Mitte berührten. Er strahlte eine distinguierte Ruhe aus und sprach langsam und deutlich. »Der junge Mann hier«, er deutete auf mich, »Herr von Schwind soll den Liebhaber meiner, ... von Fräulein Klein spielen?« Er drehte sich zu der jungen Frau um, die sich bisher im Hintergrund gehalten hatte und wie ein gefangenes Raubtier in der Zimmerecke nervös hin- und hertigerte. Sie war eine hübsche, sehr üppige Blondine, die nach gängiger Schönheitsdoktrin als dick gegolten hätte, doch die Pölsterchen standen ihr gut. »Ich glaube nicht, dass das eine gute Idee ist.«

Er sprach mir damit aus der Seele, doch niemand beachtete ihn, denn Mona Wenzel legte einen bühnenreifen Auftritt hin. »Und ich glaube nicht, dass es von dir eine gute Idee war, mich mit diesem fetten Flittchen zu betrügen«, schrie sie mit überschnappender Stimme. »Und dass du auch noch diese ... diese Hure in mein Haus bringst!« Sie brach in Tränen aus. »Du kannst froh sein, wenn ich ...« Mein Vater war aufgesprungen und legte seiner schluchzenden Mandantin beruhigend den Arm um die Schultern.

»Sie sollten jetzt nichts Unbedachtes sagen, Frau Wenzel«, sagte er. »Dass Ihr Mann Sie mit Frau Klein so schändlich hintergangen hat, ist natürlich unerträglich. Doch unabhängig von allen juristischen Konsequenzen sollten wir gerade jetzt nicht aus den Augen verlieren, dass es hier um etwas viel Wichtigeres geht, als nur um Ihre sehr zu recht verletzte Seele. Es geht um Ihre Karriere, Frau Wenzel. Sie sind ein großer Star und wir müssen aufpassen, dass Ihnen eine mögliche Schlammschlacht nicht schadet. Erinnern Sie sich bitte an die Affären Becker, Glas-Teewag, Rummenigge oder Kahn. Höchst unerfreulich. Sobald Prominente Ehezwistigkeiten haben, stürzt sich die Presse drauf. Das sollten wir besser hinkriegen, nicht wahr?« Mein Vater war zur charmant-schleimigen und gleichzeitig väterlich-autoritären Höchstform aufgelaufen. Ich kannte diesen Tonfall nur zu gut – bei mir verursachte er Brechreiz, bei Klientinnen hingegen Schmachtanfälle. So auch bei Mona Wenzel. »Ich denke daher, wir sollten uns den Vorschlag von Prinzessin zu Badenstein durch den Kopf gehen lassen«, schloss mein Vater.

Die Schauspielerin schniefte und zündete sich eine neue Zigarette an. »Okay«, sagte sie und streckte das Kreuz durch. »Natürlich. So etwas wie die arme Uschi würde ich nicht durchstehen. Sie ist ja so tapfer gewesen.« Das Mitgefühl, das sie nun für ihre Kollegin und (wenn man der Klatschpresse glauben darf – aber wer tut das schon?) Intimfeindin Uschi Glas zur Schau stellte, war so falsch wie ihre hohen Wangenknochen.

»Fassen wir zusammen: Mein Mann, Thomas Gebrecht, dieses erbärmliche Schwein, hat ein Verhältnis mit diesem kleinen Luder, das auch noch Klein heißt. Passend, sehr passend.« Blitzschnell ergriff Mona Wenzel einen der beiden silbernen Kerzenständer, die auf Kaminsims standen und schleuderte ihn in Richtung des vermeintlichen Luders. Die wich dem Geschoss mit Leichtigkeit aus, der Kerzenständer prallte gegen eine Biedermeierkommode und hinterließ eine tiefe Kerbe im Holz. »Und da soll ich einem Ablenkungsmanöver zustimmen, dessen Inhalt ich immer noch nicht kapiert habe«, fuhr sie dann mit bebender Unterlippe fort.

»Ehrlich gesagt«, flüsterte mir Katja zu, »habe ich das alles auch noch nicht kapiert. Du?«

»Nö«, flüsterte ich zurück. Die Prinzessin hatte uns auf der Fahrt nach Straßlach nur erzählt, dass ein Hauptteil meiner Aufgabe darin bestehe, für die Öffentlichkeit den Liebhaber einer jungen Dame zu markieren. »Aber bei der Kohle, die mir die Prinzessin zahlt, brauche ich auch nichts zu kapieren.«

»Mona, mein Kind«, sagte die Prinzessin, hustete rasselnd und fuhr sich mit ihrer perfekt manikürten rechten Hand leicht durch die nachtschwarz gefärbten Haare. »Morgen wird die Öffentlichkeit über eure Eheprobleme informiert. Ein schwerer Fehler, dass ihr heute früh selbständig die Details über den Ehebruch und die bevorstehende Scheidung an die Medien gegeben habt! Da wart ihr leider nicht so gut beraten.«

»Durchlaucht«, sagte die Star-Assistentin Gudrun Nachtweih mit giftigem Unterton. Sie konnte ihre Stutenbissigkeit nicht verbergen, denn sie sah in der Prinzessin sowie deren Mitarbeiterin Penelope Kazmarek keine Kolleginnen, sondern Konkurrentinnen. »Wir hatten da noch unter dem Schock der Entdeckung gehandelt, dass Herr Gebrecht mit seiner Gespielin hier im Haus genächtigt hat. Ich wollte Mona …«

»Sicher wollten Sie, meine Beste«, antwortete die Prinzessin mit herablassender Freundlichkeit. »Niemand macht Ihnen Vorwürfe für das, was Sie *wollten.«* Sie watschte die Nachtweih regelrecht ab. »Nun werden wir gemeinsam die Dinge etwas zurechtrücken, damit niemand Schaden nimmt, nicht wahr?«

»Darf ich mal?«, ging ich dazwischen, weil ich meine Gedanken sortieren wollte und keine Lust auf ein sinnloses Geplänkel zweier Giftspritzprofis hatte. »Soweit ich bisher verstanden habe, haben Sie, Herr Gebrecht, ein Verhältnis mit Frau Klein, richtig?« Niemand nickte, doch ich ließ mich nicht beirren. »Das ist aufgeflogen und Ihre Frau, Mona Wenzel, will sich nun von Ihnen trennen. Deshalb hat sie ihre Assistentin beauftragt, pikante Details über Sie und Frau Klein an die Medien zu geben, richtig?« Endlich nickte die Prinzessin seufzend. »Was für Details? Kompromittierende Fotos? Namen?«

»Sowohl als auch«, antwortete Gudrun Nachtweih und verdrehte gelangweilt die Augen.

»Unsinn«, rief Thomas Gebrecht. »Es gibt keine kompromittierenden Fotos von Fräulein Klein und mir!«

»Glaubst du!«, spukte Mona Wenzel regelrecht aus.

»Gut«, sagte ich. »Ursprünglich war also eine kleine Schlammschlacht über die Yellow Press gedacht, die bis zur Scheidung die Öffentlichkeit unterhalten sollte, oder? Brot und Spiele.« Diesmal nickten alle, selbst die Ehebrecherin Frau Klein, deren Vorname bisher immer noch nicht gefallen war. »Nun ist Frau Klein, äh, wie heißen Sie eigentlich mit Vornamen?«

»Sandra«, sagte die Angesprochene mit scheuem Lächeln.

»Nun ist Sandra Klein namentlich und mit Fotos der Klatschpresse bekannt. Ebenso die geplante Scheidung. Habe ich das richtig verstanden? Aber jetzt soll alles, was heute früh an die Presse ging, morgen als Ente dargestellt werden. Als dummes Gerücht.«

»So ist es.« Zum ersten Mal sagte die bisher schweigsame Penelope Kazmarek etwas. Sie mochte Mitte dreißig sein, in etwa meine Generation, vielleicht auch ein klein wenig älter. Sie sah von ihrem Notizblock auf. Ihre blauen Augen waren kalt wie die Polarnacht, in der mein Emil seinen Bären erlegt hatte. Ihre Stimme klang unangenehm, scharf, gewohnt Befehle zu geben, denen nicht widersprochen wurde. Ich konnte sie schon vom ersten Augenblick an nicht ausstehen. »Zur Zeit ist Flaute auf dem Klatschmarkt. Und da momentan nicht mal unsere amerikanischen Freunde ein Land überfallen wollen, wird sich die Öffentlichkeit begierig auf den Skandal aus dem Hause Wenzel stürzen. Wir dementieren auf ganzer Linie. Sie spielen nun den Lebensgefährten von Frau Klein, Herr von Schwind. Wir werden Fotos machen lassen. Eindeutige Fotos. Sie werden sich in den nächsten Tagen medienwirksam treffen. Wir arrangieren das alles. Von einem Ehebruch im Hause Wenzel-Gebrecht wird dann erst einmal keine Rede mehr sein. Wir werden alles sehr dezent regeln. Sind so weit alle einverstanden?«

»Langsam.« Die Frau machte mich wütend. Und außer mir schien niemand aufzufallen, dass die Geschichte vorne hinkte und hinten einen Rollstuhl brauchte. »Die Infos an die Presse sind doch schon rausgegangen. Nun zurückrudern, macht doch alles noch komplizierter! Wie wäre es, wenn Sie Ihre Kontakte spielen lassen, und die Medien um ein Stillhalteabkommen oder so was bitten?«

»Herr von Schwind«, sagte die Kazmarek ohne mich anzusehen, »Sie sollen uns unterstützen, Frau Wenzel aus den Negativschlagzeilen zu halten. Wir haben, bevor Sie eingetroffen sind, bereits mit Ihrem Vater, Herrn Gebrecht und Frau Klein alles besprochen. Ich werde Ihnen gerne ein Gesprächsprotokoll zukommen lassen, wenn Sie wollen. Alles, was Frau Wenzel nutzt, werden wir unternehmen. Mag die Öffentlichkeit rätseln, was nun an der Sache zwischen Herrn Gebrecht und seinem Luder dran ist, wichtig ist nur, dass es keine mediale Schlammschlacht gibt.«

»Luder?«, fragte Katja ungläubig. »Entschuldigen Sie bitte, aber die betreffende Dame ist anwesend!«

»Frau Klein«, fuhr die kalte Kazmarek emotionslos fort, »wird den Medien als Faschingsluder verkauft ...«

»Faschingsluder?!«, schrie Katja fassungslos und tippte sich an die Stirn.

»Ich war mal Faschingsprinzessin«, sagte Sandra Klein mit einem entschuldigendem Lächeln. »Und bald ist Halloween. Da lag es nahe.«

»Die Bezeichnung ist ebenso vertraglich festgelegt wie ihre Rolle«, riss Penelope Kazmarek das Gespräch wieder an sich.

»Kann es sein, dass ich hier im falschen Film bin?«, fragte ich. »Ich soll also mit einem Faschingsluder um die Häuser ziehen. Und wer bin ich? Der Faschingsluder-Hengst? Das ist doch alles Lug und Trug!«

Penelope Kazmarek lachte blasiert. Auch Gudrun Nachtweih verzog den Mund zu einem schiefen Grinsen, reckte den Giraffenhals und schüttelte den Kopf. »Das, Herr von Schwind, lassen Sie mal ganz allein unsere Sorge sein«, sagte die Kazmarek. »Im Übrigen wird Ihr Name und alles weitere zu Ihrer Person nicht bekannt gegeben. Außer Sie legen Wert darauf, was ich mir nicht vorstellen kann. Sie brauchen auch keine Angst vor Paparazzi zu haben, denn ein Luder ist keine A-Prominenz. Niemand berichtet über Luder, außer sie drängen sich in die Öffentlichkeit. Wir arrangieren das. Das läuft so in der Luderlobby. Die Medien interessieren sich in der Regel für nichts, auf das sie nicht mit der Nase gestoßen werden. Machen wir uns nichts vor, die Öffentlichkeit will belogen werden. Am liebsten belügt sie sich sogar selbst. Nehmen Sie die Fälle Sedlmayr, Gildo oder Mercury. Jeder Medienschaffende wusste, dass sie homosexuell waren, doch wurde nie darüber berichtet. Und kaum waren sie tot, taten alle so, als seien sie über die Enthüllungen zutiefst schockiert. Erzählen Sie mir nicht, das sei neu für Sie. Sie haben doch auch jahrelang in der Werbebranche gearbeitet. Da müssten Sie den freizügigen Umgang mit der Wahrheit gewohnt sein, oder irre ich mich, Herr von Schwind?« Sie sah mich mit ihren hellblauen Augen provozierend an. Ich verspürte den dringenden Wunsch, ihren Kopf in eine Toilette zu tauchen. Eine verstopfte Toilette. Dazu musste ich aber erst einmal die Örtlichkeit finden und für die Verstopfung sorgen. So entschuldigte ich mich und ging nach draußen.

• • •

Die Villa der Schauspielerin war im toskanischen Stil gebaut, der Grundriss fast quadratisch. Vom Entree gelangte man direkt in den großzügigen Salon, in das Speisezimmer, ein Arbeitszimmer sowie eine Bibliothek, zudem führte eine breite Treppe in das obere Stockwerk. An den Wänden hing großformatige moderne Kunst. Links und rechts neben der Eingangstüre gab es je eine geschlossene Tür. Hinter der einen musste sich die Küche, hinter der anderen die Gästetoilette verbergen. Ich wollte eben die linke Tür ausprobieren, als von der Treppe ein fiepsendes Geheul erklang und ein Schreckgespenst die Stufen hinab auf mich zustürmte. Ich war für Sekundenbruchteile wie gelähmt, ebenso das Gespenst, das sich bei näherem Hinsehen als grotesk geschminkte junge Frau mit einem ausgesprochenen Faible für gruftig-nuttige Kleidung und einer mörderischen Alkoholfahne entpuppte. Sie sah aus wie Yvonne DeCarlo alias Lily Munster auf Speed. Ihr Maskara war verlaufen und bildete schwarze Teiche unter ihren Augen, den schockroten Lippenstift hatte sie sich quer über die Wangen verwischt. Nun erst, beim noch genaueren Hinsehen, fiel mir auf, dass die Frau in Wahrheit eine Trümmertranse war, die als Lily Munster verkleidet war und auf Pumps mit Kamikazeabsätzen schwankend Halt suchte.

»Sie ist tot!« Der Typ hatte seine Stimme wieder gefunden und packte mich am Kragen. »Laura. Tot, da oben!« Er deutete hinauf, packte mich am Handgelenk und zerrte mich die Treppen hinauf bis unters Dach in den zweiten Stock.

»Wer? Wer ist tot?«, fragte ich verduzt. und versuchte mit der Transe Schritt zu halten.

»Laura«, keuchte der Verkleidete und zog mich weiter. »Unsere Laura!« Das Dachgeschoss war großzügig ausgebaut. Links führten zwei Türen zu einer Art Appartement. Ich befreite mich vom Griff der Transe und spähte in den einen Raum. Man sah die Leiche erst, wenn man um den großen alten Tisch, der in der Mitte des Wohnzimmers stand, herum gegangen war. Die Frau lag friedlich ausgestreckt auf dem Rücken, die Augen geschlossen. Sie war mittleren Alters und das, was man ein barockes Vollweib nannte. Sie trug einen dunkelblauen, samtenen Morgenmantel, wo der Kragen etwas verrutscht war, sah man den Spitzenträger eines BHs blitzen. Unterhalb ihrer Brust ruhte ihre verkrampfte linke Hand. Wenn man sich bückte und genau hinsah, konnte man erkennen, dass sie einen Brieföffner umkrallte, der in ihrem Körper steckte. Ich berührte kurz ihre Wangen – kalt. Also doch kein schlechter Halloween-Scherz. Vermutlich gab es noch mindestens einen weiteren Einstich in ihrem Körper, aus dem das mittlerweile getrocknete Blut auf den Parkettfußboden gelaufen war. Die tödlichen Wunden zeigten, dass jemand gar nicht gut auf diese Laura zu sprechen gewesen war.

• • •

»Laura Meitinger, unsere Haushälterin«, sagte der grell geschminkte Typ ungefragt. »Mein Gott, Laura. Ich bin eben nach Hause gekommen.« Er lehnte sich gegen den Türrahmen. Bis zur Hüfte war er tatsächlich eine recht gute Kopie von Lily Munster: die lange, schwarze Perücke mit den zwei weißen Strähnen, das hellgraue Oberteil mit den langen Zipfelärmeln, und natürlich das Make-up. Doch untenherum hatte es nur zu einem knappen Minirock gereicht. Dieser, kaum mehr als ein breiter Gürtel, war so weit nach oben gerutscht, dass man seinen Slip durch die Maschen der schwarzen Netzstrumpfhose blitzen sehen konnte. Er trug weißen Feinripp mit Eingriff. Ich hatte lange genug hingestarrt, um das zu bemerken. Er nahm meinen Blick wahr und berührte meinen Arm, dabei hinterließ er einen roten Abdruck auf meinem Hemd. Seine Hand war leicht blutverschmiert. »Hast du eine Zigarette?« Ich verneinte. »Na, auch egal, ich habe noch welche.« Er begann umständlich in seiner Handtasche zu wühlen, die eigentlich keine Handtasche, sondern eine Ariel-Waschpulvertrommel mit Henkel war. Dabei schniefte er erbärmlich. Ich reichte ihm ein Tempo. Er lehnte ab.

»Gleich vorbei«, sagte er lässig und zog geräuschvoll Rotz in die Nebenhöhlen. »Die Nase fließt nur wegen der Temperaturumstellung von Draußen nach Drinnen.«

»Alles klar. Und wer bist du?«, fragte ich. Er reagierte nicht. Seine Perücke war ein wenig verrutscht und legte sein echtes Haar frei – dunkelblonde kurze Stoppeln.

Erst nachdem er endlich aus den Tiefen seiner Waschmittelhandtasche ein Päckchen Lucky Lights herausgekramt und sich eine Zigarette angezündet hatte, antwortete er: »Wer ich bin? Gute Frage. Die bessere Frage lautet allerdings, wer du bist.« Er zerrte ein wenig an dem Minirock herum und gab dann auf. »Scheiß drauf«, sagte er. »Kannst ruhig die Kronjuwelen sehen, wenn du willst.« Er schenkte mir einen koketten Blick. Der Typ hatte vielleicht Nerven! Angesichts von Mordopfern pflege ich nicht zu flirten, und mit Gruseltransen schon gleich gar nicht – da habe ich so meine Prinzipien.

»Dir ist schon klar, dass du Blut an der rechten Hand hast?«, fragte ich und zupfte demonstrativ an meinem verschmutzen Hemdsärmel.

»Na und?« Er sah mich müde mit schweren Lidern an. »Ich habe Laura berührt. Weil sie so friedlich dalag. Dachte, sie hatte einen Herzinfarkt oder so. Das Messer habe ich erst später bemerkt. Das Blut an ihrem Morgenmantel war wohl noch nicht weggetrocknet.«

Die Tucke gab sich einen Ruck und stöckelte schwankend Richtung Treppenabgang. »Na, ist auch egal, wer du bist, wenn du hier den Geheimnisvollen spielen willst«, rief er über die Schulter. »Ich glaube, ich sollte jetzt meine Eltern informieren, dass unsere Perle tot ist.« Seine Kaltschnäuzigkeit irritierte mich, gleichwohl merkte ich, dass sie gespielt war.

»In dem Aufzug?«, rief ich ihm hinterher.

Er blieb verwundert stehen. »Welcher Aufzug?«, fragte er mich. Dann sah er an sich hinunter. »Ach so. Das macht nix.« Er winkte mit der linken Hand ab, ein falscher Fingernagel löste sich und flog durch die Luft. »Meine Alten wissen über mich Bescheid. Keine Sorge. Die schockt schon lange nix mehr.«

3

Toll«, sagte Katja auf der Rückfahrt leise zu mir und stieß mir neckend den Ellenbogen in die Seite. »Jetzt verdienst du dir deine Brötchen also als Gigolo. Luder-Hengst. Bravo, dafür haben wir dich studieren lassen.« Wir saßen im Fond des BMW meines Vaters. Er hatte sich angeboten, uns mit in die Stadt zurückzunehmen, nachdem die Polizei mit uns fertig war. Obwohl Katja kaum hörbar geflüstert hatte, hatte mein Vater ihre Bemerkung aufgeschnappt und lachte herzhaft.

»Geben Sie es nur meinem Sohn, Frau Bremer!«, rief er fröhlich, während er uns durch die Nacht chauffierte. »Oh, ich weiß gar nicht, ob Sie überhaupt noch Bremer heißen. Sie haben doch geheiratet, oder? Diesen Freund von Felix, den Franzosen, der für Fotos posiert, nicht wahr? Der heißt irgendwas mit Engel, gell?«

»Richtig, Herr von Schwind. Ich habe Archange Gabriel Angeletti geheiratet, Freunde nennen ihn deshalb Erzengel, und er posiert für Fotos. Sagen Sie ihm aber bloß nie, dass er Franzose sei, da sind die Korsen sehr eigen. Und ich habe meinen Nachnamen behalten. Wissen Sie was, Sie dürfen mich weiterhin Katja nennen. Frau Bremer klingt so offiziell.«

»Nur wenn Sie mich Heinrich nennen«, sagte mein Vater strahlend.

»Es gäbe kaum etwas, das ich lieber täte, Heinrich!«

»Schön, wenn ihr jetzt noch Bruderschaft trinken wollt, dann lass mich bitte da vorne an der Straßenbahnhaltestelle aussteigen«, unterbrach ich die Süßholzraspelei. »Da wird einem ja ganz anders! Aber jetzt mal ernsthaft – seit wann bist du Anwalt von der Wenzel, Papa? Davon hast du nie erzählt.«

Mein Vater zuckte mit den Schultern. »Warum sollte ich das erzählen? Du kennst die wenigsten meiner Mandanten.«

»Du bist Promianwalt, Vater. Du gehst meist mit der Prominenz deiner Klientel hausieren!«

»Hüte deine Zunge, mein Sohn«, sagte mein Vater streng. »Und wenn du es genau wissen willst: Frau Wenzel ist von Anfang an meine Mandantin. Schon seit Jahrzehnten. Übrigens, Katja, falls Ihr Mann mal einen Anwalt ...«

»Hast du dieses Kasperletheater von eben eingefädelt?«, unterbrach ich die Klientenfischerei meines Vaters.

»Nein, die Prinzessin und ihre Leute. Ich sollte nur den Rechtsbeistand machen.«

»Warum hatte dann Gebrecht keinen Anwalt dabei?«

»Er ist Anwalt.«

»Oh, ich dachte immer, der Mann von Mona Wenzel sei Filmproduzent.«

»Das ist er auch noch«, sagte mein Vater, und man konnte den Neid förmlich aus seiner Stimme tropfen hören.

»Das mit dem Luder, also diesem Faschingsluder, ist aber ein Scherz, gell, Heinrich?« Katja kam wieder zu ihrem Lieblingsthema zurück. Sie war immer noch fassungslos, dass Sandra Klein freiwillig dieser Bezeichnung zugestimmt hatte. Es schien sie mehr zu bewegen als die Leiche unterm Dach. »Nach Boxen-, Teppich-, Wäschekammer- und Weißdergeier-Luder hat es sich doch längst ausgeludert.«

»Da sind Sie jetzt ein klein wenig naiv, Katja«, entgegnete mein Vater mit betonter Nachsicht gegenüber meiner besten Freundin.

»Und Frau Klein kommt finanziell nicht zu kurz, da können Sie sicher sein.«

»Geld ist nicht alles«, sagte Katja. Mein Vater nickte ebenso beiläufig wie selbstgefällig und murmelte »Wie wahr, wie wahr.«.

»Das sagen immer die, die genug davon haben«, äußerte ich provozierend. Die beiden gingen mir in ihrer Harmonie auf den Keks.

»Nur kein Neid, Felix!«, sagte Katja. »Du hättest dir an mir ein Beispiel nehmen und dir einen reichen Mann schnappen sollen.« Mein Vater grunzte ärgerlich. Die zarten Bande des Einvernehmens, die sich eben noch anschickten, zwischen den beiden gesponnen zu werden, waren im Nu zerrissen. Katja hatte das Thema angeschnitten, das mein Vater nach Möglichkeit ignorierte oder weiträumig umschiffte: Dass sein einziger Sohn und Stammhalter seinen Stamm nur von Männern halten lassen wollte. Zwar mochte er meinen Emil recht gerne, weil der auch in den Augen meines erzkonservativen, stockheterosexuellen Erzeugers ein sympathischer und patenter Kerl war, doch wie patent und kerlig Emil wohl mit mir im Bett sein konnte, konnte und wollte sich mein Vater beim besten Willen nicht vorstellen.

»Du solltest doch nun glücklich sein, Vater!« Ich ließ es mir nicht nehmen, nun ein wenig in seinen empfindlichsten Stellen herumzustochern, früher hatte er das schließlich lange genug bei mir gemacht. »Nun werde ich als Luder-Hengst einer breiten Öffentlichkeit bekannt. Dein Sohn in den Klatschspalten. Und das im Zusammenhang mit Ehebruch und einer attraktiven Blondine. Besser geht's doch kaum, oder?«

»Ich finde deinen Ton alles andere als passend«, sagte mein Vater scharf. »Aber wenn du es genau wissen willst: Ja, ich habe gar nichts dagegen, dass du mit einer Frau in die Schlagzeilen kommst. Im Gegenteil, das schadet dir überhaupt nicht!«

»Vor allem schadet es dir nicht. Dein Sohn als pressebekannter Potenzprotz, das spült Klienten in die Kanzlei. Ich kann mir schon denken, dass es für dich immer schwerer wurde, deinen Freunden, vor allem deinen Parteifreunden zu erklären, warum dein Sohn noch keine von ihren Töchtern gepoppt hat, wo ihr euch doch früher so große Mühe gegeben habt, uns irgendwie zu verkuppeln.«

»Felix, du gehst zu weit!«, rief mein Vater erbost.

»Entschuldige bitte. Aber es musste irgendwann mal gesagt sein. Deinen Standesdünkel in allen Ehren, nur habe ich den nicht geerbt.« Ich lehnte mich mit verschränkten Armen zurück. Es tat mir nicht Leid, dass ich ihn verletzt hatte, denn früher hatten mich seine Versuche, mich mit dem weiblichen Nachwuchs seiner angesehensten Klienten unter die Haube zu bringen, schier wahnsinnig gemacht. Ich entschuldigte mich nur deshalb, weil ich keine Lust hatte, von ihm aus dem Wagen geschmissen zu werden. Wir befanden uns gerade auf der Straße, die von »Boah, müssen die Kohle haben« nach »Holla, auch 'ne gute Adresse«, also von Straßlach über Grünwald, Geiselgasteig, Menterschwaige (wo übrigens meine Eltern ein Häuschen ihr eigen nennen) nach Harlaching führt. Wie so oft im Leben endet auch diese Straße letztlich urplötzlich ganz unten. Die Wohlsituiertheit Harlachings mündet schnurstracks ins Megaprollviertel Giesing. Eben passierten wir Geiselgasteig. Da hätte ich bei Nacht und Nebel ewig auf eine Straßenbahn warten können, und draußen hatte leichter Regen eingesetzt. »Und übrigens, falls es dich beruhigt: So ganz erfolglos wart ihr damals nicht, ich habe die eine oder andere Tochter gepoppt, bevor ich das auch mit dem einen oder anderen Sohn gemacht habe. Zufrieden?«

»Echt, hast du?«, fragte Katja neugierig.

»Dann lass deine Finger von Uli«, fiel ihr mein Vater hart ins Wort.

»Ach, der Sohn, oder was immer das für ein Wesen sein soll, von Mona Wenzel heißt Uli?« Katja schnappte den neuen Gesprächsstoff gierig auf. »Kommen wir also endlich zu den interessanten Themen. Uli. Ulrich Wenzel, nein, er heißt wohl nach dem Vater Gebrecht, oder? Dachte ich mir doch. Als der in den Salon reintorkelte, wähnte ich mich in einem schlechten Film. Irgendwie hat der mich an Angela Lansbury in *Tod auf dem Nil* erinnert. Du weißt schon, da wo sie die ständig besoffene Schriftstellerin spielt und völlig prall in den schrillsten Kostümen durch die Gegend wankt. Natürlich die Yvonne DeCarlo-Ausgabe einer Angela Lansbury. Und du hast ihn bei der Leiche überrascht, Felix?«

»Nicht ganz«, erklärte ich. »Ich suchte das Klo, da kam er mir entgegen.«

»Wusstest du, dass Mona Wenzels Sohn eine Schwester ist?«, fragte Katja, die nicht nur deshalb *FrauenGalaMitGoldenemHerz UndBunterKrone*-Abonnentin war, weil ihr Mann immer öfter Einzug in die Tratschmagazine fand. »Also mir war das komplett neu.«

»Nein, das war auch mir neu«, gab ich ehrlich zu. »Noch dazu, dass er als Transe unterwegs ist.«

»Mann, das hat nichts zu sagen. Es ist doch Hallodingsda. Wobei ... wann ist das noch mal? Ich dachte, das sei nur ein Tag.«

»Ulrich Gebrecht ist nicht homosexuell«, mischte sich mein Vater ein.

»Vater, bitte! Das einzuschätzen überlass mal ruhig mir«, sagte ich. »Glaube mir, er ist!«

»Ich meine, jedenfalls nicht offiziell. Wir haben ein Arrangement getroffen, dass er, solange er noch bei seinen Eltern lebt, nicht geoutet wird.«

»Mann, alles wird irgendwie arrangiert! Klar, wäre ja auch zu unpassend, wenn Mona Wenzel, Gralshüterin der deutschen Familie und Patrona Bavariae, als Mutter einer Tunte auffliegt, oder?«, sagte ich aggressiv. Mein Vater grunzte erneut pikiert.

»Das könnte jetzt leicht passieren«, sagte Katja. »Nun, da er als Tatverdächtiger verhaftet wurde.«

Die Kripo hatte, trotz des heftigen Protestes meines Vaters und natürlich auch der Eltern des Jungen, Ulrich Gebrecht wegen des dringenden Tatverdachtes verhaftet, die Haushälterin Laura Meitinger erstochen zu haben. Dummerweise hatten sie sehr schnell einen blutigen Fingerabdruck von Uli am Schrank neben der Leiche gefunden. Ulis Beteuerungen, er habe die Tote nur kurz berührt und müsse daher wohl Blut an den Händen gehabt haben, schien die ermittelnde Beamtin nicht zu interessieren. Ich war im

Übrigen seelisch auf eine erneutes Zusammentreffen mit Hauptkommissar Klaus Stürzinger von der Münchner Kriminalpolizei vorbereitet gewesen. Wer, wenn nicht er, der Mann mit den blauesten Augen der Welt und der sexyste Bulle weit und breit, hätte sonst in diesem Fall ermitteln sollen. Wie in jedem Fall, in den ich bisher auf die eine oder andere Art verwickelt war. Stets war ich ihm in die Quere und zeitweise auch ins Bett gekommen. Doch statt Stürzinger erschien eine burschikose Kommissarin mit ihrem Team am Tatort. »Kollege Stürzinger hat momentan andere Aufgaben, so weit ich weiß«, teilte sie mir trocken mit, als ich mich nach ihm erkundigt hatte. Die Frau hieß Ingeburg Müller. Ich kannte sie ganz oberflächlich, weil sie einmal zu Stürzingers Team gehört hatte. Sie schien kompetent und konzentriert bei der Sache. Ich hätte sie gerne ein wenig gehasst, weil sie mir eine Begegnung mit Stürzi vereitelt hatte, doch sie bot mir mit ihrer professionellen und freundlichen Art keinerlei Anlass. Dann eben nicht. So konnte ich meine negativen Vibrationen ganz auf Penelope Kazmarek konzentrieren.

»Morgen ist Ulrich wieder draußen«, sagte mein Vater, der als einziger der Anwesenden wie ein Auto geguckt hatte, als er vorhin den Promisohn als besoffene Trümmertranse erlebt hatte. »Sie haben ihn nicht verhaftet, sondern nur für eine Vernehmung mitgenommen. Es ist ja ganz offensichtlich, dass die Frau schon erheblich längere Zeit tot war. Ich werde gleich zum Polizeirevier fahren, und mich darum kümmern. Die Indizien sind so lächerlich wie seine Maskerade.«

Wir hatten mittlerweile Harlaching hinter uns gelassen und näherten uns der Giesinger Kirche. Von hier bis zur U-Bahnstation Silberhornstraße waren es nur wenige Minuten zu Fuß. Bis vor kurzem hatten Katja und ihr Mann noch direkt hinter dieser Kirche in einer heruntergekommenen, aber gemütlichen Altbauwohnung gewohnt. Nun, da Erzengels Äußeres die Euros, Dollars und Yen nur so regnen ließ, gönnten sie sich die obszön großzügige erste Etage einer hochherrschaftlichen Jugendstilvilla in der luxuriösesten Ecke Schwabings, Am Biederstein, mit Blick auf den Englischen Garten. Natürlich Eigentum, genauso wie die

Villa für die Sommerfrische auf Korsika und das eben erst frisch gekaufte Appartement für Shopping- und Arbeitsaufenthalte in New Yorks angesagtestem Stadtteil TriBeCa.

Ich stieß Katja an und sagte betont anzüglich: »Ich fand Ulis Aufzug ganz und gar nicht lächerlich, eher sexy. Verdammt sexy.« Ich wedelte mit der rechten Hand, als hätte ich sie mir verbrannt. Mein Vater nahm abrupt den Fuß vom Gaspedal und rang um Contenance. »Du kannst uns übrigens hier rauslassen«, fügte ich hinzu. Erstaunlich, wie leicht er sich von mir immer noch aus der Fassung bringen lassen konnte. »Die U-Bahn ist gleich da vorne.«

* * *

»Das war nicht nett«, schalt mich Katja, als wir die Treppen zur U-Bahnstation hinunter gingen. »Dein Vater ist gar nicht so übel, wie du immer tust. Ich finde ihn richtig süß.«

»Katja Bremer, verschone mich bitte mit deinen fehlgeleiteten Hormonen! Das ist echt ekelhaft. Mein Vater ist weder süß noch sexy. Und du bist diejenige, die mit dem Schrittbefeuchter Nummer eins verheiratet ist.«

»Ich finde übrigens, dass du und dein Vater euch total …«

»Nein!«, unterbrach ich sie, ahnend, was nun folgen würde. »Wir sehen uns nicht ähnlich!« Klar sahen mein Vater und ich uns ähnlich – die aristokratische Nase, das dichte dunkelbraune Haar und sogar das kleine Grübchen im Kinn –, aber ich bevorzugte es nach wie vor zu leugnen. Das Verhältnis zwischen meinem Vater und mir war spätestens seit meiner Pubertät ein klein wenig kompliziert und nicht gerade optimal. Immerhin sprachen wir miteinander. »Er ging mir einfach extrem auf den Senkel. Weißt du, erst nervt er meine Mutter und mich seit Wochen damit, dass er sich in den Bergen eine Hütte kaufen will. Jedes Wochenende fährt er irgendwohin in die Alpen und kuckt sich ein Objekt an.« Ich tippte mir an die Stirn. »'ne Berghütte will außer ihm echt keiner. Stell dir mal vor, ich erbe so was.«

»Voll geil. Da können wir immer schick Silvester feiern, oder so«, warf Katja munter ein. Typisch.

»Wir sind alle für eine Immobilie am Meer. Toskana, Venetien, Côte d'Azur oder so. Mann, der Alte ist in letzter Zeit einfach nervig. Und dann muss er ausgerechnet heute dabei sein. Die Familie verfolgt mich. Vielleicht weiß ich auch nur nicht, was ich mit dieser ganzen Situation anfangen soll. Den bezahlten Beschäler spielen?«

»Das mit dem Beschäler war übrigens auch mal eine Frage bei *QuiT*, also *Quizzen ist Trumpf*. Und die Doofnase von Kandidat hat nicht gewusst, dass das ein Deckhengst ist!«, sagte Katja. »Dich unterscheidet daher vom Beschäler eine simple Tatsache: Du musst nicht mit ihr schlafen.«

»Beruhigend. Wirklich, äußerst beruhigend … und dann dieser Mord …«

»Ist dir eigentlich klar, dass die Scheidungsgerüchte und der Mord nun miteinander verknüpft werden? Dass da etwas ins Rollen gebracht wurde, was vielleicht nicht mehr zu kontrollieren ist? Ich will der Prinzessin ja nicht zu nahe treten, aber sie hat keine absolute Macht über die Yellow Press und Klatschspalten. Mit dem Mord werden sich sicherlich noch ganz andere Medien befassen. Das wird aus dem Ruder laufen«, orakelte Katja. »Und du bist mittendrin.«

»Du hast Recht.« Die U-Bahn Richtung Sendlinger Tor fuhr ein. Zwei Stationen bis Fraunhoferstraße, dann war ich zu Hause. Ein paar Besoffene vergingen sich lauthals an *Que será será,* als sie dem Zug entstiegen. Von irgendwoher hallte das harte Klacken von Absätzen durch den Tunnel. Marilyn Monroe und Mortitia Adams kamen mit wehenden Perücken, knappen Mikrominis und lautem Gekreische die Treppen hinuntergeflitzt. Dafür, dass sie Stilettos trugen, die eigentlich unter das Waffengesetz fallen sollten, hatten sie einen erstaunlichen Speed drauf. Sie erreichten den Zug mit viel Gequietsche in letzter Sekunde.

»Eine Sauerei, dass ihr Kerle als Frauen immer besser ausseht als wir Frauen«, fauchte Katja. »Guck dir mal die Beine an. Das ist doch der Wahnsinn.« Sie, die selbst über endlos lange, wohlgeformte Beine verfügte, und diese meist gebührend zu Schau stellte, deutete neidisch auf die zugegebenermaßen ebenfalls langen, wohlgeformten Beine der Transen. »Sauerei! Uli Gebrecht hat übrigens auch tolle.«

»Weißt du, was mir gerade einfällt«, unterbrach ich ihre Neidattacke. »Es ist noch gar nicht so spät am Abend. Wie du siehst, geht die Transe als solche jetzt erst aus dem Haus. Die Läden haben eben erst aufgemacht. Wieso kam Uli dann zu so früher Stunde besoffen und aufgetuckt nach Hause?«

»Vielleicht ist er noch vom Vorabend unterwegs gewesen«, schlug Katja vor.

»Oder er war gar nicht aus und hat das alles nur gespielt«, sagte ich. »Außerdem hast du völlig Recht, dieser Hallokrampf ist doch nur an einem Tag.«

»Du kennst unsere Fun-Süchtlinge. Die machen locker eine Hallowoche draus«, sagte Katja, mit der ich meine Ansichten über diesen urplötzlich von der Werbe-, Kürbis- und Geschenkeindustrie mit Gewalt in Europa etablierten »Feiertag« teilte. Früher kannte man Halloween nur aus langweiligen, unwitzigen Serienspecials von *Roseanne* oder den *Simpsons.* Kopfschüttelnd saß man vor dem Fernseher und fühlte sich erneut darin bestätigt, dass der Ami als solcher auf einem anderen Planeten lebt und schwer einen an der Klatsche hat. Vorbei! Sie haben es geschafft, mit ihrem Kulturimperialismus dem partygeilen Volk einen neuen Grund für geile Volkspartys zu geben. Für Katja und mich und zum Glück zahlreiche andere blieb nichts anderes übrig, als diesen Tag zu ignorieren.

»Warum passiert das ausgerechnet dann, als wir im Haus sind?«, lenkte Katja unsere Gedanken zurück zu Laura Meitinger.

»Warum trägt die Haushälterin einen Morgenmantel mit nur Unterwäsche drunter?«, sinnierte ich. »Bin ich paranoid, oder stimmt da was ganz und gar nicht? Übrigens erinnert mich die ganze Ausgangssituation verdächtig an unser letztes Abenteuer mit Stürzinger. Du weißt noch? Als unser Lieblingsbulle uns munter manipuliert und mich mit fiesen Tricks als Lockvogel missbraucht hat.«

»Du glaubst, die Prinzessin oder irgendjemand anderes führt ähnliches im Schilde? Dann sollten sie sich aber warm anziehen.

Kann es sein, dass wir uns bereits für selbständiges, natürlich unverantwortliches und illegales Rumschnüffeln entschieden haben, Sherlock Schwind?« Katjas grüne Augen glänzten begehrlich auf.

»Kann gut sein, Dr. Bremer«, antwortete ich ausweichend. »Nur schade, dass wir diesmal nicht Stürzinger als Gegenspieler haben.«

»Das ist wirklich schade«, seufzte Katja. »Auf den habe ich mich schon in der Sekunde gefreut, als Uli Munster reintorkelte und ›Mona, jemand hat die Laura abgestochen‹ gerufen hat.«

»So hat er es nicht gesagt.«

»Aber so ähnlich! Jedenfalls redet er seine Eltern mit Vornamen an.«

»Werde mal schnell deine Blagen los und …«

»Jessas, die Kinder!« Katja schlug sich an die Stirn. »Meine Güte, meine Mutter wird toben!« Katja hatte ihrer Mutter die Zwillinge für den Nachmittag anvertraut, damit sie sich ungestört bei mir den Krapfenflash geben konnte. Gott sei Dank war meine beste Freundin keine von jenen Müttern, für die außer dem Nachwuchs nichts mehr auf dieser Welt existierte. Im Gegenteil, manchmal machte mir Katjas Nichtfixiertheit auf die Babys beinahe Sorgen, was etwas heißen will, schließlich bin ich passionierter Kindernichtleidenkönner. Kinderhasser wäre zu viel, denn zum einen rede ich mir ständig ein: »Ruhig, Felix, nicht an die Wand klatschen, denn der Schraz wird später mal deine Rente zahlen!«, wenn mal wieder eine Änn-Kässliehn oder ein Körk-Torben im Supermarkt zeigt, wie die Eltern in der Erziehung versagt haben; zum anderen gibt es ab und an goldige Butzerl, die selbst ich ins Herz schließe. Das ewig quengelnde Gör meiner Schwester, ein glubschäugiger Bub namens Leontin, gehörte definitiv nicht dazu. Katjas Kinder hingegen schon, und das nicht nur deshalb, weil ich ihr Patenonkel bin (den einen haben sie sogar nach mir Felix genannt). Klein-Felix und Klein-Gabriel hatten das rassige Aussehen und vor allem die langen, dunklen Wimpern ihres Vaters geerbt. Sie waren wie kleine Miniaturausgaben von Erzengel. Zugegeben, auch diese kleinen

Engel fand ich nur so lange goldig, wie sie ihre Klappe hielten. Katjas Mama jedenfalls vergötterte ihre Enkelchen und daher machte es ihr nichts aus, einmal die Woche einen Nachmittag lang Babysitterin zu spielen, damit Katja etwas Freizeit hatte. Doch der Nachmittag war lang vorbei.

»Ach, ist jetzt auch egal. Gott sei Dank haben wir ab übernächster Woche ein Aupair-Mädchen! Da kann ich draußen herumfliegen, so lange ich will.« Katja hatte sich schnell wieder von der Panikattacke erholt. »Wichtig ist einzig, dass wir wieder da sind! Als Luder-Hengst hast du Zuritt, pardon, ich meine natürlich Zutritt zu den Wenzel-Gebrechts. Und wenn du da nicht weiterkommst, dann wirst du eben unbezahlter Uli-Hengst …«

»Das, liebste Freundin, kannst du dir abschminken!«

»Ach, ich kenne dich doch. Für die Klärung eines Falles würdest du durch alle Betten gehen, Felix.«

»Du irrst, Katja, du irrst!« Die Frau konnte einem gewaltig auf die Nerven gehen! Ich war schließlich glücklich verheiratet mit einem skrupellosen Bärentöter.

»Soll ich dir aufzählen, mit dem du alles bei unseren bisherigen Fällen in die Kiste gehüpft bist? Ich erinnere mich sogar an eine notgeile Witwe, die du mit ziemlich kranken Spielchen beglückt hast …« Musste sie nun auch noch uralte Kamellen herauskramen? Nur weil ich in der Vergangenheit ein- bis zweimal erotisch über die Stränge geschlagen hatte.

»Das ist nun so was von vorbei! Vorbeier geht's nicht. Ich habe weder Lust noch Absicht, Emil zu betrügen, weshalb auch immer. Punkt. Ende der Diskussion.«

4

Es ist ein seltsames Gefühl, einen Raum zu betreten, den man unter anderen Umständen kennen gelernt hat: so wie das Büro der Prinzessin. Isabella zu Badenstein-Fürengroot-Badenstein nannte eine der umschmissartigen Gründerzeitvillen direkt an der Theresienwiese ihr eigen. Es gehörte angeblich schon seit langem ihrer Familie und hieß Esterhazy-Palais. Die Prinzessin stammte aus dieser uralten ungarischen Dynastie. Das Erdgeschoss der Villa hatte sie an einen Zahnarzt vermietet, im ersten Stock befanden sich ihre Privaträume und im zweiten Stock ihre PR-Agentur. Ich kannte das großzügige Büro von rauschenden Partys und kurzen, privaten Besuchen auf ein Tässchen Tee oder so, wenn man mal gerade in der Nähe war. Nun war ich nicht als Besucher, sondern als Angestellter die Holztreppe hochgestiegen, die immer so herrlich altmodisch nach Bohnerwachs roch. Ich hatte mich von Penelope Kazmarek dumm anmachen lassen müssen, weil ich zehn Minuten nach zehn gekommen war. Angeblich hatte sie mir gestern Abend gesagt, ich solle pünktlich um zehn Uhr da sein. Unpünktlichkeit kann ich selbst auf den Tod nicht ausstehen, und man muss mich schon mit dem Lastwagen anfahren, damit ich mal zu spät komme, also konnte es für meine Ankunftszeit nur eine Erklärung geben: Die kalte Kazmarek hatte keine Uhrzeit genannt. Noch ein Grund mehr, die Frau mal gehörig zu tauchen.

Nach knapp einer halben Stunde, in der ich mich an meine neue Position im Hause der Prinzessin einigermaßen gewöhnt hatte, schloss die PR-Beraterin die kleine Sitzung, an der neben ihrem Assistenten Jens und einer schüchternen Praktikantin auch ich teilgenommen hatte, mit den Worten: »Im Prinzip sind wir fertig. Für heute Abend ist alles klar. Wir sehen uns dann alle bei der Premierenparty im Deutschen Theater. Willkommen im Team, Felix. Wir duzen uns hier in den Teams.« Sie lächelte mich an, ein Hauch von Wärme huschte über ihr perfekt geschminktes Gesicht, nun war sie doch mehr Grace als Nicole. »Nenn mich Penelope, bitte keine Abkürzungen oder Verballhornungen wie Penny oder Lopes. Und das hier ist Jens. Er wird dir alles Weitere erklären und auch dein Ansprechpartner sein, wenn du irgendwelche Fragen hast.« Schon verstanden, Penny, du kalte Katze. Das bedeutet: Wehe, du belästigst mich!

»Du kannst dich natürlich auch jederzeit an mich wenden«, fügte sie nach einem Moment hinzu. Die blauen Augen erstarrten wieder zu Eis. »Es freut mich, dass du uns hier noch ein wenig helfen willst, aber du weißt, dass das nicht unbedingt nötig ist und auch nicht zu deinem Aufgabenbereich gehört. Und jetzt entschuldigt mich bitte.« Sie schickte sich an, den Raum zu verlassen. »Ach, beinahe hätte ich es vergessen.« Sie zog ein Farbfoto aus ihrer Aktenmappe hervor. Es zeigte Mona Wenzel mit ihrer mittlerweile verblichenen Hausperle Laura Meitinger, beide hatten den Arm um die Hüfte der jeweils anderen gelegt, beide lachten herzlich. »Davon brauchen wir dreißig, nein, mach lieber fünfzig Abzüge. Ich schreibe gleich einen Pressetext so im Sinne von ›Mehr als nur eine Perle – eine Freundin‹, schluchz, schluchz, Tränendrüse. Sobald die Pressekonferenz der Polizei gelaufen ist, gehen Bilder und Pressetext raus. Kleiner Verteiler. Nur die A-Medien. Lieferung an die Redaktionen bis sechzehn Uhr per Kurier. Vorher wird angerufen und die Lieferung angekündigt, damit sie Platz in ihren Blättern freihalten können. Alles klar?« Weg war sie. Die Praktikantin schnappte sich das Foto und trollte sich.

Jens seufzte. »Gut, ich zeige dir am besten erst mal, wie die Cappuccinomaschine funktioniert«, sagte er mit leiernder, hoher Eunuchenstimme. Endlich ein Mann, der die wahren Prioritäten kannte! Während er in der kleinen Küche mit dem italienischen Profigerät herumhantierte, das jeder Espressobar zu Ruhm und Ehre gereicht hätte, plauderte er wie eine Tasche. »Das ist ein Hammer mit dem Mord. Meine Güte, die Prinzessin war ganz aus dem Häuschen. So habe ich sie noch nie erlebt, und das bei ihrer angeschlagenen Gesundheit. Na, Gott sei Dank ist der kleine Uli wieder draußen. Als ob der einer Fliege etwas zu leide tun könnte! Ausgerechnet die arme Laura musste es erwischen. Die war so eine gute Seele!«

»Äh, du kennst die Tote und Uli und alle?«, gelang es mir dazwischen zu fragen, als Jens mal für Bruchteile von Sekunden seinen Redefluss unterbrechen musste, weil er sich am Dampfstrahl zum Milchaufschäumen die Finger verbrühte.

»Naja, was heißt kennen. Ich habe sie oft hier gesehen und ich war auch schon ein paarmal bei der Wenzel im Haus.« Mit anderen Worten, er kannte sie nur von Ferne. Jens hatte etwas Mausiges an sich. Die Sorte Mensch, die man tagelang um sich haben kann, ohne sie richtig wahrzunehmen. Würde er den Raum verlassen und man fragte mich, wie er aussah, könnte ich mich beim besten Willen nicht erinnern. Gefährlich! Mausig oder nicht, er hatte genau an der Nasenwurzel zwischen den beiden Augenbrauen einen dicken Pickel. Ich musste an mich halten, diesen nicht auszudrücken. »Das muss ein großer Schock für alle gewesen sein. Und so ein Zufall, dass niemand vorher die Leiche entdeckt hat. Schließlich war sie schon seit mehr als vierundzwanzig Stunden tot …«

»Woher weißt du das denn schon wieder?«, fragte ich überrascht. Am Vorabend hatte die Polizei alle unsere neugierigen Fragen rüde abgewimmelt. Wenn die Haushälterin tatsächlich schon längst tot in ihrem Appartement lag, als wir im Hause Wenzel ankamen, warum hatte sie dann niemand früher entdeckt? Ich überlegte. Jens hatte gesagt, dass sie an dem Tag, an dem wir unser Meeting im Hause Wenzel-Gebrecht abhielten, ihren freien Tag hatte. Also war es kein Wunder, dass sie nicht vermisst wurde. Der Wein, den uns Thomas Gebrecht angeboten hatte, hatte er selbst aus dem Keller geholt. Ebenso die zwei Flaschen Mineralwasser. Das hatte ich mitbekommen. Die Wenzel hatte sich bei den härteren Sachen aus der kleinen Bar bedient. Niemand hatte die Haushälterin vermisst …

»Ach, ich halte meine Ohren immer offen«, sagte Jens verlegen lächelnd. »Demnach muss die Laura Meitinger vorgestern so zwischen sechzehn und achtzehn Uhr ermordet worden sein. Gruselig, nicht? Erst ein Stich in den Rücken, dann in die Brust. Voll fies. Die hat mit dem Angriff nicht gerechnet. Zu der Zeit kam die Wenzel von einem Termin mit Penelope aus Salzburg. Und der Gebrecht hatte geschäftlich in der Bavaria-Filmstadt in Geiselgasteig zu tun. Seine Freundin war dabei. Diese Sandra Klein ist nämlich seine Sekretärin, ganz klassisch. Er und die Klein sind schon am Tatabend nach Straßlach zurückgekehrt – rate mal, wo die Klein, dieses Luder, übernachtet hat! Kaum ist die Katze aus dem Haus, schon tanzen die Mäuse auf dem Tisch.«

»Du scheinst deine Ohren wirklich überall zu haben«, rief ich bewundernd. »Und Mona Wenzel ist am Abend doch auch von Salzburg zurückgekommen? Ist nur eine Stunde Fahrt.«

»Sie ist zurückgekommen, ist dann aber noch zu einer Freundin, und hat bei ihr übernachtet, weil es so spät wurde. Diese Freundin bezeugt das. Dabei handelt es sich übrigens um Penelope Kazmarek, wenn du es genau wissen willst.«

»Wow«, sagte ich anerkennend. »Jetzt musst du mir nur noch verraten, warum niemand die Haushälterin vorher gefunden hat.«

»Der Gebrecht kommt heim mit seiner Geliebten, da wird er kaum nach seiner Angestellten schauen. Und da die Haushälterin Laura Meitinger am nächsten Tag eh ihren freien Tag hat, zudem die Wenzel den Terz wegen der Scheidung veranstaltet, vermisst sie auch keiner.« Jens argumentierte durchaus nachvollziehbar.

»Gut«, sagte ich. »Bleibt noch zu klären, welches Alibi der Sohn hat. Und schon können wir alle als Tatverdächtige ausschließen.«

»Uli? Hmm, der feiert gerne. Es ist bald Halloween und er legt nachts ab und an als DJ in der ›Ganesha Lounge‹ auf. Die haben dort eine ganze HalloWeek, wie sie es nennen. Jeden Abend irgendeine Gruselmottoparty. Vermutlich hat er das am Abend vorher gemacht und sich dann irgendwo auf beim Chill-out den Rest gegeben. Bestimmt war er bei irgendeinem Aufriss und ist erst gestern Abend wieder zu Hause gewesen. Das macht er öfter.«

»Hört man?«

»Ja, das hört man.«

»Und was ist mit dieser Nachtweih? Hat die Zugang zum Haus? Die könnte es doch auch gewesen sein.«

»Nein.« Jens lachte dümmlich und schüttelte den Kopf. »Die Nachtweih ist nur die Assistentin.« Als ob das ein ausreichende Entschuldigung sei. »Die ist total unfähig. Die hat eigenmächtig die Ehebruchdetails an die Presse rausgegeben. Deshalb muss Durchlaucht nun Feuerwehr spielen, trotz ihrer angeschlagenen Gesundheit! Sie spricht nicht darüber, aber alle wissen, dass sie große Probleme mit ihren Lungen hat. Tja, Penelope übernimmt deshalb schon die meisten Aufgaben der Prinzessin. Übrigens, Penelope ist gar nicht so übel, wie es vielleicht auf den ersten Eindruck erscheint. Sie ist sehr hart, aber die ist ein Profi.«

»Ich finde sie eiskalt«, gab ich leichtfertig zu und ärgerte mich sofort über meine lose Zunge. Keine zwanzig Minuten im neuen Job über die Vorgesetzte zu lästern, ist nicht sehr zukunftsichernd.

»Sie ist ein Profi«, wiederholte Jens nicht ohne Bewunderung in der Stimme und ließ zum unzähligsten Mal den Dampfstrahl des Milchaufschäumers ungeschickt durch die Gegend spritzen. »Von der kann man was lernen. Die ist fast so gut wie Ihre Durchlaucht.«

»Das sicherlich«, schleimte ich ein wenig. »Und wenn du nun die Milchkanne etwas schräg hältst und den Dampfstrahler nur knapp unter die Oberfläche eintauchst, dann klappt es auch mit dem schön steifen Milchschaum.« Da kannte ich mich aus. Schließlich hatte ich jahrelang ausschließlich heißen Schaum produziert – erst mit Milch bei diversen Studentenjobs in Kneipen, dann mit Worten als Kundenberater und zuletzt als Etatdirektor in einer Werbeagentur. Die Karriere eines Schaumschlägers.

Jens sah mich irritiert an. »Ja, das mit dem Milchschaum kriege ich nie so richtig hin«, gab er zu. »Hier, mach du.«

Ich machte und fragte: »Du nennst die Prinzessin Durchlaucht? Ich dachte, alle nennen sie immer Principessa?«

»Die offizielle Anrede für eine Prinzessin ist nun mal Durchlaucht. Nur Schleimer und ihre Bussibussi-Bekannten sagen Principessa zu ihr. Die Frau von dem Topmodel, diesem Archange Angeletti, sagt sogar Hoheit zu ihr. Das ist ja nun völlig falsch. Also halte dich besser zurück, gell! Mit Durchlaucht kannst du nicht viel falsch machen.«

»Danke für den Tipp, aber ich werde weiterhin Isabella zu ihr sagen. Und die Frau von Angeletti sagt aus Scherz immer Hoheit.«

»Du kennst die? Und du duzt die Prinzessin?«, fragte Jens atemlos. Keine Frage, nun würde er auch mich bewundern. Er hantierte an seiner Brille herum, erst jetzt fiel mir überhaupt auf, dass er vor dem Pickel eine Brille trug.

»Sicher, Katja ist 'ne uralte Freundin von mir, Archange Angeletti war mal mein Nachbar und ich habe die beiden schließlich verkuppelt. Außerdem habe ich ihn, wenn ich das in aller Bescheidenheit sagen darf, damals entdeckt. Dass er heute als der schönste Mann der Welt gilt, hat er mir zu verdanken!« Hach, das bisschen Angabe tat einfach mal gut. Außerdem war's nicht mal gelogen. »Zudem habe ich damals die Leiche in der Dusche der Prinzessin entdeckt. Das war hier in diesem Büro und …«

»Das warst du?!«, rief Jens und schlug wie ein kleines Mädchen die Hände vor den Mund. Keine Frage, nun bewunderte er mich nicht nur, nun war er mir verfallen. »Wow. Wenn ich das gewusst hätte.«

»Dann?«

»Was dann?«

»Du sagtest eben: Wenn ich das gewusst hätte?«, hakte ich nach. »Ja, und dann?«

»Nichts dann.« Jens drehte sich verlegen weg und machte sich daran, noch einen Cappuccino zu brühen.

»Kannst du mir ein wenig über die Wenzel und ihre Familie erzählen?«, fragte ich und probierte den Cappuccino. Er schmeckte passabel.

»Klar«, rief er über das Röcheln der Maschine hinweg. »Mona Wenzel, das ist ihr Mädchenname, Jahrgang 1949. Sie ist übrigens in Aachen geboren, aufgewachsen und zur Schule gegangen.«

»Du meinst ...«, unterbrach ich ihn lachend.

»Ja, das ganze Bayernimage ist angelernt. Mona Wenzel ist eine Neigschmeckte. Eine Zuagroaste. Sie kam erst mit sechzehn nach München, weil ihr Vater hierher versetzt wurde. Was willst du noch wissen? Sie hat die Schauspielerei auf der renommierten Otto-Falckenberg-Schule gelernt. Eigentlich hätte sie das Zeug zu einer guten Schauspielerin gehabt. Sagt man. Sie hat wohl früher viel Theater gespielt. Na, und in den wilden Sechzigern hatte sie sogar Kontakt zur Kommune 1.«

»Die Wenzel im Bett mit Rainer Langhans und Uschi Obermeier?« Ich lechzte sehnsüchtig nach möglichst schmutzigen Details.

»Nein, das wohl nicht. Sie hatte halt einfach Kontakt. Irgendwie, weiß auch nicht.« Ich sah schon, Jens war mir keine große Hilfe, was die wirklich interessanten Punkte im Leben der Mona Wenzel anging. »Der große Durchbruch gelang ihr dann 1969 mit *Karins letzte Nacht*. Seitdem ist sie ohne nennenswerten Karriereknick präsent. Vor allem im Fernsehen. Du kennst sicher die ganzen Serien: *Unsere Heike, Dr. Gisela Faust – Ärztin mit Herz, Gabi von nebenan* ...«

»*Traumvilla am Meer, Almgeflüster* und so weiter, schon klar. Du weißt nicht zufällig, wann und wo sie Thomas Gebrecht kennen gelernt hat?«

»Doch. Er hat *Karins letzte Nacht* produziert. Übrigens verdient er als Produzent viel mehr als seine Frau, der er immer die

Hauptrolle zuschanzt. Sie haben 1971 geheiratet und erst ziemlich viel später kam Ulrich zur Welt. Ein Nesthäkchen. Der ist jetzt zweiundzwanzig, wohnt im Hotel Mama und studiert BWL. Das Übliche. Die Gebrechts haben übrigens ihren Sohn stets aus den Medien herausgehalten. Das war eiserner Grundsatz. Wir dürfen nie etwas über den Jungen nach außen geben. Die Wenzel wollte nicht mal bei Home-Storys den Uli dabei haben.«

»Du weißt verdammt viel über sie«, sagte ich anerkennend.

Jens grinste verlegen. »Ist ja nicht so schwer. Wir haben über all unsere Kunden Akten angelegt, damit wir die Lebensläufe im Griff haben.« Er deutete auf einen großen Aktenschrank mit Hängeregistern, der in der Ecke stand. »Natürlich keine intimen Details und nichts, was den Datenschutz verletzen würde.« Jens hob abwehrend die Hände, und wirkte dabei so glaubwürdig wie die Aussage führender bayerischer Politiker, sie würden mit ihrer Macht verantwortungsvoll umgehen, nachdem sie von einem zweifelsohne hirntoten Volk bei der Langtagswahl 2003 die Zweidrittelmehrheit hinterhergeschmissen bekommen hatten. Beizeiten würde ich mal einen Blick in diese Akten werfen müssen. Probehalber zog ich an einer Schublade. Nicht verschlossen, man konnte sich mühelos am Archiv bedienen.

Jens sah demonstrativ auf seine Uhr. »So, jetzt müssen wir aber wieder was tun. Noch Fragen wegen heute Abend?«

»Ja«, sagte ich, denn ich sah mich vor einem ernsthaften Problem. Mein Abendprogramm bestand laut Penelope Kazmarek darin, das Faschingsluder Sandra Klein zur Premierenfeier des neuen Films von Thomas Gebrecht zu begleiten. Die Vorführung sollte vorher im Kino am Sendlinger Tor stattfinden. Ich war noch nie zu einer Filmpremierenfeier eingeladen gewesen. »Was zieht man zu so was an?«

Jens sah mich mit krauser Stirn an und lachte kurz. »Fragst du das im Ernst? Das ist der neue Film, den Gebrecht produziert hat. Verspricht ein Blockbuster zu werden. Heike Makatsch spielt mit, Thomas Heinze, Cosma Shiva Hagen, Moritz Bleibtreu, die Becker-Geschwister Meret und Ben. Einfach alles, was Rang und Namen hat, und Muriel Baumeister macht sich nackig.« Ein lüsternes Grinsen flackerte über Jens' Gesicht. »Die Üblichen halt. Da ziehst du dir was elegant-dezentes an. Du sollst nicht groß auffallen.«

»Okay, und warum dürfen wir nicht zur Filmpremiere selbst?«

»Da sind die Plätze begrenzt und längst vergeben. Schön, das wäre geklärt«, grinste Jens zufrieden. »Falls du jetzt noch willst, würde ich mich freuen, wenn du uns ein wenig beim Klatschen unterstützt. Sonst muss ich das alles alleine machen.« Die Münchner Tagespresse hatte natürlich die bevorstehende Trennung in riesigen Lettern als Aufmacher. Alles munkelte, ob nun Mona Wenzel am Abend zu Premiere des neuen Films ihres Mannes kommen würde. Noch war über den Mord nichts zu lesen. Die Kazmarek hatte gesagt, dass die Polizei ohnehin erst am frühen Nachmittag eine Pressekonferenz zum Fall Laura Meitinger geben würde. Dann würden die Radiosender als Erstes darüber berichten. So hatten wir Zeit, gezielt Gerüchte zu streuen, beziehungsweise zu checken, was schon an Tratsch kursierte.

»Du kennst dich aus mit Chat?«, fragte Jens beiläufig.

»Nein«, antwortete ich ehrlich.

»Wie, nein?« Jens sah mich an, als sei ich ein Neandertaler.

»Nein. Ich habe noch nie gechattet.«

»Das ist jetzt ein Scherz.«

»Kein Scherz.«

»Aber, das macht doch jeder!« Jens war ganz aufgeregt. »Wieso chattest du nicht?« Er starrte mich durchdringend und fasziniert an, als sei ich ein Axolotl oder eine seltsame Lebensform aus einer anderen Welt.

»Da kann ich genauso fragen, wieso chattest du?«

»Da lernt man tolle Leute kennen, mit denen man tolle Sachen machen kann.«

»Zum Beispiel?«

»Flirten.«

»Virtuell?«

»Klar virtuell.«

»Sorry, aber das nenne ich nicht was machen. Ich mache alles, was toll ist, mit meinem Freund. So richtig mit Hautkontakt und so. Ist jetzt der neueste Trend: *real life* – das flasht. Pssst, aber nur für Insider.«

»Oh, das ist schön für dich. Ähm, du bist also schwul?«

»Klar.« Offenbar war ich in den mysteriösen Akten noch nicht erfasst. Jens schien weder von der Prinzessin noch von Penelope über mich gebrieft worden zu sein. »Du etwa nicht?« Es war mehr eine rhetorisch-provozierende Frage. Jens würde sich einen Ast freuen, wenn er hetero wäre, er war jedoch eindeutig völlig asexuell.

»Ich?« Jens plusterte sich auf. »Natürlich nicht. Wie kommst du darauf?«

»Nur so 'ne Idee«, schmunzelte ich.

• • •

Meine Aufgabe am Computer war einfach. Ich sollte im *People-Plus*-Chatroom, angeblich ein Must für alle Yellow-Press-Freaks, die Stimmung in Sachen Mona Wenzel checken und dann gezielt Gerüchte streuen. Natürlich wollte ich auch Informationen für mich sammeln. Als Nickname wählte ich »Claudia Bertani«. Jens fand das ultrawitzig. Schließlich war er es, der meinte, es sei besser, wenn ich mich als Frau ausgeben würde. Also tat ich so, als sei ich die legendäre Werbetussi, die früher mal die Piemontkirschen für Mon Cherie persönlich vom Baum gepflückt hatte. Jens setzte sich an einen Computer neben mich. Am Vortag hatte er schon in verschiedenen Chats über den Ehebruch geklatscht, nun ging er als »Jenny91« in den *Bravo*-Chat.

»Jenny«, so erklärte Jens, »klingt nach Osten. Einundneunzig nach Postwendegeburt. Total vertrauenserweckend in der Zielgruppe!« Die Agentur hatte eine Boygroup unter Vertrag, deren letzte Single gefloppt war. Nun musste »Jenny91« ran und sich mit pubertierenden Mädels über die fünf supersüßen Boys aus Florida austauschen. Ganz nebenbei wurden die Termine für Livegigs, Autogrammstunden und Promotionevents sowie Name plus Produktpalette des Hauptsponsors an die Pickelpopgeneration gebracht. Danach musste er alle anderen wichtigen Teenie-Chats abklappern.

»Business as usual«, sagte Jens, schob mit dem Mittelfinger die Brille genau auf den rotgeschwollenen Pickel an der Nasenwurzel und legte los.

Bei *PeoplePlus* war Mona Wenzel tatsächlich das Thema Nummer eins. Alle waren sich einig: Thomas Gebrecht ist eine Sau, das Faschingsluder ein Luder und Mona Wenzel die Heilige Monika vom Tränenreichen Mutterkreuz. Ich streute ein paar Bemerkungen ein, dass ich das alles nicht glauben könne, denn erst neulich hätte ich Sandra Klein, dieses Luder, mit einem (hier stand ich vor dem großen Problem, mich realistisch zu beschreiben, also schrieb ich:) großen, dunkelhaarigen, wahnsinnig attraktiven Kerl in dem total angesagten In-Treff ›Ganesha Lounge‹ gesehen. Im Nu hatte ich die Aufmerksamkeit aller, und die Sache begann mir Spaß zu machen. Ich schob alle Schuld auf das Luder, das vermutlich auf ganz hinterfotzige Art Karriere machen wollte und dabei nicht mal davor zurückschreckte, die Ehe der Mona W. aufs Spiel zu setzen. Sofort hassten alle das Luder noch mehr. Ich war so gefangen von meinem kleinen Spiel, dass ich kaum registrierte, dass um mich herum ein reges Kommen und Gehen herrschte. Selbst der Prinzessin, die irgendwann vorbeirauschte, warf ich nur ein kurzes »Hi« zu. Viel Neues erfuhr ich allerdings nicht. Meine Klatschtanten wussten kaum etwas beizusteuern, das ich nicht schon von Jens erfahren hatte. Ich machte alle heiß auf den kommenden Abend, indem ich andeutete, dass es das Luder wagen würde, auf die Filmparty im Deutschen Theater zu gehen. Doch plötzlich meldete sich jemand Neues namens »SPlatz« an, der außer einem »Hallo« für einige Zeit nichts von sich gab. Fast hätte ich ihn schon vergessen, als ich eine persönliche Nachricht von »SPlatz« bekam. Ganz exklusiv nur für mich bestimmt.

»Hallo Piemontkirsche, du Glücklicher. Der Junge zählt auf dich!«, schrieb »SPlatz«.

»Was?«, antwortete ich und spürte ein Kribbeln meinen Körper durchlaufen.

»Du weißt was.«

»Nein«, schrieb ich zurück. »Keine Spielchen. Tschüss.«

»Gut«, kam noch ein Mail von »SPlatz«. »Keine Spielchen. Der Junge war es definitiv nicht! Und sag diesmal nicht, du weißt nicht, wovon ich spreche. Er war es nicht! Servus.«

»Halt. Was soll das heißen? ›SPlatz‹!« Doch »SPlatz« meldete sich nicht mehr. Auch als ich in den allgemeinen Chat zurückkehrte, war keine Spur mehr von ihm zu finden. Ich drehte mich zu Jens um. Klar, er hatte sich einen Scherz erlaubt, und mich gefoppt. Anders konnte es nicht sein. Doch auf seinem Bildschirm sah ich nur: »Ja, ich finde die Boys auch total süß! Vor allem der süße Jeff ist soooo horny.« »JA! Jeff ist süß!« »Echt? Die Girls aus meiner Posse stehen alle voll auf den endsüßen Tim, auch wenn der angeblich mit Brit geht.« »Stimmt, Tim ist auch mein süßer Traumboy! So süüüüß! Wisst ihr übrigens, dass die süßen Boys am kommenden Freitag einen super Spontanbesuch bei Saturn in Leipzig machen? Ist bisher total secret …«

»Versucht ihr einen Weltrekord in ›Wie oft bringe ich das Wort *süß* in einem Satz unter ohne zu kotzen‹ aufzustellen?«, unterbrach ich Jens beim Mädelverarschen.

»Wir haben Tim als den Süßen aufgebaut, nicht Jeff. Der ist der Rebell. Da müssen wir noch ein wenig korrigierend eingreifen«, murmelte Jens nüchtern.

»Warst du das eben?«, fragte ich.

»Was?«, grunzte er und tippe gleichzeitig weiter.

»Warst du eben in meinem Chatroom und hast mich mit mysteriösen Privatmails bombardiert?«

»Nö.« Jens schenkte mir weiter kaum Aufmerksamkeit. »Wozu sollte ich? Das passiert oft, dass irgendwelche Spastis dich zumailen. War es was Besonderes?«

»Nein«, antwortete ich nachdenklich. »Nichts, was von Bedeutung wäre.«

• • •

»Dann wusste schon heute früh jemand von dem Mord«, schloss Katja, nachdem ich ihr alles haarklein berichtet hatte. Ich hatte mich gleich aus der Agentur verabschiedet und war schnurstracks zu Katja gefahren. Der Chat war nur eine Goodwill-Aktion von mir gewesen. Jens hatte sich wohl oder übel seufzend seinem Schicksal ergeben und musste also nach der Clearasil- auch noch die Oil-of-Olaz-Generation bearbeiten. »Der Kreis der Wissenden war allerdings recht klein. Gerade vorhin erst haben sie die Nachricht vom Mord im Radio gebracht. Also muss es jemand gewesen sein, der gestern Abend dabei war, oder jemand von der Polizei. Ich bin übrigens ganz im Gegensatz zu deinem neuen Freund Jens gar nicht der Meinung, dass alle ein Alibi haben. Sandra Klein deckt ihren Geliebten Thomas Gebrecht und umgekehrt. Ebenso verhält es sich mit Mona Wenzel und der kalten Katze Penelope. ›SPlatz‹ – so ein Scheißname! Auf jeden Fall bedeutet das was, denn sonst käme niemand auf die Idee, sich ›SPlatz‹ zu nennen.«

»Vielleicht gibt eine undichte Stelle bei uns oder der Polizei«, gab ich zu bedenken. »Was mich jedoch viel mehr nachdenklich stimmt, ist die Tatsache, dass dieser ›SPlatz‹ wusste, dass ich ›Claudia Bertani‹ war. Das vermute ich jedenfalls, denn sonst ergibt es gar keinen Sinn. Und er hat *du Glücklicher* geschrieben. Eine eindeutige Anspielung auf meinen Namen Felix, der Glückliche. Da wusste jemand, dass ich ausgerechnet in diesem speziellen Chatroom bin und welchen Spitznamen ich habe. Es konnte aber nur Jens wissen und der behauptet, er war es nicht. Du kannst mich jetzt für verrückt halten, aber ich glaube es ihm.«

»Könnte die kalte Katze Penelope nicht ›SPlatz‹ sein? Sie war in der Agentur und hat euch vielleicht belauscht.«

»Habe ich mir auch schon gedacht. Es sind alle möglichen Agenturmitarbeiter bei uns vorbeigekommen und jeder konnte gesehen haben, mit welchem Namen ich in welchem Laberraum war.«

»Was ist mit der Prinzessin?«, fragte Katja und rieb sich die Nase. »Die weiß alles und zieht nicht nur hier die Fäden im Hintergrund.«

»Die hat keinen Computer in ihrem Büro«, antwortete ich. Ich hatte das Büro der Prinzessin deutlich vor Augen. Ihre Louis-Quinze-Möbel, der (echte) Picasso an der einen Wand, der (natürlich auch echte) Bacon an der zweiten und der (ebenfalls echte) Turner an der dritten Wand, die kleine Sitzgruppe für Besucher. Ihren eleganten Art-Deco-Schreibtisch aus Kirschholz. Kein Computer weit und breit. Möglich, dass sie mir aus einem anderen Büro dazwischenfunkte, aber andererseits konnte ich mir kaum vorstellen, dass sich eine Dame in ihrem Alter mit Computern auskannte. Ich fühlte mich unbehaglich. Das Erlebnis im Chatroom hatte mich mehr mitgenommen, als ich mir zunächst eingestehen wollte. Solche Angriffe aus der völligen Anonymität gehörten neben einem Loch im Kopf und Halloween zu den Dingen, die ich momentan am wenigsten brauchen konnte.

»›SPlatz‹ will jedenfalls, dass ich in dem Mordfall weiter am Ball bleibe. Also weiß er oder sie, dass ich schon einige Erfahrung in dem Bereich gesammelt habe. Und wer, der über den Mord Bescheid weiß, ist so ungeheuer scharf aufs Detektivspielen? Wer hat ein lebhaftes Interesse am Wühlen im Abschaum menschlicher Existenz? Da kenne ich eigentlich nur eine!« Ich hielt Katja meinen Zeigefinger unter die Nase. »Dich! Du bist ›SPlatz‹. Gib es zu!«

Katja biss mir in den Finger. »Uäh«, spuckte sie dann angeekelt aus. »Wie viele räudige Straßenköter hast du denn heute schon gestreichelt?«

»Seit ich Mona Wenzel die Hand geschüttelt habe, wasche ich sie mir natürlich nicht mehr!«

»Durchaus verständlich. Dann sei es dir verziehen. Aber im Ernst, solche Finessen traust du mir zu, Felix? Schlecht kombiniert, Sherlock.«

»Okay«, gab ich zu. »Du ziehst im Zweifelsfall immer den Holzhammer vor. Ich weiß. Apropos Holzhammer. Es ist so angenehm ruhig hier. Wo sind eigentlich deine Schratzen? Es plärrt ja gar nichts. Hast du sie unter dem Kissen erstickt und täuschst später den Plötzlichen Kindsbetttod vor?«

»Gute Idee«, antwortete Katja. »Das nächste Mal. Diesmal sind sie mit ihrem Vater draußen spazieren.«

»Heißt das, Erzengel ist wieder im Lande? Sollte er nicht erst in ein paar Tagen kommen?«, rief ich. »Und das erfahre ich so nebenbei? Ich dachte, wir sind Freunde.« Ich war wirklich empört und sprang auf. Da kehrte mein bester Freund nach wochenlangen Dreharbeiten im hintersten Kambodscha in die Heimat zurück, und keiner sagte es einem.

»Mensch, Felix.« Katja versuchte mich zu beruhigen. »Er ist sogar schon seit vorgestern wieder da. Es ist nur so …, seit er einen gewissen Bekanntheitsgrad hat, wird es schwierig, die Privatsphäre wirklich zu wahren. Niemand, wirklich niemand weiß, dass er schon da ist. Schon gar nicht seine Agentur oder die Prinzessin, sonst hätten die ihn längst wieder verplant. Wir wollten nur ein paar Tage für uns. Ganz heimlich.«

»Und dann gehst du gestern Abend mit mir weg?«

»Musste ich ja, sonst wäre es aufgeflogen. Und mein Süßer war froh, mal einen Abend allein in seinen eigenen vier Wänden verbringen zu können. Sei nicht böse, Felix. Es ist nicht gegen dich gemünzt. Echt.«

Ich blieb angesäuert. Frechheit, wozu hat man Freunde, wenn auch die einen belügen.

»Weißt du was?«, fuhr Katja fort. »Wir gehen heute Abend mit auf die Party. Wir haben schon lange eine Einladung. Da ist die ganze Mischpoche zusammen und wir können ein wenig schnüffeln. Meine Mutter sittet Baby, das habe ich schon abgeklärt.«

»Ach, auf einmal?«, rief ich zweifelnd. »Von wegen ein paar Tage nur für uns! Aber dann gleich auf eine Filmpremierenparty gehen, wo garantiert allein deshalb jede Menge Pressefuzzis rumhängen, weil der Produzent seine prominente Ehefrau betrügt.«

»Hör mal, es wird schon schwierig genug sein, einfach auf eine Party zu gehen …«

»Was soll denn daran schwierig sein?«, unterbrach ich Katja. Ich tigerte ein wenig in ihrem großzügigen Wohnzimmer umher. Die Wohnung, die sich Katja und Erzengel zugelegt hatten, war genau das, was man sich immer als Altbautraum wünscht. Die Decken mindestens fünfzig Meter hoch, floraler Stuck selbst auf dem Klo, Holztüren so breit wie Scheunentore, Parkett so uralt wie Zsazsa Gabor, eine urgemütliche Wohnküche und ein riesiger Balkon nach Süden. An den Wänden hingen nur ganz wenige Gemälde. Poster waren längst aus ihrer Welt verbannt. Früher hatte Katja aus Stolz über ihren Mann verschiedene Werbeplakate oder Covermotive mit ihm aufgehängt. Doch nun hing nur noch ein Cover im schlichten Silberrahmen gut sichtbar im Flur: Erzengel als Titelboy des *Time*-Magazines. Katjas strenger Einrichtungsstil passte gut zu den großzügigen Räumlichkeiten. Nun, da man es sich leisten konnte, gab es kaum noch Billig-Schlichtes von IKEA sondern Teuer-Schlichtes im Bauhausstil. LeCorbusier hier, Mies van der Rohe da. Ich persönlich fand die Kombi aus Stahl und schwarzem Leder und geraden Linien schon immer etwas zu kühl, doch ich musste ja auch nicht hier leben. Und zum Angucken ist der Fröstel-Stil klasse.

»Es ist nicht mehr so wie früher, Felix«, sagte Katja ehrlich bedauernd. »Mein Mann ist nun mal ein Scheißpromi, genau der Typ Promi, den wir früher zum Kotzen fanden. Normalerweise läßt sich Gabí jeden Partybesuch gut bezahlen, Gagenhöhe je nach Anlass. Wenn ich dabei bin, kostet es noch mehr. Claudia Schiffer geht schließlich auch nicht mal eben auf eine Party. Wenn Gabís Agentur und die Prinzessin mitbekommen, dass wir einfach so, ohne Vorankündigung, ohne genaue Absprachen auf eine Party gehen, dann kann das Ärger bedeuten.« Sie zuckte mit den Schultern.

Scheiße, hatten sich die Zeiten geändert, schoss es mir durch den Kopf.

»War ja nur ein Vorschlag von mir«, sagte sie traurig.

»Nein, das war ein Vorschlag von mir«, tönte es plötzlich hinter mir. Erzengel hatte den Raum betreten, ohne, dass ich es bemerkt hatte. Er strahlte mich mit seinem unnachahmlichen Latin-Lover-meets-Lausbub-Lächeln an, seine smaragdgrunen Augen blitzten und wie sauer ich auch eben noch gewesen sein mochte, sofort war ich versöhnt. Wir fielen uns um den Hals, als hätten wir uns jahrelang nicht gesehen. Er busselte mich wie üblich ab und drückte mich an sich. Für Sekundenbruchteile war ich versucht, mir wieder mehr mit ihm vorzustellen als nur Freundschaft. Fast musste ich über mich selbst lachen, weil ich immer noch einen Hauch Erotik zwischen uns sah. Tja, man kann sich das Leben auch selbst unnötig schwer machen.

5

Sie ausgschamtes Luder, Sie!«, begrüßte uns gleich die erste Besucherin, als wir das Foyer des Deutschen Theaters an der Schwanthaler Straße betraten. Rings um uns surrten Fotoapparate, mehrere TV-Teams stürzten sich begierig auf Sandra Klein und mich. »Schama solltens Eana, statt hia a no aufzumkreuzn!« Die ältere Dame, die bedauerlicherweise ein schulterfreies, grün-violettes Cocktailkleid aus den späten Siebzigern trug, das ihr runzeliges Dekolletee und den speckigen Nacken unvorteilhaft betonte, wollte sich gar nicht mehr einkriegen. »Faschingsluder. Da hams in der Zeitung amoi an richtigen Namen für Sie ausgschamtes Ding gfundn. Die arme Mona Wenzel! Dad mi ned wundern, wann die a no die Haushälterin aufm Gwissn hat.«

Sandra lächelte tapfer weiter und krallte ihre Hand in meine. Sie war unsicher. Ich bahnte uns den Weg durch die Menschenmenge. »Würden Sie meine Freundin bitte in Ruhe lassen!«, rief ich der Specknackigen zu.

»Da schau her. Ihren feinen Herrn Luden hats glei mitbracht!«

Okay, irgendwann reicht es. »Wenigstens hat sie was mitgebracht. Sie hingegen hätten ruhig einiges zu Hause lassen können. Sich selbst zum Beispiel.« Die Alte starrte mich blöde an, das war ihr zu hoch, aber zumindest war sie endlich still.

Die Pressemeute verhielt sich seltsam. Zwar war jedes Objektiv auf uns gerichtet, doch keiner fragte etwas. Uns war ohnehin eingebläut worden, dass die ursprünglich geplante Strategie durchgezogen werde. Jetzt erst recht. Luder macht Schaulaufen mit Hengst, jegliche außerberufliche Verbindung zu Thomas Gebrecht wurde dementiert, was natürlich erst recht zu Spekulationen verführte. Nichts bestätigt mehr als ein Dementi. Die Wenzel und ihr Mann waren nicht zur Premiere gekommen, sie würden erst einmal abtauchen und keine Interviews geben. Wir sollten ein wenig für Ablenkung sorgen, und natürlich nichts über den Mord sagen, dennoch – das schweigende Knipsen hatte etwas Surreales.

Erst als wir auf die Garderoben zusteuerten, rief einer: »Was sagen Sie zu dem Mord, Frau Klein? Sandra?!« Plötzlich brach der Damm, alle fühlten sich bemüßigt, in das gleiche Horn zu stoßen und brüllten durcheinander. Sandra Klein bekam hektische rote Flecken am Dekolletee. Sie war offensichtlich mit der Situation überfordert und drückte wieder ganz fest meine Hand. »Kein Kommentar«, rief ich daher über meine Schulter hinweg, da steuerte auch schon wie aus dem Nichts die kalte Katze Penelope Kazmarek auf uns zu und zog uns hinein ins Gewühl vor den Garderoben. Die Pressemeute hatte ohnehin vorläufig das Interesse an uns verloren, denn eben betrat völlig überraschend Deutschlands schönster Export seit Claudia Schiffer den roten Teppich. Während wir mit lauerndem Schweigen begrüßt worden waren, tobte die Journaille nun. »Gabí! Hier! Gabíííí!«, tönte es allerorten. Katja hatte es geschafft, dass ihr Mann in der Öffentlichkeit keine Spitznamen in Anspielung auf seine engelhaften Namen erhielt, sondern nach seinem zweiten Vornamen Gabriel einfach Gabí mit kurzem a und Betonung auf dem i gerufen wurde. Alle wollten nun Gabí ablichten, der sich anschickte, nach den Laufstegen die Leinwand zu erobern. Zugegeben, daran waren vor ihm schon einige Claudias, die Schiffer heißen, gescheitert, doch man hatte Erzengel als Einstieg eine interessante Nebenrolle in einem Sci-Fi-

Action-Reißer mit Bruce Willis angeboten, und das abzulehnen, wäre ein Zeichen für völlige Demenz gewesen. Die Außenaufnahmen in der legendären Dschungelstadt Angkor in Kambodscha waren abgeschlossen, in ein paar Tagen musste Erzengel noch zu ein paar Außenaufnahmen nach Budapest und in zwei Wochen zu Studioaufnahmen nach Hollywood. Schließlich hatten es andere Claudias, die zum Beispiel Isabella Rosselini heißen, auch in Hollywood geschafft. Erzengel nahm seitdem Schauspielunterricht bei einer der großen alten Damen der Ufa-Zeit, wenn er in München war. Auch in New York hatte er seinen Acting-Coach.

»Geht es wieder?«, fragte ich Sandra, nachdem wir abgelegt hatten. Sie sah in ihrem schlichten, grünchangierenden Abendkleid sehr elegant und absolut nicht luderhaft aus. Eher wie ein raffiniert verpackter Barockengel. Die Prinzessin hatte das Kleid ausgesucht.

»Danke, schon gut«, sie lächelte mich kurz an. »Ich bin so einen Rummel halt nicht gewöhnt, äh, Sie … du heißt Felix, nicht wahr?«

»Stimmt, Sandra. Bitte nicht vergessen, dass wir uns duzen und seit vier Monaten ein festes Paar sind. Aber ich dachte, du warst mal Faschingsprinzessin. Da müsstest du den Rummel bestens gewohnt sein.«

»Das ist nun schon gute fünf Jahre her«, antwortete sie. »Und da hat die Presse ein ganz anderes Interesse an mir gehabt. Außerdem war ich da noch zwanzig Pfund leichter. Das hier …«, sie zögerte und blickte sich unsicher um, »… ist etwas völlig anderes.«

»Du hast gute Arbeit geleistet, Felix«, lobte mich Penelope. »Nur, weil du im Chat Sandras Termin für heute Abend gestreut hast, ist mehr Yellow-Press da als üblich. Dass allerdings auch Erzengel Gabriel auftaucht, hätte ich nicht gedacht! Sollte er nicht noch zu Dreharbeiten in Kambodscha sein? Ich muss mal ein ernstes Wörtchen mit ihm reden, wir haben kein Honorar für sein Erscheinen heute Abend ausgehandelt!« Die kalte Katze verrenkte ihren Kopf, um zu sehen, wo er sich gerade aufhielt. »Schade, seine Frau ist dabei«, seufzte sie enttäuscht. »Übrigens werden später einige ausgesuchte Fernsehteams und Fotografen in den Saal gelassen. Darauf solltet ihr vorbereitet sein. Ich verlasse euch jetzt. Wir haben noch ein paar andere Kunden heute Abend zu betreuen. Wir sehen uns.«

»Moment noch«, sagte ich. »Kennst du jemanden, der Platz heißt, Vorname irgendwas mit S?«

»Nein«, die kalte Katze sah mich verwundert an. »Sollte ich?« Eben rauschte die alte specknackige Keifhexe mit dem Siebzigerjahrekleid suchenden Blickes an uns vorbei und Penelope rief ihr hinterher: »Halt, Frau Sickelgruber, hier bin ich! Kommen Sie, ich gebe Ihnen gleich ihr Geld. Ihr Auftritt war wirklich klasse, wie immer. Frau Sickelgruber, Sie sind einfach die Beste.« Sie zog die Alte, die uns fröhlich zuwinkte, am Arm weg und ließ uns völlig verdattert stehen. Darüber hätte sie uns ruhig vorher aufklären können.

Katja und Erzengel hatten das Blitzlichtgewitter hinter sich gebracht und ihre Mäntel an der Garderobe abgegeben. »War das Timing richtig?«, begrüßte uns Erzengel. »Haben wir euch die Meute vom Hals geschafft?«

»Goldrichtig«, antwortete ich. Katja sah in ihrem hautengen, gerade geschnittenen schwarzen Kleid atemberaubend aus und ihr Mann wirkte in seinem Designer-Anzug wie eben einem Modemagazin entsprungen. Das sagte ich auch.

»Alles geliehen«, winkte Katja ab. »Natürlich kostenlos. Was glaubst du denn? War auf die Schnelle nicht so einfach, aber wozu hat man Connections. Wir müssen nur jedem Reporter unter die Nase reiben, dass ich heute Jil Sander trage und mein Süßer Florian Obst ausführt. Bei größeren Anlässen gibt's für mich noch Schmuck dazu. Machen wir immer so. Hättest du übrigens auch machen sollen, Felix. Hast du deinen Anzug, so schick er mal 1967 gewesen sein mag, von der Heilsarmee?«

»Danke für das Kompliment«, gab ich zurück. »Ist mein Konfirmationsanzug und dient nur der Tarnung. Mit einem geliehenen Designerteil wäre ich doch sofort aufgeflogen. Lebensgefährten von blonden Faschingsludern, die plötzlich ins schmutzige Licht der Öffentlichkeit gezerrt werden, haben für gewöhnlich keine schicken Klamotten, Dummerle!« Der Anzug war in Wahrheit totschick, das zählte. Er war nur ein klein wenig eng, da ich in den letzten Monaten und Jahren ein bis zwei Mikrogramm zugenommen hatte, man ist schließlich keine fünfundzwanzig mehr. Doch das störte mich später beim Tanzen kaum. Die Band, die man engagiert hatte, war gut. Spielte querbeet alles, von *Satisfaction* bis *An der schönen blauen Donau*. Irgendwie hatte ich mir eine Filmpremierenfeier anders vorgestellt, doch was hatte ich schon für eine Ahnung. Die wenigen Standardtitel, die ins Musikprogramm gestreut wurden, quittierte das Publikum mit einem begeistertem Gejohle, was die Band veranlasste, noch ein paar Walzer mehr zu spielen. Nun zahlte es sich endlich mal aus, dass ich damals nicht nur den normalen Tanzkurs, sondern gleich noch zwei Fortgeschrittenenkurse belegt hatte. Als pickeliger Teenager war ich sogar mal ein begeisterter Standardtänzer gewesen. Nun schaffte ich es immerhin, Sandra zumindest bei Chacha, Discofox und Walzer richtig zu führen. Beim Wiener Walzer sogar linksherum. Ich war richtig stolz auf mich und fand die Veranstaltung bei weitem nicht so spießig, wie sie später in der Presse dargestellt wurde. Sandra Klein, das Faschingsluder, tanzte prima und verzieh mir kleine Patzer. Langsam taute sie auf, was vielleicht auch daran lag, dass sie schnell ein paar Gläser Prosecco hinuntergekippt hatte.

»Wie ist denn Thomas Gebrecht so«, fragte ich sie, als wir uns bei einem langsamen Walzer unseren Weg durchs Gewühl auf der Tanzfläche drehten.

»Wie – so?« Sandra sah mich verwundert an. »Als Liebhaber? Gut. Ich kann nicht klagen.«

»Nein, ich meine als Mensch.«

»Oh, er ist ein anständiger Kerl, wenn du das meinst. Dafür, dass er im Filmgeschäft ist, ist er sehr anständig. Da habe ich schon ganz andere kennen gelernt.«

»Willst du denn ins Filmgeschäft einsteigen?«

»Wer will das nicht? Außerdem bin ich ja schon drin.«

»Hast du dich deswegen an den Gebrecht rangemacht?«

»Ich habe mich nicht an ihn rangemacht!«, rief sie empört. Wir kamen für einen Moment aus dem Takt. »Entschuldige. Ich wollte nicht laut werden.« Dafür, dass sie als Luder vermarktet wurde, war sie erstaunlich wohl erzogen. Irgendwie passte das nicht. »Thomas und ich lernten uns im Juni vor zwei Jahren auf der Geburtstagsfeier meines Vaters kennen. Mein Vater hat eine Werkstatt für Kulissenbau. Er arbeitet schon lange für Gebrechts Filmproduktion. Tja, und da hat es sofort zwischen uns gefunkt.« Das war exakt die offizielle Version, die ich bereits gehört hatte. »Dann hat mich Thomas als Sekretärin, oder besser als Assistentin, als Mädchen für alles bei sich eingestellt. Wegen der Geschichte nun bin ich aber erst mal beurlaubt. Du weißt schon – keine neue Nahrung für Gerüchte. Und was machst du eigentlich? Ich meine, ich weiß nur so viel, dass du bei der Prinzessin für *special projects* angestellt bist.«

»Hat man dir das so erzählt?« Ich musste lachen. »Das ist Teil meiner offiziellen Biografie. Du bist mein *special project.* Eigentlich bin ich arbeitslos.«

»Oh, das tut mir Leid.«

»Muss es nicht. Ich habe selbst gekündigt. Ich habe eine kleine Unit in einer großen Werbeagentur geleitet und wenn ich tapfer am Ball geblieben wäre, wäre ich sicher irgendwann in die Geschäftsleitung aufgestiegen.« Ich versuchte, es so knapp als möglich zu machen. Wozu olle Kamellen aufwärmen? Ich war ausgestiegen. Ja, ausgerechnet in Zeiten wie diesen. Ganz bewusst. Es hatte sogar ein gutes Angebot von der Geschäftsleitung gegeben, damit ich bleibe. Es hatte auch ein noch besseres Angebot von der Konkurrenz gegeben, damit ich wechsle. Doch obwohl ich erst von allen Seiten mit guten Ratschlägen bombardiert worden und später auf allgemeines Kopfschütteln gestoßen war, bin ich konsequent geblieben. Ich wollte nicht in der Tretmühle enden und hatte meinen Schritt bisher noch nicht bereut. Gut, er lag auch gerade mal zehn Wochen zurück. Ich hatte ein wenig gespart und konnte mir eine Auszeit leisten, wenn ich mich einschränkte. Zugegeben, der Pleitegeier kreiste schon. Doch dank Katjas Verbindungen zu diversen TV-Redakteuren verdiente ich mir ein klein wenig dazu. Ich war schon drei Mal als Talkgast in verschiedenen Shows aufgetreten und hatte gegen gutes Geld die abenteuerlichsten Ansichten vertreten. Und zwei Mal war ich bereits in den billigst gemachten, aber quotenträchtigen Gerichtsshows als Laiendarsteller dabei gewesen. Natürlich war mir klar, dass ich über kurz oder lang wieder Bewerbungen schreiben musste – bloß als was? Wie nicht anders zu erwarten, hatten sich meine Eltern in Entsetzen, Panik, Herz- und Schlaganfällen geübt, erst mit Entmündigung und dann mit Enterbung gedroht. Was Eltern halt so machen, um ihre Liebe unter Beweis zu stellen. Meine Mutter behauptete gar, meine Entscheidung hätte sie ergrauen lassen, dabei hatte sie in Wahrheit einen Friseurunfall hinter sich. »Momentan verdiene ich mir meine Brötchen, indem ich mich an der Seite attraktiver Blondinen in der Öffentlichkeit zeige«, schloss ich meinen kleinen Rückblick.

Sandra lächelte mich an und gab mir einen Klaps auf die Schulter. Sie wurde mir richtig sympathisch. Ein junger Mann kam über die Tanzfläche direkt auf uns zugesteuert.

»O Scheiße«, murmelte Sandra, »was macht der denn hier?«

»Sandra!«, rief der junge Mann, dessen dunkler Anzug eine Nummer zu klein war. »Was habe ich da heute in der Zeitung gelesen? Du hast was mit diesem Thomas Gebrecht? Ich glaube, du musst mir mal eben was erklären!«

»Wastl, nicht jetzt!« Wir tanzten munter weiter, der Typ drehte sich mit uns. »Du hast schließlich mit mir Schluss gemacht. Lass mich in Ruhe. Ich bin dir keinerlei Rechenschaft schuldig.«

Der Typ wollte etwas sagen, doch ich war schneller: »Sie haben die Dame gehört. Lassen Sie uns in Ruhe. Frau Klein ist mit mir hier.« Der Mann, den Sandra Wastl genannt hatte, vermutlich hieß er also Sebastian, atmete tief ein, sein Anzug drohte endgültig zu platzen. Dann pustete er verächtlich aus und ging von dannen.

»Mein Ex. Tut mir Leid. Vergiss ihn einfach«, sagte Sandra. Wir tanzten weiter Richtung Bar. Sie wollte noch etwas trinken, obwohl sie meiner Meinung nach schon genug hatte. »Übrigens«, sagte sie, als wir am Tresen lehnten und zwei Prosecci orderten, »weiß die Wenzel schon seit langem, dass Thomas ein Verhältnis hat!«

»Wie bitte?«, entfuhr es mir. »Die hat doch so getan, als ob sie …«

»Ja, trotzdem weiß sie es schon seit Ewigkeiten und es hat sie bisher nicht gestört.«

»Warum stört es sie dann plötzlich jetzt?«, fragte ich verwundert.

Sandra zuckte mit den Schultern und sagte: »Wenn das jemand wüsste … Ich bekam nur die Information, dass die Medien von Thomas' Seitensprung erfahren würden. Thomas war damit einverstanden. Ich habe extra bei ihm übernachtet, was ich noch nie gemacht habe, damit uns die Wenzel am nächsten Morgen in flagranti überraschen kann, natürlich mit einer Zeugin. Dieser Nachtweih. Die hat alles für bare Münze genommen, denn sie ist nicht eingeweiht. Zack zack hat die gleich die Presse informiert. Kurz danach hat die Prinzessin eingegriffen. Alles wurde noch am Abend, kurz bevor ihr kamt, anwaltlich geregelt und festgelegt.«

»Und du hast mitgespielt?«

»Klar. Schließlich will ich Thomas nicht verlieren und …« Sie ließ die Fortsetzung im Raum stehen, stattdessen leerte sie ihr Glas in einem Zug.

»Und du bekommst gutes Geld, stimmt's?«, ergänzte ich. Sie zuckte mit den Schultern.

»Übrigens, was habt ihr eigentlich an dem Nachmittag, als der Mord geschah, gemacht? Thomas und du?«, fragte ich nun betont arglos.

»Gemacht?« Sandra Klein sah mich erstaunt an. »Wir waren auf dem Bavaria-Gelände in Geiselgasteig zu einer geschäftlichen Besprechung. Ein neues Filmprojekt. Und wir sind erst gegen neunzehn Uhr zurückgekommen. Wir haben uns was zum Mitnehmen beim Chinesen geholt und in Thomas' Arbeitszimmer gegessen und … naja. Da die Haushälterin so gegen siebzehn Uhr ermordet wurde, haben wir beide ein Alibi. Das habe ich schon der Polizei erzählt.«

»Hast du da schon gewusst, dass Mona Wenzel den Rummel will?«

»Nein, wie gesagt, kam das erst gestern raus und wurde prompt geregelt. So gegen sechs, halb sieben haben wir uns mit Mona Wenzel, ihrer Assistentin und dem Anwalt getroffen. Dein Vater, nicht? Vorher ging es nicht, weil dein Vater Termine hatte. Ach ja, diese Kazmarek war auch dabei. Kurz bevor ihr mit der Prinzessin gekommen seid, haben wir alles unter Dach und Fach gebracht.« Sie lehnte sich über den Tresen, ihre üppige Oberweite, mit der sie sich abstützte, quoll schier aus dem Bustier. »He, junger Mann, noch zwei Prickelwasser!«, rief sie dem Bartender zu.

»Na, amüsiert ihr euch auch gut?« Katja gesellte sich zu uns. Auch sie hatte schon eindeutig über den Durst getrunken.

»Wo ist Erzengel?«, fragte ich. Katja deutete mit finsterem Blick auf die Tanzfläche. Ihr Mann wirbelte eben Penelope Kazmarek durch die Gegend. Sie waren ein schönes Paar. Penelope hatte für den Abend das Kleine Schwarze gewählt und glich Grace Kelly mehr denn je mit ihren hochgesteckten Haaren.

»Die glaubt wohl, wir sind hier in einem Hitchcock-Film, oder was?«, zischte Katja. »Die schmachtet meinen Mann an, als sei er Fürst Rainier von Monaco und sie die olle Kelly. Na, Hauptsache, er quetscht sie ein bisschen aus.«

»Oh, er recherchiert gerade für uns?«, fragte ich leicht ironisch, denn für mich sah es eindeutig so aus, als würde Penelope schon seit einer Weile ihren Unterleib gegen seinen reiben. Ihre Hand lag auf seinem Po. »Sandra konnte übrigens auch etwas Interessantes beitragen. Die Wenzel weiß schon lange über das Verhältnis ihres Mannes Bescheid.«

»Wirklich?« Katja drehte sich erstaunt zu uns um. »Und warum dann erst jetzt dieses Affentheater?«

»Das weiß ich echt nicht«, antwortete Sandra, die sich immer noch auf ihre Brüste stützte und einem Barkeeper »Hey, bitte noch einen Prosecco!« zurief.

»Findest du nicht, dass du für heute genug hast?«, versuchte ich sie zu bremsen. Ich hatte Bammel, dass sie sich völlig zulaufen und dann womöglich unsere kleine Scharade platzen ließ. Schon sah ich ein paar Reporter durch den Saal scharwänzeln. Wie die kalte Katze angekündigt hatte, war zu vorgerückter Stunde einigen Auserwählten Einlass gewährt worden.

»Hör mal, Felix«, sagte Sandra zu mir. »Du bist nicht mein Vater und nicht mein Freund. Also lass mich in Ruhe.«

»Seit heute bin ich dein Freund, also lass ich dich nicht in Ruhe.«

»O Mann, geh mir nicht auf den Senkel!« Sandra schnappte sich das volle Glas, das der Barmann ihr reichte. »Du bist ja schlimmer als Wastl. Ich muss mal für kleine Mädchen. Entschuldigt mich.« Sie ließ uns stehen und schwankte quer durch die Tanzenden. Irgendwo sah ich Erzengel, der für zwei Fotografen mit Heike Makatsch turtelte. Noch hielt die Pressemeute Abstand zu uns, knipste hier und da ein paar der anwesenden C- und D-Promis, denn außer Heike hatten sich die Stars des Films offenbar wieder verzogen, dabei hatte ich so auf eine Pinkelpause neben Moritz Bleibtreu gehofft. Die Pressefuzzis zogen langsam ihre Kreise immer enger um uns. Wie Hyänen pirschten sie heran.

»Etwas überfordert, die Kleine«, meinte Katja.

»Kein Wunder bei dem, was sie in den letzten Tagen durchstehen musste.«

»Weißt du, was mir eben durch den Kopf geht?«

»Wie du die kalte Katze noch kälter machen kannst?«

»Das auch.« Katja lachte herzhaft. »Ernst beiseite. Ich habe meinen Mann schon im Griff, das weißt du. Zumindest solange er in Sichtweite ist. Nein, ich überlegte eben, ob die Haushälterin Laura Meitinger überhaupt das Ziel des Mordanschlags gewesen ist. Guck dir die Klein an und dann erinnere dich mal an die tote Haushälterin. Von der Figur und der Statur her könnte man beide leicht verwechseln. Wenn nun jemand der Klein aufgelauert hätte! Sie ist ja seine Sekretärin, also hat sie Zugang zum Haus. Der Täter sticht zu und merkt zu spät, dass er die Falsche erwischt hat.« Ich wollte Katja darauf hinweisen, dass der Mörder in den Räumen der Haushälterin kaum auf das Luder warten würde, doch bevor ich den Mund aufmachen konnte, fügte sie aggressiv hinzu: »Nun werde ich aber erst mal die Richtige erwischen!« Sie wollte sich von der Bar lösen, höchstwahrscheinlich deshalb, weil Erzengel und die kalte Katze in Sichtweite als Stehblues getarntes Petting betrieben. Penelope hatte den Kopf an die Schulter von Katjas Mann gekuschelt.

»Ganz ruhig«, sagte ich und hielt meine Freundin fest. »Trink noch einen, ich regle das.« Ich steuerte auf das Tanzpaar zu und packte Erzengel am Arm. »Hey«, sagte die kalte Katze verwirrt, doch sie ließ endlich seinen Po los.

»Komm«, flüsterte ich ihm ins Ohr und zog ihn fort von der Frau. »Wir gehen pissen.«

»Ich stehe nicht auf Natursektspielchen, das weißt du doch, Felix. Außerdem kann ich grad nicht«, antwortete er und versuchte seine Männlichkeit unauffällig so zu sortieren, dass die Beule nicht sofort ins Auge sprang.

»Weil du einen Ständer hast, ich weiß.« Ich steuerte auf die Toiletten zu. »Gerade deshalb wäre es für dich jetzt besser, mit mir aufs Klo zu gehen.«

»Mann, was soll ich denn machen, wenn die Frau so an mir rumschraubt. *Ch'è tu crepi!*« Endlich brachte Erzengel mal wieder seinen korsischen Lieblingsfluch an. Ich hatte den Spruch schon lange vermisst. Er hatte die Hände tief in den Hosentaschen und sortierte immer noch. »Das tut weh.«

»Armes Opfer!«

»Eben! Die steht auf mich.«

»Das hat man gesehen. Ihr hattet Sex im Stehen. Wolltest du so kommen?«

»Dafür weiß ich was, was du nicht weißt!«, sagte er triumphierend, während ich mir ein freies Pinkelbecken suchte. Er lehnte sich lässig an die gekachelte Wand und sah mir zu. Natürlich konnte ich unter diesen Umständen nicht und seufzte.

»Oh, schon verstanden.« Erzengel drehte sich weg. »Also, hier die News: Mona Wenzel weiß schon seit langem, dass ihr Mann sie betrügt!«

»Erzähl mir was Neues«, murmelte ich, erleichtert, dass es endlich lief. »Das hat mir Sandra Klein auch schon verraten.«

»Du weißt aber nicht, warum die plötzlich dieses Theater veranstaltet hat, oder? Nun, die Karriere der Wenzel hat schon seit einiger Zeit einen Durchhänger. Die Quoten bei ihrer letzten Serie *Mit Laptop und Lederhose* entsprachen nicht den Erwartungen.«

»Kein Wunder bei dem Titel!«, mischte sich der Mann ein, der neben Erzengel stand. »Äh, 'tschuldigung, geht mich ja nix an.« Er drehte seinen Kopf weg und schaute, dass er fertig wurde. Erst als er weg war, wurde mir klar, dass das eben Moritz Bleibtreu gewesen war. Fuck, zu spät! Erst draußen berichtete Erzengel weiter: »Danach hat die Wenzel keine guten Angebote mehr bekommen. Seit ungefähr einem Jahr versucht sie nun in die Fußstapfen von Christine Kaufmann und Uschi Glas zu treten, indem sie eine Kosmetikserie auf den Markt geworfen hat und über einen Homeshoppingsender verkloppt. Auch das läuft nicht gut. Und was tun Promis auf dem absteigenden Ast in schlechten Zeiten?«

»Sie inszenieren was, das sie in das öffentliche Bewusstsein zurück katapultiert. Hauptsache der Name ist richtig geschrieben«, sagte ich und kombinierte weiter: »Klar, der Wenzel hat jetzt das Verhältnis sehr gut in den Kram gepasst. Ihr Mann ist der Böse. Sie wird auf einer Welle der Sympathie nach oben gespült und ist prompt wieder für neue Hauptrollen interessant. Ganz zu schweigen davon, dass es ihrer Schminke Verkaufsrekorde erzielen wird. Ob Mord oder nicht, diese Show kann man natürlich trotz allem abziehen.«

»Bingo. Sie spielt das arme Opfer. Alles ist mit ihrem Mann abgesprochen und arrangiert. Die Nebenbuhlerin, die sie jahrelang geduldet hat, spielt ebenfalls mit. Hat Penny gesagt.«

»Du nennst sie Penny? Die steht doch nicht auf Spitznamen, dachte ich.«

»Hängt davon ab, wer sie mit Spitznamen betitelt.« Er zwinkerte mir frech zu. »Was glaubst du übrigens, wie gut es meinem Image als Womanizer tut, wenn morgen auch ein klein wenig Klatsch darüber zu lesen ist, dass ich mit einer tollen Ersatz-Grace-Kelly getanzt habe, während meine Frau Trost im Alkohol suchte?«

»Dann knutsch mal ein wenig mit mir herum, und du hast morgen alle Schlagzeilen für dich.«

»Daran habe ich auch schon gedacht. Aber danke. Vielleicht das nächste Mal. Und nun News Nummer zwei: Das Alibi von Mona Wenzel ist alles andere als dicht! Die beiden Frauen sind schon gegen siebzehn Uhr aus Salzburg zurückgewesen und bevor sie mit Penny um die Häuser gezogen ist, ist Mona noch kurz heim und hat einen anderen Mantel geholt. Penny wartete derweil im Foyer auf sie. Die Aktion hätte gute fünf bis zehn Minuten gedauert!« Wir kamen zu den Frauen zurück. Katja, Sandra und Penelope standen in trauter Dreisamkeit an der Bar und unterhielten sich scheinbar zwanglos. Katja trug dabei ihr gefährlichstes Haifischlächeln.

»Jungs, da seid ihr ja«, rief die kalte Katze. »Ich habe eben den Damen gesagt, dass wir uns noch ein wenig im Münchner Nachtleben sehen lassen müssen. Ich habe euch schon mal im ›Nachtcafé‹ und im ›P1‹ angekündigt. Dort geht ihr natürlich nicht hin, damit bauen wir euer Image als leicht zickig und medienscheu auf. Ich habe zwei Fotografen den Tip gegeben, dass ihr noch in die ›Ganesha Lounge‹ geht. Da taucht ihr dann auf. Keine Sorge, der Türsteher weiß Bescheid, ihr kommt garantiert rein.«

»Darüber, Schätzchen, machen wir uns die wenigsten Sorgen«, sagte Katja zuckersüß. »Mein Mann kommt überall rein, wo *ich* es will!«

6

Hallo, schöner Mann«, sagte die Trümmertranse zu mir und legte mir den Zeigefinger der linken Hand auf die Lippen. »Wir kennen uns doch irgendwoher. Schon was vor heute Abend?«

Katja hatte Recht, Uli Gebrechts Beine waren end- und makellos. Er hatte sie offensichtlich rasiert, damit keine Stoppeln durch die engen Maschen seiner schwarzen Strumpfhose ragten. Katja, Erzengel, Sandra und ich hatten Münchens härteste Tür problemlos passiert – die ›Ganesha Lounge‹, diese Woche der angesagteste Club der Stadt, lud uns in den VIP-Bereich. Das bedeutete natürlich, dass später ein paar Fotos erlaubt werden mussten. Ein wenig Turteln mit Sandra hier, ein wenig sich begrabschen dort und ein, zwei Küsschen da. Wir wussten, was man erwartete und boten alles. Das Luder macht eiskalt Party, während die möglicherweise betrogene Ehefrau um die tote Haushälterin weint. Sandra war zwar stockbesoffen, hielt sich aber gut. Sie ging nie zu weit, ließ selbst als wir ausgelassen Lambada tanzten ihre Hände im züchtigen Bereich und war mehr Dame als so manch andere Frau, mit der ich in der

Vergangenheit ein wenig auf Tuchfühlung gehen musste, weil es der Job verlangte.

Just in dem Moment, als ich verschnaufen wollte und mich an die Bar zurückgezogen hatte, war Uli aufgetaucht. Auf Highheels schlängelte er sich zu mir heran. Er musterte mich. »Jetzt weiß ich, wer du bist«, sagte er dann leise. Diesmal hatte er sich als Elsa Lanchester alias Frankensteins Braut gestylt, das Make-up saß jetzt, bei unserer zweiten Begegnung, perfekt. Sein kirschroter Mund näherte sich meinem. Seine Lippen berührten fast die meinen, als er sagte: »Du warst gestern im Haus meiner Eltern, als ich die Laura gefunden habe, stimmt's?« Er musterte mich weiterhin aus nächster Nähe. Ich tat so, als würde mich diese Distanzlosigkeit nicht stören, obwohl ich mich wie eine Sardine in der Büchse fühlte.

»Du hast dich für meine Kronjuwelen interessiert.« Er sah mich fragend an. Sein Atem roch kaum nach Alkohol, also war er nicht besoffen, sondern auf Speed oder so. Vielleicht roch ich auch nur deshalb nichts, weil ich selbst schon einiges intus hatte.

»Ich glaube nicht«, antwortete ich. »Deine … äh … Kronjuwelen haben mich nicht interessiert und tun es jetzt erst recht nicht.«

»Bist du sicher?« Er schmunzelte und kam mir wieder so nahe, dass kaum ein Blatt Papier zwischen uns gepasst hätte. Fast konnte ich seinen Mund auf meinem spüren, was mich seltsam erregte.

»Ich bin sicher.«

Er sah mir lange und fest in die Augen, dann zog er sich abrupt zurück und betrachtete mich eingehend von oben bis unten. »Legst du heute nicht auf?«, fragte ich.

»Nö, bin total privat hier. Ist mein zweites Wohnzimmer, oder eigentlich mein erstes. Bin mit ein paar Freundinnen da.« Er deutete hinter sich auf eine kleine Gruppe von vier Transen, die alle ähnlich wie er als Frankensteins Braut mit Minirock gestylt waren. Ein einzelner Kardinal in Purpur und Stöckelschuhen war dabei. Sie beobachteten uns gackernd. Uli zeigte ihnen den

Stinkefinger und lächelte mich entschuldigend an: »Die machen hier HalloWeek. Ich laufe nicht immer so rum.«

»Steht dir aber«, log ich.

»Danke.« Er lehnte sich neben mich an die Bar und ließ seine Blicke über den VIP-Bereich schweifen. Außer ihm und seinen Freunden waren nur wenige verkleidet. Die beliebteste und gleichzeitig schlimmste Monsterfratze der letzten Jahre, Schorschdabbeljuh, war mehrfach vertreten, eine Nonne hier, ein Saddam dort, zwei Rokokodamen, ein Teufelchen und ein paar obligate Matrosen – nicht sehr aufregend. Die ›Ganesha Lounge‹ hatte tatsächlich, wie Katja schon vermutet hatte, die ganze Woche vor Halloween zur HalloWeek bestimmt und jeden Abend zum Gruselfasching erklärt. Der Laden bestand aus drei kleinen Tanzflächen und ebenso vielen Bars, zu denen man je nach Prominenten- oder Luderstatus Zutritt erhielt. Wir befanden uns natürlich im Allerheiligsten, in dem sich vornehmlich teuer bezahlte Fußballprofis und hohlgesichtige Berufskinder tummelten. Die Tanzenden in den »niederen« Etagen gafften zu uns hinüber wie Verhungernde auf die Auslagen einer Konditorei. Allein dieser Umstand müsste eigentlich ausreichen, dass kein Mensch mit mehr als zwei Gehirnzellen freiwillig diesen Club betreten sollte.

Die Räumlichkeiten der Disco waren in angenehmen Rot- und Orangetönen gehalten. Halloweenbedingt hangelten sich Fledermaus- und Gespenstergirlanden von Wand zu Wand. Die Wand hinter der mittleren Tanzfläche zierte ein riesiges, ultrakitschiges, in den typischen grellen Farbtönen Indiens gehaltenes Bild des Namenspatrons: hinabgestiegen aus dem hinduistischen Kosmos in die Niederungen bayrischen Szenegetümmels tanzte dort Ganescha, der Gott mit dem wohlbeleibten Menschenkörper, den vier Armen und dem Elefantenkopf. Er lächelte verzückt, als sei er in Trance; sein Reittier, die schlaue Ratte, sah man von meiner Warte aus nicht. Blüten regneten auf den Tanzenden. Mehrere weitere Ganeschas, sitzende, stehende oder tanzende, ja sogar ein kriechendes Ganescha-Baby, zierten als bunt bemalte Gipsfiguren die Bars.

»Die Dicke da ist deine Freundin, oder?« Uli deutete auf Sandra, die auf einem Ledersofa lümmelte und angeregt mit Katja plauschte. Er schien nicht eingeweiht zu sein.

»Ja, das ist meine Freundin«, antwortete ich.

»Sie hat ein hübsches Gesicht, ist aber ganz schön – naja! Du stehst mehr auf so was Handfestes? Was Kräftiges?«, fragte Uli und schenkte mir wieder seine ganze Aufmerksamkeit, indem er ganz nahe kam. Seine Nasenspitze kitzelte an meinem Ohr. Ich schaute betont unbeteiligt weiter in den Raum.

»So kann man es auch nennen«, sagte ich.

»Ich wäre dir wohl zu mager, oder?« Jetzt ging er schnurstracks zum Angriff über. Also musste ich taktieren. Sein Interesse an mir steigern und ein wenig mit dem Feuer spielen, damit ich über den Burschen direkten Zugriff auf alle Insiderinformationen aus dem Hause Wenzel bekam. Also markierte ich das, was er erwartete: Den Hetero, der sich noch ziert, aber letztlich nur auf ein sauberes Früchtchen gewartet hat, um endlich mal seine schwulen Anteile ausleben zu können.

»Du hast klasse Beine«, sagte ich und musterte ihn nun so langsam, wie er es bei mir getan hatte. »Aber sorry, du bist nicht nur zu mager – ich stehe nicht auf Männer in Frauenklamotten.« Das war noch nicht einmal gelogen.

»Das lässt sich schnell ändern.«

»Wie?«

»Ich brauche die Klamotten nur ausziehen.«

»Hier?«

»Nein, bei mir. Wenn du willst.« Er berührte mit seinem Bein mein Bein. Seine Kumpel hatte uns die ganze Zeit über nicht aus den Augen gelassen. Jetzt stießen sie sich gegenseitig an. Ich ließ Uli gewähren und tat so, als würde ich abwägen, ob ich seine Annäherung gut finde oder nicht.

»Hier ist Presse«, sagte ich dann.

Uli zuckte mit den Schultern und nutzte diese Bewegung, um mit seiner linken Hand unauffällig über meinen Hintern zu streicheln. »Mir doch egal. Die sind momentan mit meiner Mutter beschäftigt. Und mit dir und deiner Tuss und diesem Modeltypen da. Was der missratene Sohn von Mona Wenzel treibt, ist denen wurscht.«

»Die wissen, dass du die Leiche gefunden und nur ein dürftiges Alibi für die Tatzeit hast.«

»Mann, ich hab immerhin ein Alibi! Die Scheißbullen sollen halt richtig recherchieren. Nur, weil ich als Transe im ›Blobb‹ unterwegs war, hat mich vorgestern niemand erkannt, verdammt noch mal. Und außerdem, wenn die Pressefuzzis was wollen, sollen sie nur herkommen. Mich hat bisher keiner angesprochen.«

»Vielleicht hat dich hier auch keiner erkannt. Wissen die, dass du auf Männer stehst?«

»Klar. Das weiß jeder, aber niemand sagt was. Alles Schleimer und Lügner. Ich sage dir, wenn du berühmte Eltern hast, bist du echt gearscht.« Er hob den Mittelfinger und zeigte ihn reihum. Ein paar Leute, die diese Geste bemerkten, lachten und guckten weg.

»Wichser«, knurrte Uli. Er wandte sich mir zu. »Du hast nicht Nein gesagt. Ich habe genau hingehört!«

»Wozu habe ich nicht nein gesagt?«

»Ich habe dich gefragt, ob du willst, dass ich mich vor dir ausziehe. Bei mir. Und du hast nicht nein gesagt.«

»Aber auch nicht ja.« Ich stieß mich von der Bar ab und ließ mein Hand auf seinen Hintern gleiten. Ich streichelte ihn kurz und tätschelte ihn abschließend. »Wir sehen uns.« Ich gesellte mich zu Katja, die mittlerweile alleine auf dem Sofa saß und an einem Caipirinha nippte. Sie tat das, was Emil und ich mit Vorliebe machten, seit Teenie-Luder Britney Spears mit der Hook-Line *Hit me, baby, one more time* einen Welthit gelandet hatte. Ob das mit *Schlag mich, Säugling, noch einmal* auch gelungen wäre? Wir pflegten jedenfalls seither das Mitsingen wortwörtlicher deutscher Übersetzungen, um zu belegen, wie anspruchsvoll doch englische Popsuperstar-Liedtexte im Vergleich zu Mutantenstadel-Schnaderhüpferln sind. Katja sang eben lauthals die wortgetreue deutsche Übersetzung zu einem Madonna-Medley mit: *»Musik macht die Leute zusammenkommen, Musik macht die Bourgeoisie und den Rebell …«* und dann *»So, tschüss, tschüss,*

Fräulein amerikanischer Kuchen, fuhr den Chevi zur Tanke, aber die Tanke war trocken …« Sie lachte besoffen. »O Mann, das Lied war doch schon in der Originalfassung nur noch scheiße! Wieso muss das jemand recyceln? Felix, ich bin blau«, juchzte sie letztlich, »das erste Mal seit die Dinger, na, du weißt schon, diese Dinger da sind.«

»Deine Kinder?«

»Genau. Falls du übrigens deine verluderte Freundin suchst, die ist gegangen. Der war plötzlich übel. Die hatte ja noch mehr gesoffen als ich. Ich hätte nie gedacht, dass Hallodingsda so lustig sein kann. Warum waren wir bisher eigentlich Hallodingsgegner? Morgen gehen wir wieder aus, ja? Dann verkleiden wir uns auch. Ha, das wird ein Spaß!« Katja kicherte. Wie ich erfuhr, hatte sie Sandra Klein ein wenig ausgehorcht und einiges in Erfahrung gebracht. Auch ganz Intimes, wie Katja stolz lallte. »Wie du weißt, kitzle ich aus jedem pikante Details heraus. Auch aus Sandra, diesem Faschingsluder. Die ist echt ein Luder! Sie hatte die ganze Zeit neben dem Verhältnis mit Thomas Gebrecht auch noch einen festen Freund! Stell dir das mal vor. Einen Wastl Sonstwie. Der hat mir ihr vor einem Monat aber Schluss gemacht wegen einer anderen Tuss. Das Luder wurde betrogen, kicher. Und Thomas Gebrecht ist ein ganz scharfer, wenn man ihr so glauben darf. Steht auf dicke Titten, kein Wunder, dass er sich eine Geliebte wie Mörderhupen-Sändie hält. Diese Mona ist ja voll magersüchtig im Vergleich zu ihr. Und der steht nicht nur auf Titten, der macht's am liebsten auch mit denen. Du verstehst?« Sie flüsterte mir ins Ohr: »Tittenfick. Jawollja! Das nennt man glaube ich *spanisch,* oder? Darauf steht er. Und weißt du was? Dabei hat er einen ziemlich krummen Schwanz.«

»Katja, bitte«, unterbrach ich sie. »Wie kommt die Sandra dazu, dir solche Sachen zu erzählen. Das ist kein Gesprächsthema für Damen.«

»Siehst du hier Damen?« Sie blickte suchend um sich. »Ich habe ihr natürlich auch ein paar Kleinigkeiten über Gabís Anatomie verraten, hihi, sag ihm das aber bloß nicht! Da hat sie ganz ausgiebig über Thomas Gebrechts Phimose und seinen angeblich davon herrührenden krummen Pimmel gesprochen. Detailliert! Er will sich aber angeblich nicht operieren lassen. Dabei wäre das doch ganz einfach, schnippschnipp, ist das Häutchen weg. Nun ja, muss er selber wissen. Ich hätte lieber einen beschnittenen Mann, als einen mit Banane und Vorhautverengung. Wobei es natürlich auch Bananen ohne Phimose gibt. Apropos: Ob sein Sohn das geerbt hat?« Sie zwinkerte mir anzüglich zu und ließ sich lachend auf die Polster zurückfallen. »Ich finde es hier voll geil! Weißt du übrigens, warum Ganescha einen Elefantenkopf hat?«, fragte sie mich unvermittelt.

»Weil Schiwa eifersüchtig auf seine Alte war, deren Name mir momentan entfallen ist. Die wollte irgendwann mal schick baden und hatte Angst, dass jemand sich als Spanner betätigen würde. Die Gute dachte sich, selbst ist die Göttin, und schuf mal eben aus Erde und ihrem eigenen Bein ein Wesen, das sie bewachen soll. Übrigens – klingelt es da nicht bei dir alter Theologin? Erde. Bein. Menschen schaffen, hm? Klingt vertraut.«

Ex-Theologin Katja gähnte demonstrativ.

»Ganescha wacht also an der Badezimmertür und als Schiwa nach einem harten Arbeitstag als Gott nach Hause kommt, verwehrt ihm Ganni den Zugang zum Bad. Logisch, er soll ja seine Schöpferin beschützen. Schiwa flippt aus, denkt, seine Alte betrügt ihn und hackt Ganni den Kopf ab. Nun erst checkt er, dass er eben so was wie seinen Sohn getötet hat. Also schickt er seine Diener los, damit sie ihm den ersten Kopf bringen, den sie finden. Die schleppen einen Elefantenschädel an, Schiwa schraubt ihn auf den toten Körper, belebt ihn wieder und seitdem ist Ganescha einer der coolsten Götter. Gott des Neubeginns, Glücksbringer und Nothelfer in allen Lebenslagen. Außerdem für die schönen Künste und die Gelehrsamkeit zuständig. Er reitet auf einer Ratte, die das listigste Tier der Erde ist. Der fällt im Zweifelsfall immer noch ein Ausweg oder eine Lösung ein, auch wenn Ganescha mit seinem Latein, pardon, Sanskrit schon am Ende ist. Deshalb überwindet man alle Hindernisse, wenn man an Ganescha glaubt. Das ist allerdings nur eine der zahlreichen kursierenden Versionen, also nagel mich nicht fest. Noch Fragen?«

»Wow.« Katja zog eine Schnute und machte dann ploppende Geräusche mit ihren Lippen. »Das ist wirklich nur eine der kursierenden Versionen. Ich kenne die Geschichte ganz anders. Aber du weißt echt verdammt viel, Felix. Warum warst du eigentlich noch immer nicht bei *Quizzen ist Trumpf?* Wenn du dich angeblich ständig bewirbst?« Diese Quizshow mit dem beliebten Moderator Jürgen Roth hatte in den letzten Monaten allen anderen Formaten den Rang abgelaufen und zählte natürlich auch für uns Fernsehsüchtlinge zum absoluten Muss.

»Ich rufe jeden Tag bei *Quizzen ist Trumpf* an, ich schwör.«

»Auch heute?«

»Ja, auch heute schon.«

»Brav. *Scio me nescire«,* sagte Katja nur, um zu beweisen, dass sie mit ihrem Latein nicht ganz am Ende war. »Aber du, Felix, hast das Zeug!«

»Schon gut, Katja. Lass Sokrates aus dem Spiel. Wer weiß, dass er nichts weiß, weiß immerhin schon einiges! Du weißt auch ganz viel und wirst im Falle des Falles mein Telefonjoker.«

»Echt? Versprochen?«

»Versprochen.«

»Gut, dann verrate ich dir auch, dass die Gattin von Schiwa, die das Bad nimmt, Parwati heißt.« Schon sang sie wieder: *»Hier kommen die Männer in Schwarz, die Galaxie-Verteidiger …* Mann, Felix, wie kann ein Laden mit solcher Kackmusik der angesagteste der Stadt sein?« Sie hatte zwar Recht, doch es war wirklich Zeit, dass Erzengel endlich von der Tanzfläche zu uns zurückkehrte und beschloss, seine Frau heim ins Bettchen zu bringen.

• • •

Zwei Mai Tais später war es auch für mich Zeit, ins Bettchen zu gehen. Irgendein Bett. Da bot es sich natürlich an, dass Uli Gebrecht mir seins anbot. Er hatte mich regelrecht abgefüllt und ich ließ es geschehen, weil ich wusste, wie es enden würde. Besoffen hätte ich vor meinem Gewissen eine herrliche Ausrede. Alkohol entschuldigt alles, und schließlich würde diese Nacht nichts bedeuten. Mit jedem Drink, den er mir spendierte, nachdem mich meine Freunde verlassen hatten, wurde Uli zutraulicher und ich spielte den immer noch ein wenig Zaudernden, der nur einen winzigen Kick brauchte, um alle Vorbehalte über Bord zu werfen. Ich gab den Alkoholschwulen par excellence, jene Sorte Heteros, die mit steigendem Alkoholpegel immer männerschmusiger werden. Emil spukte irgendwo in meinem Hirn herum, aber zu weit hinten, um wirklich eine Rolle zu spielen.

Die Wenzel-Villa kam mir schon ganz vertraut vor. Ulis Stilettos klackten laut auf den Marmortreppen, als er mich hinauf in den ersten Stock führte. Ohne dass ich ihn gebeten hätte, erläuterte er mir im Flüsterton, wo jede Tür hinführte. Schlafzimmer der Eltern, Bad 1, Ankleidezimmer der Mutter, Arbeitszimmer der Mutter, Ankleidezimmer des Vaters, Bad 2, Gästezimmer, Ulrichs Zimmer, dazwischen eine Treppe ins Dachgeschoss, wo es noch ein Gästezimmer, Bad 3 sowie die zwei Zimmer der toten Haushälterin gab. Uli hatte sich meine Hand geschnappt und zog mich hinter sich her in sein Reich. Das Zimmer war groß und enthielt außer einem riesigen Bett nur zwei lederne Cocktailsessel und einen schlichten grauen Kleiderschrank. An einer Wand gab es eine Art Altar, dessen Mittelpunkt ein mit frischen Blüten geschmückter Buddha aus Bronze war. Ein andere Wand war mit einer schockierend geschmacksverirrten Siebzigerjahretapete tapeziert, wie sie bei den Kiddies, die den Originalhorror der Siebziger nicht am eigenen Leib erlitten hatten, eben schick war. Wie es sich für einen Plattenreiter gehörte, besaß Uli noch eine große Sammlung Vinyl-Platten, die entlang der Wand aufgereiht waren.

Ich ließ mich in einen der Sessel fallen. Seit wir das Haus betreten hatten, war Emil plötzlich sehr gegenwärtig. Es blieb mir nur ein Ausweg: Uli freundlich abservieren und mit dem Taxi heim. Irgendeine Ausrede würde mir schon einfallen. Er hielt mich ja für einen experimentierfreudigen Hetero. Nun würde es einfach mit der Experimentierfreudigkeit vorbei sein, das wäre glaubhaft und würde mir bei ihm alle Türen offen halten. Das musste er einfach schlucken, dachte ich mir, bis ich endlich realisierte, dass Uli bereits etwas anderes zu schlucken versuchte. Frankensteins Braut kniete vor mir auf dem Boden, hatte den Reißverschluss meiner Anzugshose geöffnet, und mit seinem Mund meinen Schwanz schon zu beträchtlicher Größe anschwellen lassen. Scheiße, nun zog die Ausrede nicht mehr. Oder doch?

»Ich schminke mich schnell ab«, flüsterte Uli heiser mit vollem Mund. »Du stehst ja nicht auf Typen in Frauenkleidern …« Er gab mich frei, zog die Perücke vom Kopf, und entledigte sich in Windeseile seiner nuttigen Verkleidung. Blieb für mich die letzte Fluchtmöglichkeit, wenn er sich im Badezimmer die Schminke aus dem Gesicht wischte. Doch er wühlte aus seiner Ariel-Handtasche Wattepads und Abschminkmilch hervor. Ich lehnte mich im Sessel zurück und ließ den Kopf nach hinten fallen. Ich fühlte mich so müde, ich musste aber den Absprung schaffen. Das Fauteuil war saubequem, ich hatte keine Lust aufzustehen, beinahe wäre ich eingeschlafen.

»Fertig«, rief Uli.

Ich hob den Kopf. Da saß ich nun in leicht derangierter Abendgarderobe, mein Gemächt ragte prall und lippenstiftverschmiert aus dem Hosenschlitz und vor mir stand ein recht attraktiver, junger, schlanker Mann in weißen Feinrippunterhosen. Ulrich Gebrecht sah seinem Vater nicht besonders ähnlich, seine Gesichtszüge waren ein wenig femininer. Er kniete sich wieder vor mich hin, und machte da weiter, wo er vor seiner Verwandlung zum Mann aufgehört hatte. Es war nicht wirklich prickelnd und keineswegs geil. Man hätte es okay nennen können, also eines jener Erlebnisse, bei denen man von Anfang an spürt, dass man es besser gleich sein lassen sollte. Als er meinen Schwanz freigab und sich aufrichtete, um mich zu küssen, wusste ich, dass ich nun aufstehen und gehen würde. Ich stand auf, während er wie ein durstiges Kalb an meiner Zunge saugte. Irgendwie war mein Kreislauf aber sitzen geblieben. Wir schwankten und plumpsten auf das Bett. Ulrich rappelte sich schnell auf und machte sich daran, mich auszuziehen. Ich ließ ihn gewähren, weil ich einfach nur schlafen wollte. Was Uli alles mit mir anstellte, realisierte ich kaum noch. Das letzte, was ich bemerkte, war, dass mich die Augen eines kleinen Plüsch-Eisbären vorwurfsvoll von der Zimmerecke her anblitzten.

7

Wo war doch gleich das Klo? Ich tapperte den Flur entlang und überlegte. Draußen wurde es hell, für Oktober bedeutete dies, dass es vielleicht schon acht Uhr früh war. Leise öffnete ich eine Tür – Gästezimmer. Ich war nackt und nicht nur meine Blase war zum Platzen prall, auch das, was man für gewöhnlich eine Rimola nennt. Dann musste die Tür daneben das Badezimmer sein. Vorsichtig öffnete ich sie, der gekachelte Fußboden zeigte mir, dass ich richtig war. Ich wollte hineinschlüpfen, doch bevor ich ganz im Zimmer war, sah ich, dass ein Mann ein ähnliches Problem wie ich gehabt hatte und sich eben erleichterte. Der unbekleidete Thomas Gebrecht stand breitbeinig vor der Klo, hatte den Kopf entspannt in den Nacken geworfen, drückte mit Zeigefinger und Daumen seine Rimola nach unten, damit sein gewaltiger Strahl nicht neben die Schüssel spritzte. Bevor ich mich zurückziehen konnte, hatte er mich aus den Augenwinkeln bemerkt.

»Herr von Schwind?!«, rief er überrascht.

»’tschuldigung«, murmelte ich verlegen und bedeckte notdürftig meine Blöße. »Bin schon weg.«

»Nein, warten Sie! Entschuldigen Sie, dauert noch ein bisschen. Sie wissen ja, in dem Zustand ist es ein wenig schwierig …« Ich nickte zustimmend und sah betreten weg. »Mit Frau Klein alles gut gegangen? Schön, schön. Wie kommen Sie denn hierher?«, fragte Thomas Gebrecht und beendete dabei sein Geschäft ungerührt. Menschen wie er, die mit ihrer Körperlichkeit und allem, was dazu gehört, so unbefangen umgehen, haben mich schon immer schwerstens irritiert.

»Ich, äh, ich war bei Ihrem Sohn …«, stotterte ich. Er behielt mich die ganze Zeit im Blick, Abschütteln und Spülen machte er blind. Ebenso Hände- und sogar Schniedelwaschen.

»Bei meinem Sohn. So.« Er trocknete sich sorgsam ab und kam auf mich zu. Er stemmte die Hände in die Hüften und runzelte die Stirn. Für sein Alter hatte er noch eine erstaunlich gute Figur. Er war der drahtige Typ. »Sind Sie auch … Ich wusste nicht, dass Sie … Ihr Vater hat mir nie erzählt, dass sein Sohn …«

»Wozu auch«, antwortete ich. Mir war die ganze Situation mehr als unangenehm.

»Da haben Sie Recht«, antwortete Herr Gebrecht nachdenklich und sah an sich hinunter. »Vielleicht sollte ich mich nun bedecken, was? Ach, was soll's, nun haben Sie schon alles gesehen und ich hoffe mal, das da ist nur ein Zeichen Ihres dringendes Bedürfnis.« Er lachte dünn. Ich nickte. Gott, war das peinlich. Warum ging er nicht endlich? Warum machte er hier einen auf betont locker? Scheiß Altachtundsechziger, für die alles total natürlich ist.

»Nun, mein Sohn kann machen, was er will. Er ist volljährig. Ich habe nur eine Bitte an Sie: Tun Sie ihm nicht weh. Lauras Tod hat ihn sehr mitgenommen. Ulrich ist sehr sensibel und leidet von uns allen am meisten darunter.« Das hatte ich bisher nicht festgestellt. Doch ich versprach dem besorgten Vater, was er hören wollte. »Übrigens ist neben dem Zimmer meines Sohnes auch ein Badezimmer. Fürs nächste Mal. Ach, und verraten Sie meiner Frau bitte nicht, dass ich im Stehen gepinkelt habe.«

Als ich in Ulrichs Zimmer zurückkam und mich anzog – denn ich konnte beim besten Willen nicht wieder ins Bett kriechen, mich an seinen warmen Körper kuscheln und noch eine Runde schlafen –, sah ich, dass Uli im Schlaf weinte. Ich setzte mich auf das Bett und wischte vorsichtig die Tränen mit dem Finger weg. Ich betrachtete ihn eine Weile. Wie friedlich und engelsgleich er schlummerte. Wie jung und zerbrechlich er aussah. Vom Alter her hätte er fast mein Sohn sein können – okay, zugegeben, ich war wirklich sehr, sehr frühreif …

Er hatte die Ermordete gefunden. War er vielleicht sogar der Täter? Was hatte ich gehört? Er sei zur Tatzeit im ›Blobb‹ gewesen. Das ›Blobb‹ war ein schwules Absturzlokal übelster Sorte, das fast rund um die Uhr offen hatte. Uli hatte mir am Vorabend erzählt, dass zwar niemand bestätigen konnte, dass er in voller Montur dort gewesen sei, es konnte aber auch niemand das Gegenteil bezeugen, denn zahlreiche Lily Munsters und einige Mortitia Adams hatten das Lokal bevölkert.

Ich streichelte noch einmal sanft seine Wange, wovon er erwachte.

»Du willst schon gehen?«, murmelte er. »Bleib doch.«

»Nein«, sagte ich.

»Sehen wir uns heute wieder?« Seine Frage hatte einen flehenden Unterton, der mich störte.

»Klar, ruf mich an«, antwortete ich und wusste in dem Moment noch nicht, wie ernst ich das meinte. »Ich muss jetzt gehen, Sandra ist bestimmt stinksauer auf mich!« Ich spielte den zerknirschten Macker, der den Fehler seines Lebens gemacht und genossen hatte, obwohl ich mich im Detail an nichts erinnern konnte, was wir gemacht hatten.

»Die hat gar keinen Grund«, sagte Ulrich und schmunzelte. »Du hast nichts zu bereuen.«

»Ich denke schon. Schließlich haben wir zwei …« Ich ließ das Satzende absichtlich offen und seufzte.

»Was denn? Nichts haben wir.«

»Entschuldige«, korrigierte ich, »aber wir haben sehr wohl!«

»Nein. Bevor es bereuenswert wurde, bist du eingeschlafen.«

• • •

Selten hatte mich in der letzten Zeit eine Mitteilung mehr erleichtert: Wir hatten nicht! Es gab Emil nichts zu beichten. Beschwingt zog ich die Tür von Ulis Zimmer hinter mir zu. Und weil ich so gut drauf und im Haus alles ruhig war, beschloss ich das zu tun, weshalb ich mich mit dem Jungen auf Tuchfühlung eingelassen hatte: Ich schnüffelte ein wenig herum.

Die Wohnräume der Haushälterin lagen im Dachgeschoss. Zu meiner Verwunderung waren sie nicht polizeilich versiegelt oder abgesperrt. Das Wohnzimmer, in dem die Leiche gefunden worden war, und das Schlafzimmer hatten jeweils eigene Eingänge und waren zudem mit einem Durchgang verbunden. Durch die Schräge wirkten die Zimmer nicht sehr groß, doch Laura Meitinger hatte sich unter dem Dach ein gemütliches Zuhause geschaffen. Haushälterinnen, so hatte ich mir bisher zumindest eingebildet, haben einen Hang zu Spitzendeckchen, Troddeln an den Lampenschirmen und gemusterten Tapeten. Nicht so Laura Meitinger. Die Möbel waren fast alle neu und schlicht. Ein lindgrünes Ligne-Rosset-Sofa war mit einigen indischen Kissen aufgepeppt, an den Wänden hingen Grafiken von Chagall und Miró. Als ich die Schubladen einer großen Biedermeierkommode im Schlafzimmer vorsichtig untersuchte, erregte ein gerahmtes Schwarzweißfoto meine Aufmerksamkeit. Es zeigte Thomas Gebrecht in ganz jungen Jahren und einen anderen Mann, die glücklich in die Kamera strahlten. Beide trugen Smoking. Gemeinsam hielten sie etwas Glänzendes in den Händen. Beim näheren Hinsehen entpuppte es sich als Trophäe. Ich drehte das Bild, öffnete den Rahmen und holte das Foto heraus, auf dessen Rückseite stand: »T+C, Bundesfilmpreis 1969!!! Wir sind die Größten!«. Ich steckte das Foto ein, ebenso zwei weitere Fotografien, die ich etwas später fand, als ich ein Schubfach tiefer auf einen Stapel unsortierter Schnappschüsse stieß. Die Polizei hatte offenbar auch einige Fotos herausgenommen. Beide Bilder zeigten eine sehr lebendige Laura Meitinger, eine üppige, durchaus attraktive Frau mit etwas herben Gesichtszügen. Auf dem einen Bild, das den Klamotten und Frisuren nach aus den Endsiebzigern stammen musste, saß sie neben Mona Wenzel auf einer

Hollywoodschaukel. Das andere, deutlich jüngere Foto, zeigte die Haushälterin herzhaft lachend im Arm von Uli Gebrecht, der verschmitzt in die Kamera schielte und ihr einen Kuss auf die Wange gab. Ich weiß nicht, warum ich ausgerechnet diese Bilder mitnahm. Sie sprangen mich einfach an in diesem Stapel aus Schnappschüssen, die Laura Meitinger meist mit einem Familienmitglied der Wenzel-Gebrechts zeigte. Einige waren Urlaubserinnerungen, auf einem Foto posierte Laura affektiert heldenhaft vor lauter überdimensionalen, sozialistischen Bronze-Heroen. »Juli 91, Petöfy ter, Budapest« stand auf der Rückseite. Ich kannte diesen Petöfyplatz von meinem Budapest-Trip mit Emil. Ich legte die Bilder zurück.

Die unterste Schublade des Möbels ließ sich nicht öffnen. Ich rüttelte und zerrte – nichts. Sie klemmte nicht, sie war eindeutig abgeschlossen. Wo mochte der Schlüssel stecken? In der Regel sind Menschen selten phantasievoll genug für wirklich gute Verstecke. Meist versteckten sie Schlüssel in unmittelbarer Umgebung des Schlosses. Nicht Laura Meitinger. Ich brauchte eine geschlagene Viertelstunde, bis ich endlich den kleinen bronzefarbenen Schlüssel durch Zufall entdeckte. Frustriert, weil ich weder in anderen Schubfächern, Döschen, Schachteln oder Schatullen, noch an deren Unterseite mit einem Tesastreifen angeklebt das Betreffende fand, hatte ich mich im Schlafzimmer ans Fensterbrett gelehnt. Dort stand ein großer Buddha, der milde ins Zimmer hineinlächelte. Ein Pendent zu dem in Ulis Zimmer. Vielleicht hatte jemand Buddhen en gros eingekauft und im Haus verteilt. Oder die Meitingerin hatte den Bub mit Fernöstlichem angesteckt. Die Figur stellte den Erleuchteten in klassischem Lotussitz dar, die rechte Hand lag locker vorne auf dem Knie, der linke Arm war angewinkelt und die Hand lag mit der Handfläche nach oben auf Buddhas Schoß. Der Bronzeton der Statue stimmte mit dem des Schlüssels, der neben einer roten Papierblume in dieser Hand lag, überein. Ich nahm ihn an mich und wollte eben das Schubfach aufschließen, als mich ein Geräusch aufschreckte. Jemand kam die Stufen herauf.

Wo sollte ich mich verstecken? Ich sah mich hektisch um und fand nichts. Es gab nur die Verbindungstür zum Wohnzimmer. Wenn ich Glück hatte, ging die Person ins Wohnzimmer, dann konnte ich durch die Schlafzimmertür abhauen. Wenn sie ins Schlafzimmer kam, würde ich den Durchgang als Fluchtmöglichkeit nutzen können. Also lauschte ich angestrengt. Die Schritte wurden langsamer, die Person betrat das Wohnzimmer. Ich atmete aus und schlich schnell durch die Schlafzimmertür hinaus in den Flur. Ich zog die Tür hinter mir bis auf einen Spalt zu. Draußen hielt ich inne und lauschte erneut. Die Person war in das Schlafzimmer gegangen und hatte sich auf das Bett gesetzt. Ich lugte durch den Spalt. Es war Ulrich Gebrecht, der zusammengesunken mit leerem Blick vor sich hinstarrte.

Als ich das Haus verließ, lief ich noch einmal Thomas Gebrecht über den Weg. Er trug nun einen Morgenmantel und zwinkerte mir freundlich zu. »Besuchen Sie uns doch mal wieder«, sagte er. Ich wusste nicht, ob das nur eine hohle Floskel oder ernst gemeint war.

»Sicher, gerne«, antwortete ich und spielte mit dem Schlüssel von Laura Meitingers Kommode in meiner Jackentasche.

8

Klingt so, als sei Ulrich Gebrecht ein Fall für unseren Verein zur Förderung benachteiligter Kinder prominenter Eltern«, sagte Katja, nachdem ich ihr bis aufs i-Tüpfelchen die Ereignisse der letzten Nacht am Telefon berichtet hatte. Wir hatten uns in der letzten Zeit mehrfach mit dem Gedanken getragen, einen Förderverein für Promikinder zu gründen. Jüngst hatte erst wieder ein Interview mit Jette Joop unser Herz erweicht, weil sie es durch den Namen ihres Vaters ja so entsetzlich schwer gehabt hätte. Wir weinten vor Rührung, als wir lasen, wie sie sich trotz dieser schier unsäglichen Hypothek aus eigener Kraft einen Weg im Leben geebnet hat. Ausgerechnet als Designerin! Natürlich waren auch Cosma Shiva »Sprecht mich bloß nicht auf meine Mutter an! Und erst recht nicht auf meine Großmutter!« Hagen sowie die Glas-Söhne heiße Kandidaten für den Verein, ebenso die kleinen Beckenbauers, Carpendales, Blancos, Rühmanns, Fuchsbergers und nicht zu vergessen die McCartney- und Jagger-Töchter sowie alle hochwohlgeborenen Sprösslinge, die in südfranzösischen Villen unter der Bürde alter Adelsnamen völlig zusammenbrachen und ihre Eltern dafür hassten, dass sie ihnen den goldenen Löffel einfach in den Mund geschoben hatten. Der Ehrenvorsitz des Vereins stand natürlich den Bedauernswertesten zu: Picasso-Tochter Paloma und Glücksklee-Sprössling Karl Lagerfeld. Katja war kurz davor, diese Aktion tatsächlich ins Leben zu rufen. »Das könnte ich doch neben den Kindern betreuen«, pflegte sie zu sagen. »Da hätte ich endlich eine vernünftige soziale Aufgabe zum Wohle der Menschheit!«

»Uli ist schon ganz okay«, sagte ich in die Sprechmuschel. »Der Vater allerdings hat voll einen an der Klatsche. So superliberal wie der tut, ist der irgendwann stehen geblieben. Grusel. Nackig herumlaufen und so war vielleicht zu seinen Kommunardenzeiten angesagt – aber heute?! Hör mal, er weiß, dass ich schwul bin, also durch einen nackten Männerkörper durchaus erregt werden *könnte* – und er hat für sein Alter einen durchaus erregenden Körper und hüpft ungeniert mit abklingender Rimola vor mir herum.«

»Vielleicht war er scharf auf dich?«, gab Katja zu bedenken. »Wer ist das schließlich nicht?«, fügte sie nonchalant hinzu.

»Wo du Recht hast, hast du Recht. Doch in diesem Fall bestätigt die Ausnahme die Regel. Nein. Der definitiv nicht. Der Typ ist völlig unschwul.«

»War es nur peinlich oder schon bohlen?«, fragte sie in den Hörer.

»Schlimmer. Dieterbohlen.«

»Hui! Dann war es wirklich heftigst peinlich. Vielleicht sind wir auch nur spießig.« Sie machte ein kurze Pause. »Hast du dir eigentlich schon mal Gedanken darüber gemacht, warum Thomas dich ermahnt hat, seiner Frau nichts davon zu sagen, dass er im Stehen pinkelt?«

»Weil sie sich sonst scheiden lassen wird, wenn er sich nicht hinsetzt?«, entgegnete ich.

»Wie üblich ein Brüller, Felix«, sagte Katja trocken. »Warum hast du eigentlich nicht Gags für Harald Schmidt geschrieben? Ich jedenfalls finde, dass das auf ein gänzlich unzerrüttetes Verhältnis der Eheleute Gebrecht-Wenzel schließen lässt.«

»Und ich finde, du interpretierst da ein bisschen viel«, seufzte ich ins Telefon. »Der hat das schon so drin, dass er nicht im Stehen pissen soll, dass er das sogar jetzt wichtig findet. Ist doch auch nicht wichtig.« Thomas Gebrechts Toilettengewohnheiten waren für mich abgehakt. »Emil hat mir übrigens ein Foto gemailt aus Ny Ålesund. Ich leite es mal an dich weiter.« Kaum, dass ich zu Hause war, hatte ich hoffnungsvoll meine Elektropostbox abgerufen, weil ich unbedingt ein Zeichen des Vermisstwerdens von meinem Liebsten brauchte. Er vermisste mich sehr, auch wenn er mich überflüssigerweise erneut darauf aufmerksam machte, dass er im Anschluss an den Spitzbergenaufenthalt noch eine Woche Freunde in Stockholm besuchte. Es bedeutete, noch eine Woche seine Nähe entbehren und nervte mich schon lange. Doch Emil schickte mir das Bild, das ihn, eingemummelt in einen dicken Parka mit Pelzkapuze, locker ein Gewehr schulternd, neben einem riesengroßen, mausetoten Eisbären zeigte. Das Blitzlicht hatte beider Augen blutig gerötet.

»Trieft alles vor Blut?«, fragte Katja sensationslüstern. Im Hintergrund hörte ich die Kinder quietschen. »Mami kommt gleich!«, rief Katja.

»Wo ist denn dein Göttergatte?«

»Der treibt sich schon draußen herum. Wollte nicht mal mit mir frühstücken. Ist auf dem Weg zu dir, soweit ich weiß, weil er bei dir frühstücken und dir ein wenig von Kambodscha berichten will.«

»Schön, dass ich das nebenbei auch erfahre. Und das lässt du ihm durchgehen?«

»Knurr!«, sagte sie. »Hast du eigentlich schon die Zeitungen von heute gelesen? Nein?! Ich rufe Gabí schnell auf dem Handy an, damit er dir eine interessante Auswahl an Blättern mitbringt. Freu dich, du bist groß rausgekommen.«

• • •

»Mord bei TV-Star: Was weiß das Faschingsluder?« oder »Mona Wenzel trauert um brutal ermordete Hausperle – Faschingsluder feiert ungeniert« oder »Wenzel-Mord: Sohn der Täter?« oder »Geliebte oder Mörderin? Wer ist das partygeile

Faschingsluder?« – die Gazetten übertrumpften sich gegenseitig mit wüsten Schlagzeilen und verquickten munter den Mord mit dem Dementi zur Affäre zwischen Thomas Gebrecht und Sandra Klein. Ein Boulevardblatt hatte gar Wastl, den jungen Mann mit dem schlecht sitzenden Anzug, abgebildet und headlinte: »Der Ex packt aus: So betrog mich das Faschingsluder!«.

Fast alle Zeitungsartikel boten nur die spärlichen Informationen, die wir schon kannten: Dass die Leiche vom Sohn der Wenzel (Top-DJ im Top-Trend-Laden ›Ganesha Lounge‹) gefunden worden war, dass die Polizei einen Einbrecher als Täter ausschließt, weil keine Zeichen gewaltsamen Eindringens gefunden wurden, und dass alle Mitglieder der Gebrecht-Wenzels ein Alibi hatten. Zwar spekulierten zwei Blätter, dass Ulrichs Alibi sehr wackelig sei, doch niemand erwähnte, dass Mona Wenzel ebenfalls große Lücken in ihrem Alibi hatte. Lieber noch zogen sie Sandra Klein in ihre Verdächtigungen und Spekulationen hinein. Eines war jedoch auffällig: Kaum ein Blatt wusste Näheres über Laura Meitinger zu berichten. Ihr Leben, so schien es, begann erst im Herbst 1981, als sie ihre Stelle bei Mona Wenzel antrat. Ich blätterte die Zeitungen vor und zurück. Schließlich gab ich auf.

»Deine Gattin hat doch behauptet, dass ich groß rausgekommen sei«, sagte ich zu Erzengel, der ein Croissant zerfledderte, statt es zu essen.

»Schau mal, da bist du und hier auch«, antwortete er.

»Toll, aber überall anders haben sie mich einfach weggeschnitten! Meistens werde ich nicht mal im Text erwähnt. Hier, da heißt es nur ›Faschingsluder Sandra Klein mit attraktivem männlichen Begleiter‹. Entschuldige bitte, aber das ist doch eine Frechheit!«

»Sei froh, dass sie dich nicht beachten und mach drei Kreuze, dass sie deinen Namen nicht veröffentlicht haben!« Erzengel stippte ein Stückchen Croissant in den schwarzen Kaffee. »Sonst würde jetzt dein Telefon nicht mehr still stehen.«

»Hast ja Recht«, gab ich mich versöhnlich. Natürlich hatte er Recht. Ich bekam Geld dafür, mit Sandra Klein auszugehen, nicht dafür, Schlagzeilen zu machen. Ich war austauschbar, das hatte mir die kalte Katze Penelope auch von Anfang an deutlich zu verstehen gegeben.

»Hier«, sagte er und zeigte mir einen Ausschnitt, der ihn beim Stehblues mit Penelope zeigte. »Man munkelt, ich hätte was mit der. Blendend fürs Image. Und die hier schreiben, dass ich mit Heike Makatsch rumgeknutscht hätte. Geil. Wir überlegen, ob wir nicht Gerüchte über eine Trennung von Katja und mir streuen sollen.«

»Tut das«, entgegnete ich und tippte mir an die Stirn. »Und würdest du bitte essen, statt mit dem Essen zu spielen?« Erzengel sah mich überrascht an.

»Ich habe schon mit Katja gefrühstückt.« Das war gelogen und ich sagte es ihm. Er zuckte mit den Schultern.

»Hey, Engelchen«, sagte ich deshalb. »Mir ist ehrlich gesagt schon seit einiger Zeit aufgefallen, dass du wenig bis gar nichts isst.« Bei den letzten gemeinsamen Essen mit Emil und Katja hatte er stets nur ein wenig Gemüse zu sich genommen und den Rest Essen als Spielwiese betrachtet und genutzt. »Schau dich doch mal an, du bist ziemlich schmal geworden.«

»Ach, Felix.« Er winkte ab, dann stand er auf, zog seinen Pullover und das T-Shirt aus und präsentierte mir seinen muskulösen Oberkörper, ließ Bizeps und Brustmuskeln schwellen. Die Bauchmuskeln machten pflichtschuldigst wupp, wupp, wupp. Klar, er hatte noch immer einen mit Schlagsahne einreibens- und dann langsam abschleckenswerten Traumkörper, doch früher bot Erzengel athletische Klasse mit Masse wie ein Zehnkämpfer, nun nur noch hingehungerte Päckchen wie ein Marathonläufer. »Ich musste halt ein wenig abnehmen. Das ist momentan der Trend.«

»Ein wenig?« Ich schüttelte den Kopf. »Hör auf mit dieser Modelscheiße. Du hattest einen tollen Körper! Erinnere dich bitte mal daran, dass du einst Trendsetter warst, als Muskeln völlig out waren und alle nur drogensüchtige Zaunlatten beschäftigten. Du hattest den tollsten Körper der Welt. Breite Schultern, Mördertitten, einen Bizeps wie mein Oberschenkel und dabei die schmalsten Hüften der Welt. Dein Look war neu. Heute laufen alle so rum.«

»Felix, du hast keine Ahnung, wie das im Business ist, verdammt noch mal. Was glaubst du, warum ich all die Jahre gut um Geschäft geblieben bin? Weil ich auf mich geachtet habe. Ja, heute gibt es viele Models mit einem Körper, wie ich ihn hatte. Komisch, nicht? Klicker, klicker, nachdenken!« Er tippte sich an die Stirn. »Ein so extrem muskulöser Oberkörper mit so wespig schmaler Taille wie bei mir, ist genetisch sehr selten, das wissen wir beide. Die Klone, die du heute überall siehst, sind das Ergebnis harter chemischer Keulen, klar?! Guck dir doch mal die Coverboys auf der *Männergesundheit* an! Da sabbert das Schwulenherz, oder?«

»Äh …«, stammelte ich. Natürlich sabberte da so einiges – am wenigstens jedoch das Herz –, wenn es um die strammen Titelmänner der *Männergesundheit* ging.

»Du wichst dir einen auf reine Chemie! Die pumpen mehr Steroide als Gewichte. Von wegen ›Strandbody in zehn Tagen ohne Anstrengung‹. Logo, dazu gibt es schließlich *papa's little helpers*. Ja, ich gebe es gerne zu, ich nehme das nötigste an Chemie – im Gegensatz zu allen anderen, die wandelnde Apotheken sind. Ich habe einfach nicht mehr die Zeit, so viel zu trainieren, damit ich auf natürliche Weise meinen Körper erhalten kann. Außerdem bin ich keine fünfundzwanzig mehr. Ich bin im vergangenen Jahr irgendwie einfach fett geworden. Vor allem, seit ich mit dem Rauchen aufgehört habe. Das muss alles weg. Ich entfette mich. Die Fotografen wollten mich letzte Saison viel dünner und die Filmheinis auch, damit ich Bruce Willis nicht zu sehr Konkurrenz mache. Du weißt doch, dass es eine Schaufensterpuppe gibt, für die ich Modell gestanden habe. Der Bildhauer hat die deutlich schlanker als mich gemacht. Daran muss ich mich momentan orientieren. Viel Muskeln sind ab Frühjahr wieder gefragt, wenn ich Laufsteg in Mailand und so mache. Dann beginne ich wieder mit Muskelaufbau. Ich habe da aus Amiland absolut verträgliche Eiweißpräparate bekommen.«

»Du treibst Raubbau mit deinem Körper, wenn du ihn nach irgendwelchen schwachsinnigen Modetrends stylst.«

»Und wenn … Ich habe das im Griff, glaube mir. Ich bin jetzt nicht magersüchtig oder so. Und übrigens habe ich schon wieder einen Trend gesetzt. Du kennst meine *Vogue*-Kampagne …« Er spielte auf die in der Tat aufsehenerregendste Parfumreklame der letzten Jahre an. Erzengel war schon seit mehreren Jahren bei dem japanischen Modeexzentriker Yukihiro Takahashi als Exklusivmodel unter Vertrag. Für seinen neuen Herrenduft hatte Takahashi das bisher Undenkbare gewagt und den prüden Amerikanern einen nackten Kerl vorgesetzt. Erzengel in kompletter *frontal nudity*. Hierzulande ein absoluter Gähner, doch in dem Land, in dem jede Blutorgie und jede zerfetzte Leiche in allen Details medienwirksam aufbereitet wird, ist das sichtbare kleine Detail eines schönen Mannes der schlimmste aller möglichen Tabubrüche. Die Anzeige wurde nur einmal in *Vogue* geschaltet und war trotzdem wochenlang das Gesprächsthema Nummer eins.

Erzengel zog wieder seine Sachen an, ließ seinen Bauch aber frei. Er packte mit Zeigefinger und Daumen die Haut an seiner Taille und quetschte sie mühsam zu einem Röllchen. »Guck, alles Fett, das noch weg muss!« Er meinte es ernst.

»Du spinnst hochgradig«, sagte ich und machte mir echte Sorgen. Ich lüpfte meinen Pulli und zeigte ihm, was Hüftspeck bedeutet. Irgendwie schaffte ich es trotz guter Vorsätze nie, konsequent ins Sportstudio zu gehen. Entweder war es einfach zu langweilig, oder ich wurde tatsächlich alt. Früher war ich mal ein Spargeltarzan wie aus dem Bilderbuch, dann hatte mich Erzengel eine Zeit lang regelmäßig mit zum Sport geschleppt, und ich hatte so was Ähnliches wie eine Figur entwickelt. Nun, da ich als Sofakartoffel jenseits der Dreißig ein glückliches Eheleben führte, staute sich einiges am mittleren Ring. »Hier!« Ich brauchte nicht mühsam Haut zusammenraffen, um Adipositas im Endstadium zu belegen. Ich brauchte nur ganz normal an meinen Bauch fassen. »Das ist Fett! Voll eklig.« Mir wurde selber schlecht. Und das mutete ich Emil zu? Ich Sau, ich!

»Wo?«, fragte Erzengel ernsthaft. »Du hast keine Probleme. Wenn ich deine Figur hätte …«

»Wärst du raus aus dem Geschäft! Wie viel?«

»Was? Wie viel?«

»Du weißt genau, was ich meine! Wie viel?!«

»Das geht dich nichts an!«

»Wie? Viel?«

»Fünfzehn Kilo«, sagte er schließlich matt.

»Fünfzehn Kilo!« Ich pfiff die Luft aus. »Das ist mehr als genug! Hör endlich auf so herumzuspinnen!«

»Ich spinne nicht«, antwortete er sauer. »Ich habe eine Familie zu ernähren. Die ernähre ich sehr gut mit meinem Gesicht und meinem Körper. Erzähl du mir also nicht, wie ich meinen Job zu machen habe, Felix. Wenn ich mit der Schauspielerei mal wirklich Erfolg haben sollte, wird sich das vielleicht ändern. Ich nehme ab und zu, wann ich es für richtig halte.« Er sammelte die Croissantbrösel auf und schob sie sich trotzig in den Mund. »Hier, zufrieden? Ich esse.«

»Sorry«, sagte ich kleinlaut. Ich schob meine Hand rüber zu seinem Arm und drückte ihn versöhnlich. Er zog ihn nicht zurück. Ein gutes Zeichen. »Friede?«

»Klar«, sagte Erzengel nach einem Zögern und lächelte.

»Wie war Kambodscha?«, fragte ich, um die Disharmonie endgültig zu vertreiben.

Erzengel schmunzelte und sah mich an. »Geil. Voll geil. Obwohl ich noch nie so eine schlimme Armut gesehen habe. Aber Angkor selbst, da wo wir gedreht haben, ist so sensationell, das musst du dir mal ansehen. Flieg sofort hin! Also ...« Und so lauschte ich gebannt seinen Erzählungen von den Dreharbeiten zu dem Sci-Fi-Actionreißer, der zum Teil auf einem anderen Planeten spielte, wofür die man sich die im Urwald versunkene Tempelstadt Angkor mit ihren monumentalen Ruinen als Kulisse ausgesucht hatte. Er hatte mir Bücher, Karten und Fotos mitgebracht, um mir alles möglichst anschaulich nahe zu bringen. Zudem legte er eine original kambodschanische CD auf. Grottige Tonqualität, aber richtig coole Plöng-Oooom-Plöng-Musik. Ich tauchte in die fremde Welt ein, zwei Stunden vergingen wie im Flug. Zuletzt holte Erzengel noch eine kleines Geschenk für mich hervor. Es war ein stehender Ganescha aus

Bronze. Ich freute mich total und umarmte meinen Freund über den Küchentisch hinweg.

»Der ist echt klasse!«, rief ich. »Auch wenn ich momentan das Gefühl habe, die Dinger verfolgen mich.«

»Der bringt Glück«, sagte Erzengel und strahlte, weil es ihm gelungen war, mir eine Freude zu bereiten. »Ich dachte, mal was anderes als deine ganzen afrikanischen Ahnenfiguren, die hier überall Staub fangen. Den habe ich einem Mädchen ohne Arme abgekauft. Minenopfer. Die hat geheult, weil ich ihr noch einen Dollar extra gegeben habe. Eins kannst du mir glauben, wenn ich das nächste mal eine von diesen verwöhnten Zicken sehe, die sich ihr putziges Näschen noch ein wenig stupsiger operieren lassen will, werde ich zum Tier. Ich werde mich auf jeden Fall für irgendwas Humanitäres in Kambodscha engagieren. Das muss ich bald mit der Prinzessin besprechen. Die will natürlich, dass ich was Soziales wähle, das breite Medienpräsenz bringt. Kambodscha ist nicht hip. Aber scheiß drauf! Weißt du, meine Mutter ist ja seit etlichen Jahren Buddhistin …« Ich nickte, auch meine Eltern waren vor Urzeiten auf der Suche nach neuem Sinn in ihrem Leben in Fernost gelandet und seitdem treue Anhänger des Dalai Lama. Was meinen Vater natürlich nicht davon abhielt, munter Mitglied in der sich christlich nennenden Staatspartei zu sein und seinen Konservativismus zu pflegen.

»Nun«, fuhr Erzengel fort, »kann ich meine Mutter bestens verstehen. Diese Friedlichkeit …« Er holte noch ein kleines Geschenk aus seiner Tasche, ein Autogrammfoto von Bruce Willis, gewidmet meinem Gatten Emil, der begeistert Autogramme und Devotionalien von Prominenten sammelte. Da Emil durch Erzengel einen direkten Draht zu den Schönen und Reichen hatte, gab er ihm regelmäßig Aufträge. Das artete dann meist aus – so musste Erzengel einmal sämtliche Björk-CDs mit auf eine Gaultier-Modenschau schleppen, zu der er und die isländische Popdiva als Stargastmodel gebucht waren, und dann Björk beknien, alle zu signieren. Die schrieb zigfach brav *»To Emil with love, Björk Gudmundsdottir«*. Leider auch auf eine meiner Björk-CDs, die ich dazwischen geschmuggelt hatte. Noch schlimmer war es, als Erzengel eine Benefizgala besuchte, bei der Nina Hagen auftrat. Emil, bekanntlich der größte Hagen-Fan weltweit, ließ sich uralte Tourneeplakate und LPs signieren. Ich starb schon bei dem Gedanken daran vor Scham. Doch Erzengel machte das nichts aus, so betonte er immer. Schließlich hatte er mir auch die »Für Felix« gewidmete letzte CD der Knef mitgebracht, die ich in Ehren hielt.

Erzengel sah auf die Uhr. »Scheiße, schon so spät. Ich muss noch zu Jane, meiner Schauspiellehrerin. Ist nicht weit von hier. Die wohnt in der Corneliusstraße. Übrigens, Felix, du solltest da mal kurz mitkommen. Die war nämlich auch die Lehrerin von Mona Wenzel. Du verstehen?« Das ließ ich mir nicht zweimal sagen.

10

Jane Schütt lebte ganz so, wie man es von einer alternden Ufa-Diva erwartete, wobei der Begriff »alternd« nicht ganz passte – hinfällig wäre treffender gewesen. Ihre großzügige Wohnung in einem Eckhaus von Corneliusstraße und Gärtnerplatz sah aus wie ein muffiges Museum der deutschen Filmgeschichte. Überall hingen Fotos, die den einstigen Star mit anderen Berühmtheiten zeigten: von verblichenen Vorkriegsaufnahmen der blutjungen Jane Schütt mit Heinz Rühmann, Hans Albers über Emil Jannings und Fritz Lang bis hin zu nicht minder verblichenen Nachkriegsfotos der etwas gereifteren Jane Schütt mit Dieter Borsche, O. W. Fischer, Gustav Knuth und natürlich gleich mehrfach Gründgens. Als Erinnerung an ihre wenigen Auslandserfolge gab es ein großes, goldgerahmtes Foto, das sie mit Jean Gabin zeigte. *»À ma petite boche, ton Jean«* hatte der französische Star handschriftlich darauf gewidmet. Dicke Teppiche und schwere, dunkelgrüne Samtvorhänge dämpften jedes Geräusch. Die Möbel in dem Salon, in den sie uns bat, stammten alle aus den Münchner Werkstätten, alles Originale, wie sie uns ungefragt versicherte. Möbelfans hätten sicher einen Orgasmus bekommen, wir nicht.

Ein leichter Muff hing in der Luft. Jane Schütt, und sie legte Wert darauf, dass man ihren Namen so aussprach, wie er geschrieben wurde – also Jane und nicht Tschäin –, servierte uns in klitzekleinen Kristallgläschen einen Likör, der einfach nur pappsüß war und undefinierbar schmeckte.

»So, Sie sind also ein Freund von Archange«, sagte Jane, den Namen meines Freundes sprach sie in einem übertrieben singenden Französisch aus. Sie musste an die Neunzig sein, dicke Make-up-Schichten sollten wohl ihre Runzeln verdecken, doch betonten sie nur. Da ihre natürlichen Augenbrauen vermutlich durch jahrzehntelanges Zupfen fehlten, hatte sie sich mit dickem Kajal dramatische Bögen auf die Stirn gemalt. Auf dem ständig leicht zitternden Kopf trug sie eine schlecht frisierte blonde Perücke. »Er ist wirklich talentiert, nicht allzu sehr, aber ich hatte auch schon erheblich schlechtere Schüler.«

»Jane ist immer so nett zu mir«, warf Erzengel ironisch ein. Er sprach ihren Namen wie das französische Jeanne aus. Jane vergötterte ihn vermutlich schon allein deswegen.

»Wer auf die Bühne will, muss die Wahrheit vertragen können!«, deklamierte die alte Dame theatralisch, dann sackte sie auf ihrem braunen Sessel zusammen und kicherte leise. »Du bist ein guter Junge. Mit deinem Aussehen wirst du es sehr weit bringen, das habe ich dir von Anfang an prophezeit. Mit diesen Augen, diesen Wangenknochen und vor allem diesem Mund – diese Lippen, man möchte sie ununterbrochen küssen –, da braucht man weiter kein Talent, habe ich Recht? Nun, warum beklagst du dich, wenn ich ehrlich zu dir bin –, schon drehst du Hollywoodfilme!« Sie warf die Hände in die Luft. »Doch eigentlich sollten wir arbeiten, Archange. Das geht alles von deiner Zeit ab.« Jane Schütt wand sich wieder mir zu. »Sie sagten, Sie hätten nur kurz ein paar Fragen an mich. Bitte, schießen Sie los und beeilen Sie sich, denn dieser junge Mann hier muss noch sehr viel lernen!«

»Erzengel …«, begann ich, doch sofort wurde ich von der Greisin entrüstet unterbrochen: »Ich bitte Sie, wie können Sie diesen herrlichen Namen Archange derart profanisieren!«

»Gut, Archange hat mir berichtet, dass Sie auch die Schauspiellehrerin von Mona Wenzel gewesen sind, und …«

»Mona Wenzel, ja.« Jane Schütt dachte gar nicht daran, mich aussprechen zu lassen. »Sehr talentiert, das junge Ding damals. So schade, dass sie sich dann dem Kommerz verschrieben hat. Ich habe ihr beigebracht, überzeugend zu weinen! Gott, konnte ich weinen! Wissen Sie, ich war nicht immer Schauspiellehrerin, ich hatte selbst meine große Zeit auf Bühne und Leinwand. Damals in den Dreißigern und Vierzigern habe ich mit allen gearbeitet, die etwas bedeuten …« Okay, jetzt holte sie zu ihrem Lebensmonolog aus und meine Frage war völlig vergessen. Ich unternahm zwei Anläufe, sie zu unterbrechen. Sinnlos. Erzengel gab mir Zeichen, dass ich es lassen sollte. »Und Gründgens hat schon damals zu mir gesagt: Kind, hat er gesagt, so wirst du das Publikum …« Ich schenkte mir Likör nach. »Aber was hätte ich tun sollen? Gustav, rief ich, ich werde sicher nicht …« Erzengel winkte mit seinem Glas, ich reicht ihm die Flasche. »Als Brecht mir dann versprach, er würde ein Stück für mich allein schreiben, ein reines Monologstück nur für mich alleine, na, da habe ich natürlich gewusst, was er in Wirklichkeit wollte …« Ich studierte die gegenüberliegende Wand, die wie jede andere in dieser Wohnung mit gerahmten Fotos völlig zugehängt war. Ein Foto stach mir ins Auge. »Ich wäre ja gerne mit Fritz Lang nach Hollywood gegangen, ganz ohne seine schreckliche Frau Thea von Harbou. Die wollte ja unbedingt bei den Nazis bleiben. Gott, wären wir ein Paar gewesen, wir hätten die Dietrich und den Sternberg von der Leinwand gefegt, aber, wie das Leben so spielt, da lernte ich Hans Albers kennen …« Erzengel und ich tauschten Blicke, er schmunzelte, ich streckte ihm heimlich die Zunge heraus.

»Das habe ich gesehen, junger Mann«, unterbrach die Schütt ihren Monolog und hob drohend ihren gichtverkrüppelten Zeigefinger. »Weshalb sind Sie eigentlich an Mona Wenzel interessiert? Hat das mit diesem Luder zu tun, oder dem entsetzlichen Verbrechen an ihrer Haushälterin?« Jetzt, wo ich ihre Aufmerksamkeit hatte, holte ich die Bilder aus der Jackentasche, die ich bei Laura Meitinger hatte mitgehen lassen. Ich hielt Jane Schütt die Fotografie unter die Nase, die den jungen Thomas Gebrecht mit dem anderen Mann zeigte. Genau das selbe Bild hing hinter unserer Gastgeberin an der Wand.

»Ja, das war 1969, da haben wir für unseren Film *Karins letzte Nacht* den Bundesfilmpreis in Gold bekommen«, sagte die alte Dame und nahm das Foto in die Hand. »Ich spielte die Mutter von Mona Wenzel. Sie war so unglaublich talentiert, sie hätte eine würdige Nachfolgerin der Knef oder der Schell werden können. Stattdessen hat sie immer flachere Rollen angenommen, jeden Fernsehmist hat sie gemacht, nur weil sie den Ruhm auf die schnelle, *einfache* Art haben wollte. Nun, den hat sie jetzt auch. Verkauft *Schminke* über das Fernsehen, pah!« Jane Schütt spuckte das Wort »Schminke« regelrecht aus und warf empört ihren Kopf nach hinten. Beinahe fürchtete ich, dass sich ihre meterdicke Make-up-Schicht ablösen würde. Sie widmete sich wieder dem Foto. »Thomas und Christoph, die göttlichen Dioskuren Castor und Pollux, wie ich sie immer nannte. *Karins letzte Nacht* war ihr Erstling als Produzenten und dann gleich dieser Erfolg! Sie waren jung, voller Ideen, sie hatten einfach den richtigen Riecher für Geschichten, die ankamen, und mit Mona Wenzel ein hübsches Gesicht, das genau in die Zeit passte. Christophs Mutter gab den beiden das Geld, um das Projekt zu realisieren. Sie ist eine gute Freundin von mir, deshalb habe ich auch mitgespielt. Nun, das Geld hat sie zigfach zurückbekommen, sie war an den Einnahmen beteiligt. Mona hat sich bei den Dreharbeiten in Christoph verliebt, nein, es war Thomas, oder? Ich weiß es nicht mehr. Die jungen Leute waren damals wild und machten freie Liebe. Ach, jeder mit jedem.« Sie lachte verschmitzt. Jane Schütt hatte mit Sicherheit auch einiges erlebt.

»Woher kannten sich dieser Christoph und Thomas Gebrecht?«, fragte ich nach.

Die Greisin zuckte mit den Schultern. »Ich weiß nicht recht, doch, ich glaube, sie haben sich beim Studium kennen gelernt.

Richtig. Jetzt fällt es mir ein, sie waren beide studierte Anwälte, was im Filmgeschäft prinzipiell nie verkehrt ist, da hat man seinen eigenen Anwalt immer mit dabei. Die Produktionsfirma der beiden florierte natürlich prächtig nach diesem Erfolg. Auch später – nach diesem tragischen Unfall.« Sie schüttelte den Kopf und nippte an ihrem Likör. Sie ließ den Kopf sinken, als hätte sie den Faden verloren.

»Unfall?«, half ich nach. »Welcher Unfall?«

»Nun, man weiß eigentlich gar nicht, ob es ein Unfall war«, Jane seufzte schwer. »Christoph war immer ein wenig eigen, er war ein richtiger, nun, heute würde man Aussteigertyp dazu sagen. Er war viel unterwegs, machte Wanderungen durch den Amazonasdschungel und ähnliche verrückte Sachen. Einmal glaubte man ihn schon verschollen, als er von einer Saharadurchquerung nicht zurückkam. Doch wie sich zeigte, hatte er sich ein Bein gebrochen und lag wochenlang in einem Wüstennest darnieder, bis er genesen war. Thomas und Christoph verfolgten Pläne, in den amerikanischen Markt einzusteigen. Christoph war für knapp ein Jahr in den Staaten. Es sah alles rosig aus. Und dann, wann war das doch gleich, nun, wir sollten jedenfalls einen *Tatort* für den Bayerischen Rundfunk drehen, damals noch mit Gustl Bayrhammer als Kommissar, Gott, mei der Gustl, das war ein Mann! Wissen Sie, ich spielte die neugierige Hausmeisterin, da kam die Nachricht, dass Christoph in Indien verschollen sei. Die Produktion wurde erst einmal auf Eis gelegt, die USA-Pläne ganz aufgegeben. Thomas schien ganz von Sinnen vor Sorge. Aber Christoph blieb weg, vom Erdboden verschluckt. Er ist nie wieder aufgetaucht. Vermutlich ist er irgendwo im Urwald verunglückt oder von Räubern ermordet worden. Schrecklich, schrecklich! Wissen Sie, ich habe auch mal in Indien gedreht! Da herrschen teilweise Verhältnisse! Ha! Tote liegen einfach auf der Straße und keiner kümmert sich darum. Ganz schrecklich!« Jane Schütt fiel wieder in sich zusammen. »Gott, die arme Mutter von Christoph, so eine tapfere Frau. Sie hat sich in die Arbeit geflüchtet, ach ja. Na, im Gegensatz zu mir hat sie wenigstens noch zwei weitere Kinder, die ihr Freude bereiten.«

»Wer ist eigentlich die Mutter von diesem Christoph?«, fragte Erzengel und nahm mir damit die Worte aus dem Mund.

»Oh, habe ich das nicht gesagt?« Die Schütt riss dramatisch ihre Augen auf. »Sie kennen sie doch, mein Bester. Sie hat Sie zu mir in Unterricht geschickt – Isabella Prinzessin zu Badenstein-Fürengroot-Badenstein.«

• • •

Gab es eigentlich etwas, in dem die Prinzessin nicht mit ihren Finger steckte? Ich hatte das dringende Bedürfnis, mich mal ein wenig detaillierter mit ihr zu unterhalten. Etwas lief hier ganz entschieden nicht so, wie es sollte.

Mein Handy klingelte, kaum dass ich Jane Schütts Wohnung verlassen hatte. Seit ich arbeitslos war, trug ich es immer mit mir herum. Warum, war mir selbst nicht ganz klar. Früher, als es beruflich wichtig war, ließ ich es nach Möglichkeit zu Hause. Nun gab ich mich dem Wissen hin, dass ich immer für jeden erreichbar war, der mich erreichen wollte. Wobei mich kaum jemand erreichen wollte. Ich schaute regelmäßig nach, ob nicht wenigstens eine Kurznachricht für mich gekommen war. Wenn, dann freute ich mich immer tierisch, denn außer meinem Emil simste mir fast niemand. Doch jetzt war es nicht Emil sondern Pickel-Jens vom Büro der Prinzessin.

»Hallo«, begrüßte er mich mürrisch, »wollte dich nur kurz daran erinnern, dass du heute einen Termin zum Essen mit Sandra Klein hast. Penelope ist schon ganz außer sich, weil du dich bisher nicht gemeldet hast.«

»Sag der kalten Katze, dass ich meine Termine schon im Griff habe«, antwortete ich. Ich schlenderte langsam zu meinem Haus, also die Reichenbachstraße Richtung Fraunhoferstraße hinunter und betrachtete beim Telefonieren die Schaufenster. Ich atmete die kühle Herbstluft ein, froh, der grünsamtigen Plüschigkeit von Jane Schütt entkommen zu sein.

»Und ich hatte gehofft, dass du vorbeikommst und mir ein wenig hilfst, diesen Termin im Chatroom zu streuen.« Jens klang wirklich vorwurfsvoll, was mir gar nicht passte. Schließlich war ich dazu nicht verpflichtet. »Aber das habe ich nun schon erledigt. Ich habe mich mit deinem Nickname eingeloggt, Claudia Bertani.«

»Und hast du dabei zufällig private Mails bekommen? Von ›SPlatz‹, oder so?«

»Was? Nein. Da kam nur so eine blöde Mail von irgendeinem Bunny: *Du bist nicht die echte Claudia Bertani! Sag Claudia, dass sie sich ein wenig anstrengen soll.* Voll der Scheiß. Ich habe nur ratzfatz die Gerüchteküche angeheizt. Penelope meint, die Öffentlichkeit sei noch zu wenig mit dem Luder beschäftigt. Aber wir sind gut im Rennen um Sendezeit und Titelgeschichten.«

»Du bist einfach ein Schatz«, sagte ich übertrieben freundlich. »Ist eigentlich die Prinzessin da? Kann ich sie mal sprechen? Wäre dringend.«

»Nein«, antwortete Jens. »Die fühlte sich heute nicht wohl und ruht sich aus. Kann ich weiterhelfen?«

»Danke, glaube nicht.« Ich beendete das Telefonat und verstaute mein Mobiltelefon, dabei stieß ich genau vor der Synagoge mit einem Mann zusammen, der eben den bunkerartigen Bau verließ. Das Jüdische Kulturzentrum in der Reichenbachstraße ist ein architektonischer Missgriff ohnegleichen, doch der Beton und die bronzefarben verglasten Fenster zollen wohl hauptsächlich dem erhöhten Sicherheitsbedürfnis der jüdischen Gemeinde Tribut.

»Entschuldigung«, sagte der Mann und sah mich an. Es war Thomas Gebrecht.

»Ich muss mich entschuldigen, Herr Gebrecht«, antwortete ich. »Ich war in Gedanken.«

»Und ich offenbar noch im Gebet. Schönen Tag noch, Herr von Schwind«, sagte er, dann zog er freundlich grüßend seinen Hut und ging Richtung Gärtnerplatz. Die Polizisten, die in dem Häuschen auf der anderen Straßenseite das anschlaggefährdete Objekt bewachten, behielten mich misstrauisch im Blick, während ich grübelnd dastand. Ich sah die häßliche Fassade hoch und rief mir die morgendliche Begegnung mit Thomas Gebrecht ins Gedächtnis. Mir wurde plötzlich etwas klar.

11

Muss happig für dich sein«, sagte ich zu Sandra, als wir in dem angesagten Sushi-Laden in der Klenzestraße saßen und auf unsere Aperitifs warteten. Normalerweise schlossen sich Sushi und meine Person wegen massiver Abneigung aus, doch Japaner waren hip, also mussten wir dort hin. Zum Glück gab es auch nicht nur rohen Fisch auf der Speisekarte. »Die sind heute mit dir nicht gerade sanft umgesprungen.« Ich deutete auf die paar Fotografen, die am Eingang herumlungerten. Eben stand der Wirt bei ihnen und scheuchte sie auf die Straße. Sie waren nicht nur wegen uns da, denn zwei bekannte Profifußballer samt Gespielinnen und ein abgehalfterter TV-Star, der ständig aufmerksamkeitsheischend zu den Paparazzi schielte, zählten zu den Gästen.

»Wenn schon«, winkte Sandra ab. »Hauptsache Thomas hat seine Ruhe.« Sie sah sich unsicher um. Nun bemerkte ich den jungen Mann, der alleine zwei Tische weiter saß und an seinem Rotwein nippte. Wastl, ihr Ex. Er ließ sie nicht aus dem Auge, bis ich ihm freundlich zuwinkte. Jetzt studierte er hochkonzentriert die weiße Tischdecke.

»O Mann«, seufzte Sandra und verdrehte die Augen. »Was macht der denn hier? Kann der mich nicht endlich in Ruhe lassen? Ich dachte, gestern hätte er es endlich kapiert.«

»Was? Dass Schluss mit euch ist? Ist überhaupt Schluss mit euch?«

Sandra sah mich verwundert an. »Ja«, sagte sie ernst. »Er hat schließlich mich verlassen, nicht ich ihn. Und nun verkauft er sogar unsere Erinnerungen an die Presse, das hätte ich ihm wirklich nie zugetraut.«

»Du verkaufst auch was an die Presse«, gab ich zu bedenken.

»Aber nicht unsere Beziehung, die immerhin mal glücklich war!«

»Dafür die Beziehung zu Thomas Gebrecht. Du verleugnest sie.«

»Na und? Ich bekomme gutes Geld und soll ich dir was sagen? Ich stehe bereits in Verhandlungen mit einem Fernsehsender für eine eigene Show.«

»Siehste«, provozierte ich sie weiter. »Du verscherbelst deine Liebe für eine TV-Show und das bisschen Geld.«

»Ich verscherble nichts!«, giftete sie und hielt sich den Bauch. »Du hast doch keine Ahnung.« Sie würgte kurz. »Mann, mir ist ein wenig übel. Lass uns über etwas Anderes reden, bitte. Wir sitzen hier auf den Präsentierteller und streiten uns, das ist nicht gut.«

»Es gibt sicher besseres«, stimmte ich zu. »Ich will mich auch nicht streiten, ich will dir nur sagen, dass ich sehr wohl Ahnung habe. Du bist schwanger, stimmt's?«

Sandra sah mich erschrocken an, dann griff sie ihr Wasserglas und leerte es in einem Zug. Bevor sie antworten konnte, kam der Kellner dazwischen und servierte unsere Aperitifs. Wir prosteten uns zu.

»Woher weißt du das?«, flüsterte Sandra.

»Meine Schwester und meine beste Freundin Katja waren zu gleichen Zeit schwanger, da entwickelt man ein Auge für die Symptome. Sechste Woche?«

»Nein, schon achte.«

»Und dann lässt du dich so zulaufen wie gestern? Weiß es der Vater?«

»Ersteres ist meine Sache und ja, der Vater weiß es.«

»Und? Wollt ihr das Kind?«

Sie sah in ihr Glas, das sie in der Hand leicht schwenkte. »Ja. Wir haben uns gestern dazu entschieden, es zu behalten.«

»Glückwunsch«, sagte ich und meinte es ernst. »Willst du den werdenden Vater nicht zu uns an den Tisch bitten?«

»Wie?« Sandras Blick huschte zwischen mir und Wastl hin und her. »Du denkst, er ...« Sie lachte künstlich.

»Katja und du, ihr habt euch gestern über prickelnde Details unterhalten, nicht wahr? Meine liebe Freundin ist ein ziemliches Klatschmaul und hat mich anschließend an allem teilhaben lassen. Der Vater deines Kindes hat demnach eine Phimose und eine krumme Banane, stimmt's?«

Das Mädchen wurde tatsächlich rot. Sie hielt sich erschrocken die Hand vor den Mund. »Ja, Thomas hat das«, sagte sie dann leise.

»Nein, hat er nicht«, fuhr ich fort. »Thomas Gebrecht ist Jude, nicht wahr?«

»Ist er? Ja, und?« Sie zuckte stirnrunzelnd mit den Schultern.

»Ich habe ihn heute aus der Synagoge kommen sehen. Also ist er beschnitten und kann demnach gar keine Vorhautverengung haben, Mädchen! Außerdem weiß ich zufällig sehr genau, dass er keine Banane sondern eine kerzengerade Latte hat. Folglich ist der Wastl da der Vater. Gehe ich recht in der Annahme, dass du gar kein Verhältnis mit Thomas Gebrecht hast und nie eins hattest?«

Sie schnappte nach Luft und schwieg eine Weile, dann nickte sie. Ja, gab sie zu, sie hatte nie ein Verhältnis mit Thomas Gebrecht; ja, sie war dafür engagiert worden, das Luder zu spielen, um Mona Wenzel über die Klatschspalten zu einem glänzenden Comeback zu verhelfen. Sie hatte in jener Nacht im Gästezimmer genächtigt und war dann zur rechten Zeit in das Ehebett der Gebrecht-Wenzels geschlüpft, um von Gudrun Nachtweih und Mona Wenzel »erwischt« zu werden.

»Das heißt also, dass du oder wir beide auch noch seine echte Geliebte decken. Wer ist sie?«

»Weiß nicht. Ehrlich, keine Ahnung. Außerdem turtelt er manchmal mit Mona herum, als seien sie frisch verliebt. Und das nach über dreißig Ehejahren. So wünsche ich mir das auch für mich.«

»Romantikerin. Vielleicht gibt es gar keine Geliebte. Und alles ist nur inszeniert, um Schlagzeilen zu machen. Dann kam allerdings der Mord dazwischen.« Nun fiel mir auch wieder ein, wann mich die Prinzessin das erste Mal anrief, um mir einen Job in Aussicht zu stellen. Am Mordtag. Vermutlich hatte sie den Schlachtplan ausgearbeitet und die Besetzung für Faschingsluder und Hengst ausgesucht.

»Weißt du was«, schlug ich vor, denn ich hatte Lust, ein wenig über die Stränge zu schlagen. Ein wenig das wohlkalkulierte Spiel mit den Medien zu durchkreuzen und Spontaneität ins Spiel zu bringen. »Wie wäre es, wenn wir echt ein bisschen Luder und Hengst spielen würden? Was hast du mit deinem Wastl ausgemacht?«

»Dass wir uns die nächsten Tage nicht sehen, um diese Aktion hier nicht zu gefährden.«

»Und die Pläne von Penelope bezüglich deiner Luderschaft?«

»Die wird ausgebaut. Momentan verhandelt sie mit verschiedenen Promis, die solo sind. Ich darf keine Namen nennen, du verstehst. Boris ist jedenfalls nicht dabei, da bin ich zu blond. Und Heiner ist nun verheiratet. Ist also nicht so einfach. Ich bin aber sicher, daß Penelope ein paar willige Kandidaten auftreibt, die Schlagzeilen brauchen. Mit denen werde ich in den nächsten Wochen gerüchteweise was laufen haben. Das ganze Luderprogramm eben. Klassisch.«

»Gut. Hör zu.« Während ich Sandra in meinen Plan einweihte, quietschte sie immer wieder vor Vergnügen und nickte heftig. Beim Essen schmachtete sie mich besonders an und ich suchte immer wieder den Blickkontakt zu einem der wenigen Fotografen, die noch draußen vor dem Eingang in der Kälte ausharrten. Ich musste etwas aufpassen, denn der eine Fußballstar, der genau in dieser Richtung saß, fing meinen Blick ein paarmal auf und runzelte schon die Stirn, weil er ihn wohl auf sich bezog. Nach dem Dessert gab ich dem Fotografen einen eindeutigen Wink, ging zur Toilette und wartete, ob er es schaffte, den Wirt zu überreden, dass er mal das stille Örtchen aufsuchen durfte und mir nachkam.

Ich stelle mich an ein Pinkelbecken. Die Tür öffnete sich. Herein kam der Fußballer und musterte mich finster. O je, der hatte was missverstanden. Um überzeugend zu wirken, öffnete ich meine Hose und bemühte mich redlich. Er stellte sich neben mich, es gab ohnehin nur zwei Pissoirs, packte seinen Schniedel aus und pinkelte. Dabei sah er zu mir herüber.

»Hier ist schlecht«, sagte er unvermittelt und grimmig schauend.

»Wie bitte?«, fragte ich und sah ihn an. Er wedelte mit seinem Schwanz, der, wie ich nun bemerkte, hart wie eine Torlatte war.

»Hier sind zu viele Leute. Wo bist du nachher? Ich gehe noch in die ›Ganesha Lounge‹. Keine Angst, die Kleine hatte ich heute schon, die werde ich los, servier du deine auch ab.«

»Äh, das ist …«, stotterte ich, da wurde die Tür aufgerissen und der Fotograf kam herein. Sofort verstaute der Fußballer seinen Ständer, zwinkerte mir kurz mit seinen düsteren Augen zu, als Zeichen, dass alles klar sei für eine heiße Nacht. Dann ging er hinaus. Der Fotograf stellte sich neben mich, und damit da garantiert keine Missverständnisse aufkamen, knöpfte ich meine Hose zu.

»Hast du was mit dem laufen?«, fragte er und deutete mit dem Kopf zur Tür, durch die der Fußballer verschwunden war.

»Wer hat das nicht«, antwortete ich spontan.

»Da hast du auch wieder recht!«, rief der Fotograf. »Gib mir mal deine Nummer. Wenn der irgendwann mal zum Abschuss freigegeben wird, kann ich jede Aussage brauchen.«

»Steht schon fest, wann er abgeschossen werden darf?«

»Nein. Das kann sich allerdings von jetzt auf hopp entscheiden. Also, deine Nummer!«

»Wende dich an die Prinzessin.«

»Oha, ganz ganz große Baustelle«, grinste er.

»Das ist doch alles pillepalle«, sagte ich dann. »Fotos, wie wir essen und tanzen. Toll, die haben alle. Bist du ausgerüstet, um bei extrem wenig Licht gute Fotos machen zu können? Bist du an Exklusivmaterial interessiert, das dich reich macht?«

Er nickte und sagte: »Was bietest du?«

»Action«, antwortete ich. »Echte Action. Aber, pscht, sie hat keine Ahnung, dass ich hier mit dir spreche. Wenn du willst, zeige ich dir, was für ein Luder sie ist. Einzige Bedingung ist, dass mein Gesicht nicht zu sehen ist, okay? Du musst aber einiges springen lassen.«

Wir besprachen den Deal, er musste per Handy mit seinem Chef das Finanzielle klären, was schnell klar ging. Sandra und ich hatten vorhin beschlossen, das Geld zu teilen, deshalb wunderte sie sich auch nicht, dass ich so lange auf der Toilette geblieben war. Nachdem wir unsere Rechnung beglichen hatten und den Nobeljapaner verließen – der Fußballer war bereits vor uns gegangen und hatte mir einen finsteren, aber glutvollen Abschiedsblick geschenkt –, heftete sich der Fotograf in gebührendem Abstand an unsere Fersen.

Sandra und ich kicherten und turtelten, es sollte für den Fotografen alles natürlich wirken. An einem dunklen Hauseingang taten wir so, als würden wir wild herumknutschen. Dann gingen wir eng umschlungen etwas weiter die Straße hinunter und bogen in die Ickstattstraße ein. Wieder markierten wir heiße Zungenküsse und mehr. Fummeln beim Bummeln. Als wir an dem verabredeten Haus vorbeikamen, zog ich Sandra in den Hinterhof, in dem es früher mal eine Autowerkstatt gab. Nun wurden die Räume von einem Designkollektiv genutzt. Wir waren verdammt gut: Sie, breitbeinig im fahlen Licht einer Energiesparlampe auf der Altpapiertonne sitzend und wild keuchend – ich ebenfalls keuchend und mit trotz der Spätherbstkälte ein klein wenig heruntergelassener Hose, so dass man meinen halben Hintern sehen konnte, rhythmische Stoßbewegungen ausführend. Mehr Fleisch sollte er nicht zu sehen bekommen, das hatten Sandra und ich besprochen. Schmierentheater *at its best.*

Manchmal stoppten wir kurz unser Gestöhne, dann konnte man das Surren des automatischen Kameramotors hören. Mit dem besten gefakten Orgasmus der jüngeren Showgeschichte beendeten wir unsere Nummer.

12

Ich habe schon befürchtet, du kommst gar nicht mehr«, begrüßte mich Uli Gebrecht und schenkte mir einen viel zu verliebten Blick. Ich hatte Sandra erst nach Hause gebracht und war dann in die ›Ganesha Lounge‹, in der Hoffnung, dort den zu treffen, der mich tatsächlich sehnsüchtig erwartete. Der Türsteher, ein glatzköpfiger Schrank, hatte mich wie einen alten Bekannten begrüßt und mir gleich den Zugang zum VIP-Bereich geebnet.

»Ich habe heute ein paarmal bei dir angerufen. Nie warst du da!« Uli sah mich an, als sei ich ihm Rechenschaft schuldig. Heute war er mal nicht in seinem Fummel unterwegs, sondern als Matrose.

»Hör mal«, antwortete ich. »Wir sind nicht verheiratet, oder? Außerdem habe ich noch eine Freundin, kapiert? Wir machen momentan einiges durch.«

»Schon klar, entschuldige«, sagte Uli und spendierte mir einen Drink. »Wieso bist du dann alleine unterwegs?«

»Ach, Sandra fühlt sich heute nicht so gut, und ich wollte nur ein wenig abtanzen.«

Er stieg darauf ein und witterte sofort seine Chance. »Dann kannst du frei über den Abend verfügen?« Ich bejahte. Er strahlte und wurde hibbelig wie eine kleines Kind, das endlich auf den Spielplatz will. »Hey, lass uns hier abhauen. Ich zeige dir mal ein wenig die Szene, du bist ja neugierig, oder?« Ich stimmte zu, schließlich sah ich eben den prominenten Fußballer auf mich zusteuern, der mir beim Japaner sein rohes Röllchen gezeigt hatte.

»Hi«, begrüßte mich der Sportler und musterte Uli finster.

»Hi.«

»Wie schaut es aus? Willst du noch hier bleiben, oder gehen wir. Ich habe ziemlichen Druck.« Mann, war der direkt.

»Ich gehe«, antwortete ich und deutete mit dem Kopf auf den Jungen neben mir. »Mit ihm. Sorry, wer zu spät kommt, den bestraft das Leben.« Der Fußballer knurrte und trollte sich.

* * *

»Na, wie findest du es hier?«, fragte mich Ulrich Gebrecht neugierig, als wir in einem proppevollen verwinkelten Kellerlokal namens ›Zarah's Club‹ standen und mit ohrenkrebserzeugenden Schlagern bedröhnt wurden. Um uns herum tobte ein schwules, teilweise verkleidetes und größtenteils völlig derangiertes Völkchen. »Ist wohl eine fremde Welt für dich, oder?«

»Ja«, gab ich zu und fragte mich zum unzähligsten Mal, wieso ich immer so verdammt anders als die anderen war. Reichte es nicht schon, dass meine sexuelle Orientierung nicht Mainstream war? Nein, ich musste ja auch noch anders als andere Schwule sein. Ich stand ehrlich gesagt noch nie auf den Grand Prix Eurovision de la Chanson (schon gar nicht, seit die Teilnehmernationen nicht mehr in der Landessprache singen müssen und ein englischer Einheitsbrei präsentiert wird). Ich wollte auch noch nie gezwungen sein, Michelle oder Claudia Jung zu hören, geschweige denn irgendwelche »Oldies«, die ich schon vor zwanzig Jahren scheiße fand. Erst recht wollte ich noch nie meine Geschlechtsgenossen dabei beobachten, wie sie lauthals mitsangen oder Schnurrbart an Schnurrbart Discofox zu Unmusik Marke *Cherry Cherry Lady* tanzten. Schlechter Geschmack war noch nie Kult, sondern einfach schlechter Geschmack! Und ich hatte schon gleich gar nie das gesteigerte Bedürfnis, käsige Landpomeranzen ohne korrekt sitzende Herrenoberbekleidung durch die Discos ziehen zu sehen, nur weil die Medien suggerieren, in Schwulenclubs müsse man sich obenherum nackig machen. In den Medien sind natürlich auch immer knackige Topmodels oben ohne unterwegs und nicht Mister Hühnerbrust oder Herr Hautproblem. Wer hat doch gleich das Gerücht in die Welt gesetzt, der Schwule sei per se gut aussehend und geschmackssicher? Hatte nicht schon die enddebile TV-Show eines Privatsenders, die *Hysterische Kreischtunten im Prosecco-Delirium fallen über harmlose Heteros her* oder so ähnlich hieß, dem letzten Zweifler bewiesen, dass schwul nicht zwangsläufig cool machte?

Natürlich war ich schon ab und zu in diesem Schuppen gewesen, und jedesmal völlig entsetzt über die erbarmungslose Realität geflohen, aber Uli sollte ruhig weiterhin glauben, er würde eine Hete verführen. Das glaubte er auch noch im nächsten Laden, dem ›Hendersen‹, wo es nicht minder gestopft voll war und ebenso zu musikalischen Verirrungen der gröbsten Sorte Standard getanzt wurde. Die Stimmung kochte. Einer Polonaise, die sich durch den Raum schlängelte, konnte ich zum Glück rechtzeitig entfliehen. Ein paar Transen knutschten jeden nieder, der halbwegs nach Kerl aussah und nicht bei drei auf den Bäumen war. Wie mich zum Beispiel. Uli nahm sich die Herren Damen als Vorbild und steckte mir auf offener Tanzfläche die Zunge in den Hals.

Das tat er auch als Erstes, als wir anschließend in seinem Zimmer waren. Er hatte ursprünglich darauf gedrängt, dass wir zu mir gingen, doch für mich gab es nur einen einzigen Grund, seine Annäherungsversuche zu ertragen: Ich hatte den Schlüssel zu Laura Meitingers Kommode dabei und wollte ihn heute Nacht ausprobieren. Also bestand ich auf die Fahrt zum Gebrecht-Wenzelschen Anwesen. Uli knutschte mit mir herum, und ich stand wieder vor einem Problem. Nein, nicht, wie ich mich diesmal aus der Affäre ziehen konnte, denn mir war klar, dass es heute Nacht eben zum Äußersten kommen musste. Viel mehr beschäftigte mich, dass es nicht so richtig bei mir klappte. Uli tat sein Bestes, um mich auf Touren zu bringen, doch mehr als weichlicher Halbmast war nicht drin. Er erregte mich nicht. Uli sah gewiss recht gut aus, er war auf den ersten Blick niemand, den man von der Bettkante schubsen würde – doch das reichte einfach nicht. Oder nicht mehr, wenn man erst einmal Besseres gewöhnt war.

Ich versuchte mich auf seine massierende Hand zu konzentrieren, dann auf die fordernde Zunge. Nichts. Schließlich dachte ich an etwas saugeiles. Etwas, das bei mir immer wirkte. Ich musste mich nur konzentrieren. Ich dachte an Emil.

Statt dass nun vor lauter schlechtem Gewissen alles zusammenfiel, regte sich was. Mein Schwanz wuchs, je intensiver ich an meinen Süßen dachte. Er stand vor mir, nackt und schön. Sein leichter Silberblick machte mich ganz kirre. Emil schmunzelte und zog die Nase kraus, die ein bisschen krumm war, weil er sie einmal gebrochen hatte, und die ihm etwas Verwegenes gab. Sein Körper glänzte schweißnass im Flackern des lodernden Lagerfeuers und des Polarlichts, das über den schwarzen Himmel zuckte, den man hoch oben durch die Rauchabzugsöffnung in dem Iglu sehen konnte. Dann machte Emil ein paar Schritte auf mich zu. Leicht, federnd, doch voller Spannung und Gier. Nun merkte ich, dass Emil etwas mit der Hand hinter sich herzog. Er packte das Etwas mit beiden Händen, schwang es über seinen Kopf und ließ es wie einen Umhang über seinen Körper gleiten. Es war das Fell des Eisbären. Auf Emils Kopf ruhte der mächtige Schädel des Raubtiers mit den langen, elfenbeinfarbenen Fängen, die Vordertatzen hatte sich mein Geliebter um die Schultern geschlungen. Wie ein siegreicher Recke, der stolz seinen Jagdtriumph mit einem wirklich guten Fick bekrönen will, kam Emil näher. Nun sah ich, dass das Fell noch nicht gegerbt, sondern erst frisch abgehäutet war. Es dampfte, es blutete noch ein wenig. Ich war Erregung pur. Emil schubste mich auf den Rücken, ich lag auf einem weichen Haufen Rentierfelle. Sein harter Schwanz tanzte fordernd vor meiner Nase, ich wollte danach mit dem Mund schnappen, doch er ließ mich nicht. Er setzte sich auf meinen Bauch, griff hinter sich und hob den Hintern. Ich war bereit. Emil stützte sich auf meiner Brust ab und arbeitet grunzend mit seinem Schließmuskel an meinem Schwanz. Ein Geräusch störte uns, wie wenn jemand eine Tür aufstoßen würde. Als ob es in der Arktis Türen gäbe! Ich ließ mich vorerst nicht aus dem Takt bringen. Ich stand an der Pforte zum Glück und wollte endlich tief hinein in Emil. Nur unterbrach der plötzlich seine Bewegungen und erstarrte, dabei war ich noch nicht mal einen Millimeter weit in die Rosette vorgestoßen.

»Oh, ich wollte euch nicht stören!«, rief die Stimme einer Frau. Ich öffnete die Augen. Emil und die Polarnacht waren weg. Auf mir saß Uli und verrenkte den Kopf Richtung Tür. Dort stand seine Mutter, Mona Wenzel, im Morgenrock und starrte uns entgeistert an. »Ich … ich …«, stotterte sie und heftete ihren Blick schnell auf den Parkettboden. »Das tut mir Leid … ich hatte nur ein Geräusch gehört und wollte nachsehen, ob alles in Ordnung … Entschuldigung.« Sie ging hinaus und zog die Tür hinter sich zu. Nun, da meine erotische Phantasie weg war, war auch meine Erregung weg.

Wenn man seinen langjährigen Lebensgefährten als Scharfmacher braucht, dann sollte man nicht versuchen, in fremden Jünglingen herumzustochern.

Ich stieß Uli von mir und machte ihm klar, dass nun nichts mehr laufen würde. Er verstand und kuschelte sich an mich. Das konnte ich auch nicht brauchen. Scheiße. Letztlich hatte ich Glück und der Junge schlief schnell ein. Ich wartete eine geschlagene Viertelstunde, bevor ich mein Kissen nahm, es als Kuschelersatz in Ulis Arme legte und mich leise aus dem Zimmer stahl. Ich pirschte zu der Schlafzimmertür der Eltern. Ob sie zusammen schliefen? Ich lauschte gespannt, bevor ich es wagte, die Klinke langsam herunterzudrücken und die Türe ganz leise und vorsichtig einen kleinen Spalt zu öffnen. Im Bett sah ich zwei Gestalten liegen und ruhig atmen. Flugs hastete ich die Treppen zu Laura Meitingers Räumen hoch und stürzte mich auf die unterste Kommodenschublade. Was ich dort fand, machte mich kein bisschen klüger. Im Gegenteil.

• • •

Ich hoffte, dass es Emil war, als am Morgen das Telefon klingelte. Ich war eben erst von Uli nach Hause gekommen. Doch es war nur die Kriminalkommissarin Ingeburg Müller.

»Herr von Schwind«, sagte Kommissarin Müller. »Ich habe mir heute noch einmal den Tatort angesehen. Da fiel mir auf, dass das unterste Schubfach der Schlafzimmerkommode verschlossen ist. Ich fragte Gebrecht, ob er wisse, wo der Schlüssel sei. Der wusste es ebenso wie seine Frau angeblich nicht. Der Sohn hingegen sagte, er sei in der Hand der Buddhafigur auf dem Fensterbrett. Doch da war nichts. Nun weiß ich aus zuverlässiger Quelle, dass Sie in den letzten Tagen öfter im Hause Gebrecht verkehrt haben …« Sie ließ das Ende absichtlich offen.

»Frau Müller«, antwortete ich und entschied mich spontan zu einer kleinen Notlüge: »Da kann ich Ihnen gar nicht weiterhelfen. Ich habe diesen Schlüssel nicht.« Denn ich konnte ihr kaum sagen, dass ich das, was ich gefunden hatte, an mich genommen hatte: einen weiteren Schlüssel, der aussah, als würde er zu einem Aktenschrank oder ähnlichem passen. Ich hatte so gründlich wie möglich versucht, ein passendes Schloss zu diesem neuen Schlüssel aufzutreiben, doch vergebens. Ich hatte das Schubfach wieder abgeschlossen und dann den Schlüssel einfach unter das Fensterbrett auf den Boden gelegt, daher ergänzte ich: »Vielleicht ist er irgendwie heruntergefallen. Haben Sie mal den Boden abgesucht? Vielleicht ist er hinter die Heizung gerutscht …«

»Tja, wie mag er da wohl hingekommen sein?« Ingeburg Müllers Ton triefte vor Ironie. Es passte nicht zu ihr.

• • •

»Diesmal bist du zu weit gegangen, Felix!«, schrie mein Vater. Ich hatte ihn zuletzt so außer sich gesehen, als ich im zarten Alter von sieben Jahren ein wenig bei der Gartenarbeit hatte helfen wollen und die Blumen zurückgeschnitten hatte. Ich hatte das schließlich bei meinem Vater abgeguckt und wusste, dass man Pflanzen zurückschneiden muss, wenn sie richtig toll wachsen sollen. Mit dem sicheren Gefühl, ein dickes Lob einzuheimsen, hatte ich mich an die Arbeit gemacht und alles, was da grünte und blühte radikal kurz über der Wurzel abgeschnitten. Mitten im blühintensiven Juni. Mein Vater war explodiert wie ein überhitzter Dampfkessel und nur das beherzte Eingreifen meiner Mutter hatte verhindert, dass mir der Gürtel zeigte, welchen Lohn Gartenarbeit nach sich zieht. Nicht, dass meine Schwester und ich nicht ohnehin ab und an verprügelt worden wären, doch mein Vater bediente sich dabei normalerweise nie eines Hilfsmittels wie Gürtel, Rohrstock, Staubsaugerschlauch oder Teppichklopfer – Hilfsmittel, die, wenn ich den Berichten unserer Schulfreunde glauben durfte, in den heimischen Stuben der braven Nachbarn gang und gäbe waren und regelmäßig zum Einsatz kamen; schon damals in dem kleinen fränkischen Kaff, in dem ich aufwuchs, bevor wir nach München zogen. Wir wurden von den Nachbarkindern immer beneidet, dass wir so einen netten Vater hatten, der uns so selten (allerhöchstens zweimal im Jahr) und nur mit der bloßen Hand verprügelte. In der Tat war Katja die einzige in meinem Bekanntenkreis, die offenbar nicht von ihren Eltern körperlich gezüchtigt worden war. Pfarrerskind eben. Doch wie sie so schön sagte: »Manchmal habe ich mich richtig nach einer Ohrfeige gesehnt! Aber sie hatten viel subtilere Strafen. Strafen, die richtig fertig machen. Tagelang nicht mit mir reden zum Beispiel!«

Nun stand mein Vater mit hochrotem Kopf in meinem Wohnzimmer und fuchtelte mit der Zeitung dicht vor meinen Augen. Ich hatte kaum das Gespräch mit Kommissarin Müller beendet, als er auch schon klingelte und einen Aufstand machte.

»Das da ist geschmacklos und peinlich!«, rief er und deutete auf das Bild, das der Fotograf von Sandra und mir gestern Abend gemacht hatte. Es war erstaunlich gut geworden für das schwache Licht. »Was hast du dir dabei gedacht?«

»Sei doch froh, dass ich mal was mit einem Mädchen hatte!«, antwortete ich. »Du warst doch so scharf drauf, dass ich den Hengst markiere. Wer ahnt denn schon, dass da ein Paparazzo im Gebüsch hockt. Und wenn du genau hinschaust, wirst du zugeben müssen, dass man selbst Sandra nicht richtig erkennen kann.

Sie hat ihren Kopf an meinen Hals geschmiegt, das kann jedes x-beliebige Mädchen sein. Außerdem sieht man da mein Gesicht nicht. Woher willst du eigentlich wissen, dass das ich bin?«

»Ich habe dir oft genug den Hintern versohlt, um den zu kennen, mein Sohn.« Er hob drohend die Zeitung.

»Daran erinnere ich mich mit Sicherheit besser als du, Vater!«

Sofort senkte er den erhobenen Arm und sah verlegen zu Boden. Dann tankte er neue Energie. »Was hast du dir also dabei gedacht? So etwas gehörte nicht zu deinem Aufgabenbereich, verdammt noch mal.«

»Ich verstehe immer noch nicht, warum du dich so aufregst. Niemand erkennt mich da! Wir wollten nur ein wenig den Leuten das bieten, was alle erwarten. Außerdem haben wir uns das teuer bezahlen lassen, verstanden?«

»Du meinst …«, mein Vater sah mich verwundert bis entsetzt an, »Sandra war damit einverstanden? Sie ist schwanger, und dann macht sie so was? Du bespringst sie in einem lausigen Hinterhof wie ein räudiger Straßenköter und sie wusste, dass da ein Fotograf …«

»Natürlich, wo denkst du hin? Traust du mir so was Hinterhältiges zu? Jetzt aber mal im Ernst, warum regst du dich so auf? Mein Gott, sei doch nicht so spießig!«

Mein Vater schüttelte den Kopf und ließ die Schultern hängen. »Das, was du spießig nennst, Felix, nenne ich Anstand. Ich …« Er brach ab. Doch ich spürte, dass er kurz davor stand, mir etwas zu sagen. Etwas wichtiges, vielleicht sogar endlich einmal etwas über sein Innenleben, in das er uns nie Einblick gewährt hatte. Doch zu meiner größten Enttäuschung fuhr sich mein Vater mit der Hand über das aschgraue Gesicht und sammelte sich. Dann verließ er mich schnell mit kurzem Gruß und finsterem Blick. Und ich stand da, verstand gar nichts. Ob spießig oder anständig – die heftige Reaktion meines Vaters auf die Fotos blieb mir weiterhin ein Rätsel.

Gerade als ich unter der Dusche stand, klingelte das Telefon. In der Hoffnung, dass endlich mein Emil mich anrufen würde, hüpfte ich an den Apparat und tropfte die gute Auslegeware voll.

Es war nicht Emil, sondern Hauptkommissar Klaus Stürzinger, der Mann mit den blauesten Augen der Welt.

»Felix, bist du auf Abwege gekommen?«, begrüßte er mich. »Ich liege hier noch ganz harmlos im Morgenmantel auf dem Sofa herum, weil ich erst Mittag ins Büro muss, trinke Kaffee und schlage ganz ahnungslos die Zeitung auf – schon springt mir dein geiler Arsch ins Gesicht!«

»Stürzi, bitte«, seufzte ich und rubbelte notdürftig mit einem Handtuch an mir herum. »Deshalb hatte ich gerade Stress mit meinem Vater. Das ist doch ein Fake!«

»Hätte mich auch gewundert.«

»Mein Vater hält's für echt! Stell dir das mal vor«, berichtete ich.

»Sieht auch sehr echt aus«, antwortete Stürzinger. »Hör mal, weshalb ich dich anrufe …«

»Ich höre«, sagte ich, wohl wissend, was nun folgen würde. »Aber ich sage dir gleich, dass ich mich nicht raushalten werde. Hast du etwa jetzt den Fall übernommen?«

»Nein. Es ist tatsächlich so, dass von ganz oben die Order gekommen ist, dass ich mich aus diesem Fall heraushalten soll. Seltsam, nicht? Er hätte der Routine nach meiner sein müssen. Doch dann hieß es nur: Ingeburg Müller soll ran. Dabei hat die noch nie alleine ein Team geleitet. Sei's drum. Ich halte mich raus. Dieser Fall ist sowieso voller Ungereimtheiten und Fragen. Stell dir mal vor, die haben nicht mal den Tatort versiegelt. Thomas Gebrecht hat wohl sehr gute Kontakte nach oben und der Staatsanwalt hat einer rasant schnellen Freigabe von Tatort und Leiche zugestimmt. Na ja, ich will dich gar nicht erst überzeugen, deine Finger von dem hier zu lassen. Ich kenne dich schließlich.«

»Schön, Stürzinger. Was steht also an?«

»Wann sehen wir uns mal wieder?«, fragte er. Er hatte Recht, denn dafür, dass wir schon mehr als eine Leiche im Keller hatten und mehr als nur eine Nacht miteinander verbracht hatten, sahen wir uns in den letzten Monaten viel zu selten. Stürzinger und ich hatten eine gute Zeit miteinander gehabt. Das mit der Liebe hatte leider nicht geklappt, doch der Sex war sensationell gewesen. Und seine Stimme klang nun so verdammt sexy. Er war rollig, das hörte ich. Fast hätte ich gesagt: »Komm sofort her.« Doch der Moment ging vorbei. Das konnte ich nicht noch einmal bringen. Einmal hatte mir Emil einen Seitensprung mit Stürzinger verziehen, ein zweites Mal durfte es auf keinen Fall geben. Andererseits war Stürzinger als Liebhaber einfach unbeschreiblich. Das Handtuch, das ich mir um die Hüften geschlungen hatte, glitt von selbst zu Boden.

»Was ist?«, fragte Stürzinger, weil ich schwieg. Seine Stimme war ein wohliges guturales Schnurren. »Keine Lust, mich zu sehen? Wie ich schon sagte, ich bin alleine zu Hause, trage nur einen Bademantel und dann – dein Hintern. Das Bild in der Zeitung hat bei mir jedenfalls einiges geweckt. Wir hatten viel Spaß mit deinem süßen Hintern.«

»Du Sau, Stürzinger. Wir hatten auch viel Spaß mit deinem geilen Arsch, wenn ich dich mal dran erinnern darf.«

»O ja«, seufzte er. »Das vermisse ich am meisten. Wie du weißt, ist mein Gatte nur auf eines scharf, und das ist definitiv nicht mein Knackarsch.«

»Emil ist auch ziemlich einseitig fixiert«, gab ich zu. Es hat in meinem ganzen Leben nur einen Mann gegeben, für den ich gerne mal passiv war: Stürzinger. Ihm ging es mit mir ähnlich.

»So ab und an, dich spüren … deinen herrlichen …«, sagte er.

»Stürzinger, hör sofort auf«, unterbrach ich ihn. Gott, war ich geil. Ich legte mich auf das Sofa und schloss die Augen. Stürzinger war sofort bei mir, auf mir, in mir. Ich riss kurz die Augen auf, das durfte nicht sein! Dann ließ ich sie wieder zufallen. Die Phantasie kehrte zurück. Ich war sofort bei Stürzinger, auf ihm, in ihm.

»Warum soll ich aufhören?« Seine Stimme war ein heißeres Flüstern. Sein Atem ging stoßweise. »Wir reden doch nur, oder? Wir reden über das, was wir hatten. Vergangenheitsbewältigung. Ich bewältige unsere Vergangenheit momentan mit meiner rechten Hand.«

»Was ganz genau bewältigst du gerade?«, keuchte ich. »Erzähl es mir, jedes Detail, und lass dir viel Zeit damit.«

* * *

Ich musste noch einmal duschen. Kaum hatte ich mich angezogen, klingelte es an der Tür.

13

Ich muss irgendwas mit Indiana Jones geträumt haben, denn auch als ich schließlich mit tierischem Schädelweh aufwachte, hörte ich immer noch die bekannte Filmmelodie. Im Mund hatte ich den Geschmack, als hätte ich einen Maggi-Brühwürfel gelutscht. Mir war kalt. Ich zog die raue Wolldecke enger um mich und schüttelte den Kopf, um die dämliche Melodie loszuwerden. Warum war es so dunkel und frostig um mich herum? Meine Augen konnten nichts erkennen. Immer noch dudelte die heroische Fanfare, zu der Harrison Ford seine Abenteuer bestand. Und in meiner Hose fand gerade eine Party statt. Handy, schoss es mir durch den Teil meines Hirns, der schon arbeitsfähig war. Wo war ich? Wie bin ich hier her gekommen? Warum ist es so dunkel? Egal! Wo ist das Handy?

Vibration und die Indiana-Jones-Musik in meiner rechten Hosentasche. Bingo, schnell gefunden. »Schönen guten Tag«, flötete eine weibliche Stimme und ich vermute erst mal eine Telefonterroristin von einer Versicherungsdrückerkolonne. Ob ich Felix von Schwind sei, ob ich selbst bei *Quizzen ist Trumpf* angerufen hätte oder ob jemand für mich dort angerufen hätte.

Ich stockte, die Gute hat mich wie ein Schnellzug zugetextet und erst verzögert raffte ich, dass man mich endlich erhört hat! JA! Endlich!

»Haben Sie ein klein wenig Zeit?« Die freundliche Dame stellte sich als Redakteurin der *QuiT*-Produktionsfirma vor und wollte sich etwas mit mir unterhalten, ein paar Fragen stellen, davon hinge dann ab, ob ich vielleicht tatsächlich in die Sendung komme. Alles klar. Ich war bereit und ärschelte mich in ein Kissen ein, das gegen das offenbar hölzernen Kopfende eines Bettes gelehnt war. Nun erst realisierte ich überhaupt, dass ich auf einem Bett lag. Wo war ich doch gleich? Und, verdammt noch mal, warum war ich plötzlich erblindet? Ich wollte nach einem Lichtschalter tasten. Doch warum war mein rechter Arm ausgestreckt und ließ sich nicht bewegen? Egal, Millionen, ich komme!

»Sind Sie allein im Raum?«, fragte die Dame zunächst. Ich konnte ruhigen Gewissens bejahen. Dann beantwortete ich Fragen ganz ohne dem üblichen Abehcehdeh zu meiner Person, zu meinen Hobbys und Wünschen und dann ging es ans Eingemachte. »Ich stelle ihnen nun ein paar Fragen, von deren Beantwortung es abhängt, ob Sie eventuell Kandidat in unserer Sendung werden«, sagte die Dame. Ich war hochkonzentriert, mein Kopf schmerzte nicht mehr.

»Wie heißt die einzige weibliche Schachfigur?«

»Dame!«, rief ich.

»Wer sang Anfang der achtziger Jahre den NDW-Hit *Eisbär?«*

»Grauzone«, antwortete ich wie aus der Pistole geschossen und wunderte mich über mich selbst, dass ich solcherart Müllwissen mit mir herumschleppte. Und dann ausgerechnet *Eisbär …*

»Wie heißt Leningrad heute?«

»Sankt Petersburg.« Mein Gott, sind die Fragen leicht!

»Gut, Herr von Schwind, dann nenne Sie mir bitte noch den Namen der derzeitigen Familienministerin.«

»Das ist die Rote Renate. Renate Schmidt.«

»Zuletzt stelle ich Ihnen noch eine Schätzfrage. Antworten Sie bitte spontan. Wie lange ist der Ohio von der Quelle bis zur Mündung in den Mississippi?«

Ich weiß ja viel, aber das beim besten Willen nicht, also schätzte ich frech und sicher völlig falsch dreihundert Kilometer. Wir plauschten noch ein wenig, dann wies mich die freundliche Redaktions-Dame darauf hin, dass ich in den nächsten Tagen damit rechnen könnte (eventuell und vielleicht und möglicherweise) den entscheidenden Anruf zu bekommen. Dann wäre ich definitiv in der Sendung. Aufzeichnung schon am kommenden Dienstag. Wenn sie sich bis Freitag nicht melden würde, sollte ich mir allerdings keine Hoffnung mehr machen. »Wiederhören.«

Ich ließ das Handy sinken und grinste zufrieden vor mich hin. Dann blinzelte ich, irgendwie musste doch was zu erkennen sein. Ich wollte mir über die Augen fahren und stieß dort auf ein Stück Stoff. Jemand hatte mir eine Augenbinde verpasst. Ich riss sie weg. Lächerlich, das Ding. Was sollte das? Meine Augen gewöhnten sich schnell an die um mich herrschende diffuse Dunkelheit in dem Raum. Ich ließ den Blick ein wenig wandern. Das Bett, auf dem ich saß, war voll mit mehreren Daunenkissen und -decken, alle mit rotweißkariertem Bettzeug bezogen. Ein paar zusätzliche Wolldecken lagen herum. Die Wände waren mit grün gestrichenem Holz vertäfelt, ein uralter Bauernschrank mit herrlicher farbiger Fassung, zwei antike Bauernstühle und ein Nachtkästchen mit Marmorplatte auf jeder Seite des Bettes bildeten das einzige Mobiliar. An der linken Wand hingen Duzende von kurios ge- und verformten Rehgeweihen, nicht ein einziges war gleichmäßig. An der rechten Wand schmachtete auf einem riesen Ölschinken ein barocker Heiliger Sebastian unter den Pfeilen der Römer. Vermutlich befand ich mich in einem alten Bauernhaus, das reiche Städter zu einem standesgemäßen Landsitz ausgebaut hatten. Neben dem Bett standen zwei Kästen Mineralwasser sowie mehrere Packen Lieken Urkorn, zwei Gläser hausgemachter Leberwurst und ein paar Müsliriegel. Dazu noch ein einfaches Messer zum Broteschmieren. Seltsam. Sehr seltsam.

Gedächtnisfetzen drangen zurück in mein Bewusstsein. Ich war zu Hause gewesen, hatte eben noch einen Kaffee getrunken und mit der Kommissarin Müller telefoniert, nein, halt, zuletzt war da so was wie ein Telefonat mit Stürzi gewesen sowie zwei heiße Duschen – die zweite davon mit Wasser und Seife, um die Folgen der ersten wegzuwaschen. Da es mehrfach an der Tür geklingelt hatte, war ich schnurstracks zum Öffnen gestürmt. Da stand ein Clown. Als Kind hatte ich immer panische Angst vor Clowns, heute hasse ich sie bloß noch – einfach aus dem Grund, weil sie nicht witzig sind. Kein einziger war es jemals. Und am allerschlimmsten sind stets jene Clowns, die ihre langweilige Talentlosigkeit als »Poesie« verkaufen und damit höchstens bei unbeschlafenen sechzehnjährigen Waldorfschülerinnen romantische Gefühle wecken können.

Da stand also ein schlecht geschminkter, blöder Clown. Dann war es dunkel geworden. Und jetzt lag ich hier in einem Musikantenstadel-Schlafzimmer mit Heiligem Sebastian in Öl. Einen anderen Schluss, als dass ich niedergeschlagen und entführt worden war, ließ meine derzeitige Situation beim besten Willen nicht zu.

Nun begann ich mich selbst zu ohrfeigen. Endlos »O Scheiße«-murmeln brachte mir zwar nicht viel, ich hielt es trotzdem für angebracht. Warum hatte ich die nette Tante am Telefon nicht gebeten, doch mal schnell die Polizei zu rufen? Endlich stellte ich auch fest, warum ich meinen rechten Arm nicht bewegen konnte. Man hatte meine Hand mit einer Handschelle an den Bettpfosten gefesselt. So sehr ich auch rüttelte und zerrte, ich tat nur mir weh – bis mir wieder einfiel, dass mein Entführer nicht sehr professionell gehandelt, und mein Mobiltelefon übersehen hatte. Ha, dieser Clown konnte natürlich nicht ahnen, dass ich es in meiner Hosentasche hatte. Ich wählte Katjas Nummer. Es dauerte, bis jemand ranging. Mein Handy machte piep.

»Katja!«, rief ich in der Panik, mein Akku könnte jederzeit seinen Geist aufgeben. »Ich bin hier ans Bett gefesselt!« War ich so bescheuert, oder tat ich nur so. Es gab wahrlich Wichtigeres zu berichten. »Schmarrn, vergiss es …« Pieppiep.

»Felix!« Meine beste Freundin klang besorgt. »Deine erotischen Eskapaden interessieren mich momentan nicht so brennend! Was …« Ihre Stimme wurde plötzlich leiser, vermutlich hielt sie die Hand vor die Muschel, dann sagte sie: »Nein, die Mama telefoniert jetzt. Ich habe Nein gesagt!«

»Keine Zeit für Erklärungen«, unterbrach ich ihre Pädagogikexperimente, mein Handy machte pieppieppiep. »Keine Polizei! Hörst du?! Ich bin hier in einer …« Piiiiiiep. Mein Mobiltelefon schaltete sich aus. Mausetot. Scheiße! Ich schleuderte das verdammte Ding wütend in die Ecke. Es zersprang auf dem Holzdielenboden. Nie, wirklich nie hatte ich das Teil jemals ernsthaft gebraucht. Nie! Und nun, ein einziges Mal im Leben könnte es meine Rettung sein und dann das. Sollte ich hier jemals rauskommen, so beschloss ich, wird als allererstes der Vertrag gekündigt! Noch bevor ich zur Polizei gehe!

Es half nichts, ich musste mich selbst befreien. Die Handschelle an meinem Arm war nicht sehr fest zugezogen. Wenn ich meine Hand ganz schmal machte, konnte ich … mir nur noch mehr weh tun. Scheiße. Es fehlte wirklich nicht viel, und ich hätte durchflutschen können. Wenn ich doch nur ein Stückchen Seife oder so was gehabt hätte. Fernsehheld McGuyver hätte sich sicher aus Vollkornbrot, Mineralwasser und einem Müsliriegel eine punktgenaue Sprengladung basteln können. Warum habe ich diese Serie nie geguckt? Der Hauptdarsteller sah doch recht schnuckelig aus! Hätte ich damals meine Hormone das Fernsehprogramm bestimmen lassen, dann wüsste ich, was zu tun wäre und wäre längst draußen.

Ich beschloss spontan, ein wenig vor Selbstmitleid zu zerfließen. Nachdem ich das erledigt hatte, zerrte ich erneut an der Handschelle. Doch je mehr ich versuchte, meine Hand durch die Fessel zu quetschen, umso mehr schwoll selbige an. Mir fiel eine Szene aus dem Gruselschocker *Nachtwache* ein (dem dänischen Original mit dem umschmissartigen Hauptdarsteller natürlich, nicht dem amidumpfen, überflüssigen Hollywoodremake, das ich zugegebenermaßen nicht gesehen habe, aber es gab bisher kein einziges Ami-Remake europäischer Filme, das nicht ebenso überflüssig wie peinlich war): Dort wird der beste Freund jenes unglaublich hübschen Hauptdarstellers mit einer Handschelle an die Heizung gefesselt, weil der wahnsinnige Mörder nun just jenen Hauptdarsteller samt Freundin (beide auf Seziertische in der Pathologie gekettet) genussvoll zermetzeln will. Der Zuschauer hat sich vor Thrill schon die Fingernägel bis zu den Handgelenken abgekaut, da gelingt es dem gefesselten Freund in letzter Sekunde, sich zu befreien und den durchgeknallten Psychopathen niederzustrecken. Zur Befreiung aus der Handschelle diente dabei ein Küchenmesser … Brauche ich mehr sagen? Ich musterte das Messer auf der Vollkornbrotpackung, dessen Schneide so scharf war wie ein Aktfoto von Ottfried Fischer. Beim besten Willen – das wollte ich mir dann doch nicht antun.

Ich dachte an die Wurst im Glas. Fette Leberwurst. Das könnte schmieren. Aber vielleicht gab es noch etwas anderes im Nachtkästchen, falls mein Entführer zur sexuell aktiven Bevölkerungsgruppe zählte. Ich stürzte mich auf das linke. Leer. Nichts. Nur auf dem kleinen Schränkchen lag ein Zettel, darauf die Botschaft »Lauf nicht weg! Bitte!« in Blockbuchstaben. Scherzkeks. Genauso dilettantisch wie die läppische Augenbinde.

Im rechten Nachtkasten fand ich etwas mehr. Ein Päckchen Kondome und eine Tüte Gummibärchen, beides halb leer. Dann den zerfledderten Krimi einer ungeheuer erfolgreichen deutschen Autorin, deren Erfolg sich nur dadurch erklären ließ, dass ihre Bücher so entsetzlich langweilig waren, dass man garantiert bei der Lektüre einschlief. Menschen mit Schlafstörungen schwörten vermutlich auf diese Autorin. Ich hingegen bevorzugte immer den Film *Der englische Patient,* wenn ich mal kein Auge zutun konnte. Zehn Minuten reichten, damit ich in Morpheus Armen lag. In dem Nachtschränkchen befanden sich zudem eine Rolle Zewa und, heißa, eine Tube Gleitcreme. Noch ein wenig warten, bis die Hand von den vorherigen Befreiungsversuchen abgeschwollen war, dann leerte ich fast die ganze Tube über meine rechte Hand und verteilte das Flutschi sorgsam. Nun zählte es. Ich machte die Hand so schmal wie möglich und zog sie vorsichtig Millimeter um Millimeter durch den Metallring der Handschelle. Flutschi machte seinem Namen alle Ehre und ließ es gut flutschen. Meine Hand glitt schneller raus als ein Pimmel beim Coitus interruptus. Ich war frei. Endlich.

Mit einem Satz vom Bett und zur Tür hechten, war eins. Abgeschlossen. Wie nicht anders zu erwarten. Das einzige Fenster war mit Holzläden verschlossen. Die ließen sich öffnen. Nun sah ich meine Vermutung bestätigt: Ich befand mich im ersten Stock eines großen Bauernhauses. Doch der übliche große Balkon fehlte an dieser Hausseite. Der Erdboden befand sich gut und gerne drei Meter unter mir. Keine Leiter, kein Pflanzenspalier luden zum einfachen Hinabklettern ein. Springen und sich alles brechen, und damit dem Entführer als fortan Querschnittsgelähmter auf Gedeih und Verderben ausgeliefert sein, oder ausharren und auf die Rückkehr meines Kidnappers warten – tolle Alternativen. Zumindest hatte man es gut mit mir gemeint, denn verhungern und verdursten würde ich hier sicher vorerst nicht. Und gegen die Kälte halfen die Decken. Ob meine Eltern wohl eine Lösegeldforderung erhalten hatten? Aber sooooo reich waren sie nun auch nicht. Viel eher drängte sich mir der Verdacht auf, dass mich jemand aus dem Verkehr ziehen wollte. Ich musste hier raus!

Zum Springen war ich zu feige, außer ich würde wirklich weich fallen. Ich brauchte nicht lange überlegen und schmiss die Matratze sowie das ganze Bettzeug aus dem Fenster, weitestgehend auf einen Haufen. Schnell suchte ich die Reste meines Handys zusammen und wickelte mich noch in eine Wolldecke, denn ich trug nur einen Pullover, und draußen herrschten Minustemperaturen. Ich saß vermutlich eine halbe Stunde zögernd auf dem Fenstersims, sah mich im Geiste am Boden zerschellen, bis ich mich endlich dazu durchringen konnte und sprang. Ich hatte mich nicht geirrt. Ich verfehlte den weichen Haufen aus Matratze und Bettzeug nur um wenige Zentimeter; das heißt, meine Beine landeten fluffig und weich in den Daunen, mein Oberkörper hart und luftraubend auf dem schneebedeckten, bretthart gefrorenem Boden. Meine rechte Hand schmerzte, als ich mich aufrappelte, doch sonst schien noch alles funktionstüchtig.

Mein Gefängnis war ein herrliches altes Gehöft, das an einem Berghang lag. Durch die kahlen Bäume konnte man im Tal einen See erkennen, an dessen Ufer sich Menschen bewegten. Der Ausblick, das alte Haus, der frühwinterliche Schnee, der alles mit einer Kitschglasur überzog – genau so hatte ich mir immer die einsame Hütte vorgestellt, in der ich mich mit Emil mal zu Weihnachten einschneien lassen und erst mit der Schneeschmelze im März wieder auftauchen wollte, nachdem wir den Eintrag ins Guiness-Buch der Rekorde mit dem Weltrekord im Dauerkuscheln bekommen hatten.

Spuren rings um das Haus verrieten, dass in letzter Zeit jemand hier gewesen war. Vor dem Anwesen waren die Veranda und die Auffahrt geräumt. Eine Straße führte am Haus vorbei weiter den Berg hinauf. Sie war zwar schneebedeckt, aber eindeutig mehrfach befahren worden. Das Haus selbst schien mir unbewohnt. Ich umrundete es vorsichtig. Gerade als ich wieder vorne zur Straße gehen wollte, hörte ich es: ein Keuchen und Schnaufen. Jemand kam schwer atmend den Weg hinauf. Sofort versteckte ich mich hinter dem Schuppen, der an das Hauptgebäude angrenzte, und den Reifenspuren nach zu urteilen als Garage diente. An der Außenmauer des Schuppens stapelten sich Holzscheite für den Ofen. Ich suchte mir einen aus, der gut in der Hand lag und wartete. Die Person näherte sich. Schritte knirschten im Schnee, das Keuchen wurde lauter, dann wieder leiser. Offenbar ging der Ankömmling erst zum Haupthaus. Ich lauschte, nach einer Weile näherte sich das Keuchen und Knirschen wieder. Nun kam die Person doch zum Schuppen. Ich musste den Präventivschlag führen, wenn ich eine Chance haben wollte. Ich lauerte direkt an der Ecke, das Holzstück fest in der linken Hand, die rechte schmerzte zu sehr, um eingesetzt zu werden. Die Schritte wurden lauter und lauter. Noch ein oder zwei Sekunden, die Person kam um die Ecke. Ich schlug zu.

• • •

»Es tut mir wahnsinnig Leid«, beteuerte ich immer wieder und half der Greisin auf die Beine, die ich zum Glück doch nicht so schwer erwischt hatte. In der allerletzten Sekunde hatte ich erkannt, dass die Person, der ich aufgelauert hatte, eine uralte Frau war. Noch in der Schlagbewegung hatte ich versucht, abzubremsen und meinem Arm eine andere Richtung zu geben. Alles wäre gut gegangen, wäre die Alte nicht vor Schreck, nachdem sie einen hohen Kiekser von sich gegeben hatte, ohnmächtig nach hinten umgekippt. So hatte ich sie leicht an der Schläfe erwischt. Sie war nur kurz bewusstlos gewesen. Eine kleine Beule wuchs nun an ihrer rechten Stirn. Ich schleppte sie zur Veranda auf den trockenen Holzboden, wo sie sich leicht benommen niedersetzte. »Glauben Sie mir, ich wollte Sie nicht verletzen.«

Die alte Frau sah mich müde an und winkte ab. »Schon gut, mein Junge. Nichts passiert. Ich bin nur sehr erschrocken. Bist du verrückt, so mit dem Feuerholz herumzufuchteln?«, sagte sie in etwa, denn in Wahrheit klang es ungefähr so: »Scho guat, Burli. Baaßt scho. I hob denkt, mi driffd da Schlog. Bist narrisch, so mim Hoiz umanand zum fuchtln.« Dann fuhr sie fort: »Fast dachte ich schon, du wolltest mich mit dem Scheit niederschlagen.« Sie schüttelte leicht den Kopf und lachte kurz über diese in ihren Augen völlig absurde Idee.

»Ach, woher denn.« Ich lachte angestrengt. »Ich war halt ebenso erschrocken, als Sie plötzlich aufgetaucht sind ...«

Sie machte eine wegwerfende Handbewegung. »Bist du ein Freund der Familie?«

Was sollte ich nun antworten? Sollte ich sie über mein Schicksal aufklären und bitten, mich zur Polizei zu bringen? Natürlich wäre dies das Vernünftigste gewesen. Allein: Ich hatte mich selbst befreit, war entkommen. Und ich hatte einen mehr als leisen Verdacht, wer hinter meiner Entführung stehen konnte. Das wollte ich erst selbst klären, da brauchte ich keine Polizei. Die Alte konnte mir nun nützliche Informationen geben und mich dann in ein Dorf bringen, von wo ich meine Freunde anrufen könnte. Sicher, vielleicht war sie aber auch vom Entführer geschickt worden, um nach dem Rechten zu sehen. Doch dieses Risiko musste ich eingehen.

»Ja, ich bin ein Freund der Familie«, antwortete ich daher vage.

»Habe ich mir schon gedacht«, sagte die Greisin, die mindestens hundertzwanzig Jahre alt sein musste, so runzelig und ledrig war ihre Haut. Sie trug einen schweren schwarzen Lodenmantel mit Pelzkragen, Skihandschuhe und eine dicke grüne Strickmütze. Ihre Füße steckten in pelzgefütterten Stiefeln. »Gestern habe ich ein Auto rauffahren sehen. Weißt du, ich schaue hier immer nach dem rechten. Das war früher schließlich mal mein Hof.« Sie deutete auf die Eingangstür des Anwesens. »Meitinger-Hof«, stand da in den oberen Türstock geschnitzt. »Ich bin die Meitingerin. Das muss hier alles seine Ordnung haben, gell? Komisch, sonst rufen sie mich immer vorher an, wenn sie ein paar Tage Skifahren kommen, damit ich aufsperre und einheize. Na ja, was soll's. Der Winter ist dieses Jahr ganz schön früh gekommen, gell? Wir haben doch noch Oktober. Ach, so ein Spaziergang von Spitzingsee hier herauf tut meinen alten Knochen gut. Jetzt könntest du mir aber drinnen einen Kaffee anbieten.«

»Nun, ich habe mich leider ausgesperrt«, improvisierte ich und fuchtelte mit der Decke herum. Meine rechte Hand protestierte mit einem scharfen Stich gegen die Bewegung. Ich verkniff mir einen Schmerzenslaut. »Ich habe mir nur schnell die Decke übergeworfen und wollte ein paar Holzscheite für den Kamin holen, da ist die Tür zugefallen.«

»So ein Pech.« Die Alte schüttelte den Kopf. »Sonst habe ich immer einen Schlüssel dabei, aber heute …« Sie wühlte in ihren Taschen. »Ach, den haben sie sich ja neulich geholt, weil sie vielleicht das Haus verkaufen wollen. Da brauchen sie den Schlüssel für Kaufinteressenten. Haben sie zumindest gesagt. Letztes Wochenende war so ein feiner Herr Rechtsanwalt aus dem Münchnerischen da. Na, dann gehen wir eben zu mir auf einen Kaffee. Hol dein Auto aus dem Schuppen und auf geht's.«

»Das ist nicht im Schuppen«, antwortete ich. »Die haben mich hier abgesetzt und sollten mich morgen abholen. Ich wollte nur ein paar Tage Ruhe und Waldluft, verstehen Sie! Ganz für mich alleine sein. Gehen wir zu Ihnen, dann kann ich von dort aus meine Freunde anrufen, damit sie mich abholen.« Wir machten uns auf den Weg durch den Wald hinunter ins Tal. Obwohl ich mir schon denken konnte, wem dieses Anwesen gehörte, musste ich Gewissheit haben, daher fragte ich noch: »Wann haben Sie den Hof denn verkauft?«

»Das war Anfang der Siebziger. Kannst du dir vorstellen, wie schwer es ist einen so abgelegenen Berghof zu bewirtschaften? Gut damals war das hier noch abgelegener, da führte keine Straße hinauf zu den bewirtschafteten Skihütten wie heute. Ich war ja praktisch ganz alleine. Angehängt an die schwierige Landwirtschaft. Das war keine schöne Zeit. Und dann kamen die Filmleute und haben den Hof als Kulisse gemietet, erst für so schöne Heimatfilme wie *Der Wilderer-Toni,* später haben sie hier auch Schweinkram gedreht. Die haben gedacht, ich würde das nicht merken. Aber ganz so hinterwäldlerisch, wie die denken, bin ich auch nicht.«

»Das waren alles Filme, die …«, nun musste ich das Risiko eingehen und den Namen fallen lassen, »… die der Thomas Gebrecht mit seiner Firma produziert hat?«

»Nein, der hat nur zwei Fernsehserien hier gedreht mit seiner feschen Frau. Die Wenzels Mona, mei, das ist eine ganz eine fesche! Der Sexkram, das waren andere. Der Thomas hat mir den Hof abgekauft und ich konnte mir unten im Dorf ein kleines Haus mit allem Komfort bauen und noch Geld anlegen. Das reicht zum Leben.«

Ihr Haus war wirklich klein, verfügte aber über einen großen Garten, in dem sie, wie sie mit berichtete, allerlei Gemüse und Obst anbaute. Der Kaffee, den sie mir anbot, war stark und heiß. Die Küche, in der wir saßen, war gemütlich und warm. Mir ging es langsam besser. Ich hatte eine Beule am Hinterkopf, die alte Frau eine an der Schläfe. In einem kurzen Telefonat mit der völlig verwirrten Katja, bei dem ich nicht ins Detail gehen konnte, um der Alten nichts zu verraten, gab ich eine Wegbeschreibung durch und bat darum, mich so schnell als möglich abzuholen. Katja versprach zu fliegen.

Die alte Meitingerin erzählte mir bereitwillig ein wenig über ihre Bekanntschaft zu den Gebrecht-Wenzels, bis ich sie schließlich fragte: »Sagen Sie, Thomas und Mona hatten doch eine Haushälterin, die auch Meitinger mit dem Nachnamen hieß. Laura Meitinger. Sind Sie verwandt?«

»Ja«, antwortete die Alte fröhlich. »Das ist meine Tochter, wieso?«

»Wissen Sie nicht, dass sie tot ist?«, fragte ich ziemlich verwundert angesichts ihrer ruhigen Reaktion.

»Tot? Mein Gott, das arme Kind!« Langsam nippte die Meitingerin an ihrem Kaffee und sah mich mit müden Augen an. Ich hatte natürlich eine andere Reaktion erwartet. Ihre Worte des Bedauerns klangen in meinen Ohren nicht nach der Trauer einer Mutter um ihr Kind. Andererseits, sie war eine greise Bäuerin, die in ihrem Leben sicher viel hatte durchmachen müssen, und daher nicht so schnell die Fassung verlor. Schon gar nicht einem Wildfremden wie mir gegenüber. »Sie war so ein guter Mensch, Gott sei ihrer armen Seele gnädig, in Ewigkeit, Amen.« Sie bekreuzigte sich kurz. »Ja, was hat sie den gehabt? War sie krank?«

»Sie wurde … sie ist einem Verbrechen zum Opfer gefallen. Hat man Sie denn nicht informiert? Das verstehe ich nicht!« Ich rang nach Worten, um ihr die Nachricht möglichst schonend beizubringen und war schwer schockiert, dass die Mutter der toten Haushälterin keine Ahnung vom Schicksal ihrer Tochter hatte.

»Ermordet! Jessasmariaunjossef. Furchtbar, das arme, arme Kind.« Die Meitinger-Bäuerin nestelte ein kleines Papiertaschentuch aus ihrem Jackenärmel und wischte sich über den Mund. »Ach, ich hätte es schon rechtzeitig erfahren«, meinte sie dann mit einer wegwerfenden Handbewegung. »Wir hatten in letzter Zeit keinen Kontakt. Ich sah sie nur, wenn sie mal mit den Gebrechts hier war. Jetzt muss ich wohl zur Beerdigung nach München hinunter.«

»Sieht so aus«, sagte ich leicht verwirrt. »Sagen Sie, Meitingerin, können Sie mir etwas über Laura erzählen? Wie war sie so als Kind.«

Die Alte, eben noch nett und offen, wenn auch in meinen Augen ziemlich gefühlsarm, wurde plötzlich wortkarg. Sie stand auf und begann mit einem klitzekleinen Lappen umständlich Staub auf den hölzernen Fensterbänken zu wischen. »Kommen Ihre Freunde nicht bald?«, fragte sie mich urplötzlich Siezend (»Kemma Eana Freind no ned?«) und sah mich dabei nicht an. Schließlich schaltete sie mit ihren knotigen Fingern das kleine Transistorradio neben der Spüle an. Ein urbayrischer Zwifacher schepperte blechern aus dem Lautsprecher. Sie summte mit.

»Frau Meitinger, gibt es einen Grund, weshalb Sie nicht über die Kindheit Ihrer Tochter sprechen wollen?« Sie reagierte nicht auf meine Frage und wischte verbissen Staub. »Meitingerin?! Ich meine, der Verlust muss für Sie sicherlich entsetzlich sein, aber vielleicht hilft es Ihnen, wenn Sie über Ihre Tochter reden …«

»Sie sollten mit Ihrer Hand mal zum Arzt gehen, Herr.«

»Jaja, das werde ich sicher. Doch ich habe Sie nach Ihrer Tochter gefragt.«

»Ihre Hand tut sicher weh.«

»Ja. Sie tut weh, danke für Ihre Besorgnis. Meitingerin. Bitte.«

»Über meine Tochter gibt es nichts zu erzählen. Sie kam erst recht spät zu mir.«

»Wie soll ich das nun verstehen?«

»So, wie ich es sage. Ich war nicht verheiratet, habe nie den richtigen gefunden und war immer mit dem Hof da oben angehängt. Das war ein hartes Leben! Das war *kein* schönes Leben! Glauben Sie mir, ich weiß noch ganz genau, was Hunger ist! Ich habe Laura dann angenommen, sie ist nicht mein leibliches Kind. Sie war schon älter, als man sie mir gab.«

»Aber Sie müssen doch wissen, woher das Mädchen kam. Wer waren ihre Eltern? Wer hat sie Ihnen denn in Obhut gegeben?«

»Ich habe damals jemandem einen Gefallen getan. Obwohl ich nicht dazu verpflichtet gewesen wäre. Ich war niemand was schuldig! Ich habe das nur aus Nächstenliebe getan. Und weil ich ein besseres Leben wollte. Das kann mir niemand vorwerfen, oder? Jeder will ein besseres Leben. Seit damals geht es mir gut. Jawohl. Mehr kann ich dazu nicht sagen. Die Gebrechts wissen mehr über die Laura als ich.« Die Greisin wurde richtig bockig und wischte mit dem Lappen zum unzähligsten mal die selbe Stelle. Statt des Zwifachen gab nun irgendeine Stubenmusi derbe Gstanzl zum Besten. »So früh, der Winter dieses Jahr! Was ist nun mit Ihren Freunden? Wann kommen denn die?«

14

Wieso warst du so schnell da? Und wollte mich nicht eigentlich Katja abholen?«, fragte ich Erzengel, als ich endlich in seinem kuschelig beheizten Z4 saß. Mein Freund war keine fünf Minuten später eingetroffen, nachdem die alte Meitingerin begonnen hatte zu bocken. Beinahe hätte sie mich vor die Türe gesetzt, wenn ich noch eine weitere Frage über ihre angenommene Tochter gestellt hätte.

»Ich war in der Gegend«, sagte Erzengel und drückte mir zum hundertstenmal den linken Arm, als wolle er sich vergewissern, dass ich wirklich da sitze. »Ich war drüben am Tegernsee. Da hat mich Katjas Anruf auf dem Handy erreicht und ich bin sofort losgesprintet! Geht es dir auch wirklich gut? Felix, wir haben uns solche Sorgen gemacht! Deine Mutter war ganz aus dem Häuschen, als Katja ihr sagte, dass du völlig hirnamputierte Telefonate führst und vermutlich entführt worden bist.«

»Das war vielleicht auch nicht so sehr geschickt von euch. Was machst du eigentlich am Tegernsee? Bist du schon mal auf gut Glück losgefahren, um mich zu suchen?«

»Nein, ich habe mir ein Haus angeschaut.«

»Ein Haus? Wollt ihr etwa aus München raus?«, fragte ich überrascht, denn bisher hatte ich bei den beiden von Stadtflucht keine Anzeichen entdecken können. Katja und ihr Mann waren ausgesprochene Großstadtpflanzen, so hatte ich den Eindruck, die Beton brauchten, um zu gedeihen.

»Mal schauen. Warum nicht, jetzt wo die Kinder da sind. Ich bin auch einen Großteil meiner Kindheit auf dem Land aufgewachsen.«

»Korsika ist nicht einfach Land«, sagte ich in Anspielung auf die zahlreichen hanebüchenen Blutrache- und Ehrenkodex-Geschichten, die mir Erzengel über seine Heimat erzählt hatte, einschließlich seiner dunklen Andeutungen über den Rachefeldzug, den er selbst nach der Ermordung seines Vaters und seines Zwillingsbruders geführt hatte, »sondern tiefster Dschungel. Tegernsee, soso. Das könnt ihr mir nicht antun! Verdammte Scheiße. Einfach aus der Stadt rausziehen?! Und mich alleine zurücklassen? Wenn ihr einen Garten wollt, dann kauf dir was in Bogenhausen oder von mir aus in der Hirschau. Noch besser: Herzogpark. Da zieht ihr hin. Jawohl. Ruhig, grün, reich. Und jederzeit per Fahrrad erreichbar! Es reicht, dass ihr eine Sommerfrische-Villa auf Korsika habt und das Appartement in New York für deine Businesstermine.«

»Reg dich ab«, beruhigte mich Erzengel. »Herzogpark kann sich niemand leisten. Und das Haus am See war eh' nix. Zu teuer, zu protzig. Wir bleiben dir vorerst erhalten und suchen weiter. Es kann natürlich sein, dass wir bald für einige Jahre nach LA ziehen müssen, wenn das mit dem Film klappt. Auch wenn Katja bei dem Gedanken daran nur noch kotzt. Sie will nicht, dass unsere Kinder im Amiland aufwachsen.«

»Recht hat Katja«, darauf stieg ich ein. Meine Entführung und die schmerzende Hand hatte ich vor Erregung über diesen schmählichen Verrat meiner Freunde völlig verdrängt. »Das wird ja immer besser. Warum nicht gleich nach Australien ziehen?! Oder auf den Mond? Pah! Aber apropos Manhattan – bevor ich zustimme, dass ihr München verlasst oder gar nach Amiland geht, werde ich für euch das Terrain sondieren, okay? Ich stelle mir da einen mehrwöchigen Aufenthalt in deinem Appartement vor. Liegt TriBeCa nicht im Süden von Manhattan, oder? Prächtig. Emil hat nächsten Mai Urlaub. Danach können wir uns übers Umziehen weiter unterhalten.«

Erzengel lachte. »Ist gebongt. Ihr könnt das Appartement nutzen, wann immer ihr wollt, das habe ich schon zigmal gesagt. Es ist groß genug, falls ich jobbedingt gleichzeitig da sein sollte. Und keine Angst, wir verlassen dich nicht einfach so. Außerdem erzähl jetzt endlich, was dir passiert ist, verdammt noch mal! Alles andere ist völlig zweitrangig.«

Also erzählte ich und die Fahrt nach München verging wie im Flug.

»Jedenfalls der absolute Anfänger«, meinte Erzengel, nachdem ich alle Details, auch die lächerliche Augenbinde und den Zettel auf dem Nachtkästchen erwähnt hatte. »Ist ja richtig putzig. Hat der noch nie einen Krimi gesehen, oder was?«

»Oder der Entführer wollte mir wirklich nicht weh tun. Mich nur aus dem Verkehr ziehen.«

»Entführung ist Entführung. Trotzdem die volle Nullnummer, der Kerl.« Er sah kurz zu mir herüber. »Du hast einen Verdacht, stimmt's?«

»Kann sein«, antwortete ich unbestimmt. Ganz weit hinten in meinem Hirn irrlichterte eine Idee herum, so schnell, dass sie nur vage blieb und nicht den Weg zu den formulierbaren Gedanken fand.

»Thomas Gebrecht?«, fragte Erzengel. »Es war sein Haus. Er will, dass du seinen Sohn in Ruhe lässt. Oder … ach nein, das wäre zu offensichtlich. Aber wer sonst?«

Ich zuckte mit den Schultern. Irgendwas war da, doch ich konnte es nicht klar mit Worten fassen.

Erzengel mied die Autobahn, weil der Verkehrsfunk den üblichen Horrorstau auf dem Irschenberg gemeldet hatte. So näherten wir uns der Stadt auf der Landstraße von Süden her, über Straßlach. Als wir durch den Ort fuhren, und die Abzweigung zu dem Anwesen der Gebrecht-Wenzels kam, fragte Erzengel, als könnte er meine Gedanken lesen: »Soll ich abbiegen?«

»Nein, schon okay«, sagte ich nach einem Zögern. Ich entschied mich spontan dagegen, denn das Gedankenirrlicht füllte eben langsam sein Formular aus, um ein aussprechenswerter Gedanke zu werden. Ich musste ihm Zeit geben, mich nicht verrennen. Daher machte ich das, was man immer dann macht, wenn einem was auf der Zunge liegt, und man nicht drauf kommt – ich lenkte komplett ab und zündete das Knallbonbon: »Du, ich bin übrigens vielleicht bald Kandidat bei *Quizzen ist Trumpf!*«

»Was? Wahnsinn! Echt?« Erzengel wäre schier in den Graben gesteuert, so aufgeregt war er plötzlich. Typisch, meine Entführung hatte ihn zwar *ge*rührt, doch wirklich *be*rührt war er von meinem bevorstehenden Millionengewinn. »Voll geil. Katja wird Telefonjoker? Und wer noch?«

»Stürzinger natürlich für Sportfragen. Der kennt sich da voll aus und für die klassischen Sachen meine Mutter. Die kann heute noch besser Latein als ich und sie ist Historikerin, da kann mir doch nichts mehr passieren, oder? Hoffentlich rufen die mich an. Dann ist schon nächsten Dienstag Aufzeichnung.«

»Mann, Felix, dann kannst du dich mal von einer besseren Seite zeigen als hier.« Erzengel fummelte unter seinem Sitz herum, fuhr deshalb ein paar halsbrecherische Schlangenlinien und zog letztlich die Zeitung hervor, die mich und Sandra in Aktion zeigte. »Ich war schwer beeindruckt, Felix. Hätte ich dir gar nicht zugetraut, du Hengst.« Er lachte lauthals und verlor deshalb beinahe schon wieder die Kontrolle über den Wagen.

»Du lachst«, sagte ich, während ich mich mit der gesunden Hand an Armaturenbrett krallte. »Mein Vater ist voll ausgerastet deswegen. Dass ich es wagen würde, eine Schwangere für solche Sachen zu missbrauchen. Der denkt, das ist alles echt.«

»Wieso schwanger? Die Sandra Klein ist schwanger?«

»Na, das steht doch da in dem Artikel.« Ich schnappte mir die Zeitung, die exklusiv über unser kleines Nümmerchen auf der Mülltonne berichtet hatte. Nichts über Sandras Schwangerschaft. Sollte etwa …

»Das Faschingsluder wurde übrigens auch von meiner Jane

gecoacht«, sagte Erzengel. »Ich habe zufällig ein Foto von ihr und Jane entdeckt, da habe ich sie direkt drauf angesprochen. Sandra nimmt bei ihr schon seit einem Jahr Schauspielunterricht.«

Ich war mehr als überrascht. »Und das erzählst du erst jetzt? Das heißt, dass Sandra schon länger auf ihre Auftritte vorbereitet wurde. Lass mich raten, hat die Prinzessin sie empfohlen?«

»Ja, nein, nicht direkt. Die Prinzessin empfahl ihr die gute Freundin eines lieben Freundes, damit meinte sie deinen Vater. Eine gute Freundin deines Papas!«

Da stimmte nun gar nichts mehr. Sandra hatte mich bis zuletzt angelogen. Ich hatte ihr die Nummer »Sekretärin tut alles für ihren abgöttisch geliebten Chef« nahtlos abgekauft. Was ging da vor sich? Mein Blick fiel auf Erzengels Handgelenk. Er hatte zwei dünne gelbe Bändchen darum herum geknotet, die aussahen wie magersüchtige Schwestern der Freundschaftsbändchen. »Was ist das?«, fragte ich ihn.

»Hat mir in Bangkok ein Mönch umgebunden, die müssen so lange am Arm bleiben, bis sie abfallen. Die bringen Glück. Guck mal, die Verdickung hier«, er zeigte auf einen Knoten in jedem Bändchen, »das sitzt die Seele Buddhas drin …«

»Okay«, unterbrach ich ihn, denn nun hatte das kleine Irrlicht in meinem Hirn endlich Formulierungsreife erreicht. Jemand hatte gleich eine Menge zu erklären. »Jetzt biegst du hier bitte links ab.« Wir hatten Grünwald hinter uns gelassen und näherten uns Harlaching.

»Links? Hör mal, wir sollten wegen deiner Hand erst einmal zu einem Arzt! Oder in die Notambulanz.«

»Links.«

»Felix, sei vernünftig.«

»Links!«

»Aber links geht's zur Menterschwaige! Willst du deine Eltern besuchen?«

»Exakt.«

* * *

Gar nicht so einfach, eine aufgelöste Mutter loszuwerden. Sie klebte an mir seit der Sekunde, in der ich das Haus meiner Eltern betreten hatte. Damit sie nicht noch mehr ausrastete, verschwieg ich ihr die tierischen Schmerzen in meiner rechten Hand. Mittlerweile pochte es unangenehm bis zur Schulter hoch. Also markierte ich den harten Macker. Natürlich freute ich mich, dass sie so besorgt um mich gewesen war. Doch ich musste meinen Vater ohne sie sprechen und versuchte daher meine Mutter mit interessanten Aufgaben abzulenken – zum Beispiel mit der, dem unversehrt wieder aufgetauchten Lieblingssohn eines seiner Leibgerichte aus Kindertagen kochen.

»Quarkknödel mit Apfelmus«, seufzte meine Mutter. »Kind, das kann ich doch gar nicht mehr! Da muss ich in meinen alten Rezepten nachschauen. Und da fehlen mir noch ein paar Sachen, Quark beispielsweise. Felix, dein Vater ist schon zu Hause, er müsste in seinem Arbeitszimmer sein. Ich gehe noch mal schnell los und besorge ein paar Kleinigkeiten fürs Abendessen. Ich freue mich wirklich so, dass du in Ordnung bist, Junge! Ich verstehe zwar immer noch nicht, warum du nicht zur Polizei gehen willst, doch das musst du wissen. Ich kann mir jedenfalls nicht vorstellen, dass das nur ein schlechter Scherz von deinen Freunden war, wie du behauptest. Dieses Hallodings … Nie gehört! Was soll das überhaupt für ein Feiertag sein?«

* * *

Als ich plötzlich im Arbeitszimmer meines Vaters auftauchte, war seine Reaktion, wie ich sie erwartet hatte: Erst zuckte er erschrocken zusammen, dann sprang er auf, um seine Verwirrung zu kaschieren, dann heuchelte er Freude und umarmte mich. »Junge, was machst du für Sachen!«, rief er.

»Die bessere Frage ist, was du für Sachen machst, Vater.« Ich befreite mich aus seinen Armen und setzte mich auf die Kante seines Schreibtisches. Erzengel stand ein wenig betreten in der Tür herum, bevor er sich nach kurzer Begrüßung auf einen Stuhl sinken ließ.

»Ich verstehe nicht ganz.« Mein Vater – wie üblich selbst zu Hause mit Krawatte und Anzug, der Mann schien darin sogar zu schlafen –, machte eine übertrieben hilflose Geste mit beiden Armen.

»Okay, fangen wir mit den harmlosen Sachen an«, begann ich. »Welches Häuschen in den Bergen hast du zuletzt besichtigt?«

»Äh, Felix, worauf willst du hinaus?« Mein Vater starrte mich verwundert an und setzte sich auf seinen Schreibtischstuhl. Dann sprang er wieder auf. »Oh, Entschuldigung, Herr Angeletti, wie unaufmerksam von mir. Darf ich Ihnen etwas zu Trinken anbieten. Ich hätte da einen guten Malt …«

»Vater, Herr Angeletti möchte jetzt nichts trinken!«, unterbrach ich ihn scharf.

»Doch. Danke, Herr von Schwind. Einen Malt. Sehr gerne.« Erzengel funkelte mich frech an.

»Sinnlose Kalorien für Figurbewusste!«, zischte ich und klopfte mir auf den Bauch. Typisch, Alkohol soff er.

»Und wenn schon«, sagte Erzengel. »Ihr Sohn nimmt auch einen, wenn ich nicht irre. Geben Sie ihm einen Doppelten, Herr von Schwind. Die eine Hälfte für seine Hand und den Rest für seinen Kopf.«

»Wieso deine Hand, Felix?«, fragte mein Vater.

»Nichts«, winkte ich ab. Jetzt dem tierischen Stechen und Brennen nachgeben und endlich jammernd zusammenbrechen hätte ich nur bringen können, wenn ich mit meiner Mutter alleine gewesen wäre.

Als wir endlich unsere Drinks hatten und mein Vater wieder saß, konnte ich fortfahren: »Du hast den Meitinger-Hof besichtigt, den Thomas Gebrecht verkaufen will, stimmt's? Du warst letztes Wochenende dort, er hat dir einen Schlüssel gegeben. Leugnen zwecklos, die alte Meitingerin hat dich gesehen!«

»Ich leugne ja gar nicht«, sagte mein Vater ruhig. »Das Anwesen ist …«

»… momentan uninteressant! Machen wir nun zunächst einen kleinen Abstecher zu etwas Schwerwiegenderem: Sandra Klein.« Mein Vater sank ein wenig in seinem Stuhl zusammen. »Du hast sie schon seit längerem für die Rolle des Luders mit Jane Schütt üben lassen. Die ganze Sache mit dem Ehebruch und der PR-Aktion war viel länger vorbereitet, als ihr alle behauptet habt. Ihr habt mir an dem Abend bei Gebrechts eine platte Komödie vorgespielt.«

»Nun, ich habe Sandra Klein tatsächlich bei Jane Schütt Schauspielunterricht finanziert. Sie will gerne aus ihrem Sekretärinnendasein ausbrechen. Die Prinzessin hat sie allerdings ganz ohne mein Zutun für die Rolle des Faschingsluders engagiert. Ein wichtiges Karrieresprungbrett für das Mädchen, denken alle. Ich bin jedenfalls ganz und gar nicht diese Ansicht! Hat man je gehört, dass eines der so genannten Luder eine Karriere als ernsthafte Schauspielerin gemacht hat? Nein! Doch Sandra hofft darauf, das naive Kind. Wie dem auch sei, wir hatten zunächst einen anderen Mann als Freund im Auge, doch der ist in letzter Minute von der Prinzessin ersetzt worden. Isabella zu Badenstein-Fürengroot-Badenstein hat von deiner wirtschaftlichen Situation gehört und darauf bestanden, dass du diese Rolle übernimmst. Sie sagte auch, dass man dich nicht einweihen solle, was Frau Klein angeht. Sie befürchtete, dass dann alles noch mehr geschauspielert wirke. Du bist ihrer Ansicht nach so unverkrampft, wann man dich ins kalte Wasser schmeißt, und Mona Wenzel hatte Gelegenheit, ihre Assistentin, dich und Katja ein wenig von ihrer Kunst zu überzeugen«, erklärte mein Vater ungefragt. »Daher wurdest du erst einen Tag vor Beginn der Aktion einbezogen. Sehr gegen meinem Willen, wie ich hinzufügen möchte.«

»Das kann ich mir denken! Stell dir mal vor, dein Sohn würde etwas von dem Faschingsluder erfahren, was dir nicht passen würde. Nämlich, dass das Luder gar nicht die Geliebte von Thomas Gebrecht ist, deines guten Kumpels und Klienten Thomas Gebrecht. Und dass sie demnach auch nicht von deinem Freund Thommy schwanger ist. Denn dass sie schwanger ist, hast du gewusst, Vater. Und komm mir nicht damit, dass du es aus der Zeitung hast. Da steht kein Wort davon drin! Du hast den Schlüssel zu einem abgelegenen Gehöft, du befürchtest, dass dein Sohn etwas für dich unangenehmes über das Faschingsluder herausfinden könnte, und du warst auf Hundertachtzig, als du diese Pseudosexfotos von mir und Sandra in der Zeitung gesehen hast. Weil du natürlich dachtest, das sei echt!«

»Das … Ich …«, stotterte mein Erzeuger.

»Ich bin noch nicht fertig«, unterbrach ich ihn. »Du solltest mich wirklich ein bisschen besser kennen. Ich würde eher den da vor deinen Augen bespringen«, ich deutete aus Versehen mit der lädierten Hand, die sich sofort mit einer kleinen Höllenqualenattacke rächte, auf Erzengel, der eben an seinem Drink nippte und sich erschrocken verschluckte, »als irgendeine Frau auf einer Mülltonne.« Ich biss kurz die Zähne zusammen, bis der Schmerz ein wenig nachließ. »Was, lieber Vater, ist nun die Schlussfolgerung aus all dem? Einmal darfst du raten! Ich bin dir auf die Schliche gekommen. Sandra Klein ist *deine* Geliebte und du fürchtest, dass du der Vater ihres Kindes sein könntest. Und dann siehst du noch Fotos, wie dein schwuler Sohn deine schwangere Freundin poppt. Da rastet man leicht aus, das verstehe ich sogar. Du hast mich als böser Clown besucht und in das Landhaus von Thomas Gebrecht verfrachtet, damit ich vorerst aus dem Verkehr gezogen bin. Wann hättest du mich wieder rausgelassen? Nachdem du deiner Freundin eine Abtreibung bezahlt hättest?«

»Das traust du mir zu!« Mein Vater, der eben noch in seinem Sitz immer kleiner geworden war angesichts meiner treffsicheren Schlussfolgerungen, sprang erbost auf. Er zitterte am ganzen Leib. »Du beschuldigst mich, dich entführt und gefangen gehalten zu haben? Mich?! Deinen eigenen Vater?!«

»So Leid es mir tut«, sagte ich möglichst unbefangen, denn ich wollte mich von seinem Auftritt nicht aus dem Konzept bringen lassen. »Zu welchem andern Ergebnis soll ich denn kommen? Du betrügst meine Mutter mit einem drallen blonden Flittchen. Gut, bitte, jeder soll nach seiner Fasson glücklich werden. Dann hab aber bitte auch die Größe und stehe dazu! Ich habe keine Böcke, mich deshalb einsperren zu lassen, und vor allem habe ich keine Böcke auf irgendein kleines Halbgeschwisterchen, weil mein Vater nicht in der Lage ist, zu verhüten! Kapiert, Vater? Na, allerdings ist die Wahrscheinlichkeit, dass du Papa wirst, recht gering. Du leidest nicht zufälligerweise an einer Phimose und starker Penisverkrümmung?«

»Felix, du vergreifst dich entschieden im Ton!«, brüllte er mich an.

»Ich habe dir eine einfache Frage gestellt!«, brüllte ich zurück. Erzengel versuchte in den Zwischenzeit mit dem Bezug seines Stuhls eins zu werden. »Aber ich nehme mal an, dass dem nicht so ist. Also besteht gute Hoffnung, dass nicht du sondern Wastl der Vater von Sandras Kind ist.«

Mein Vater ließ sich schwer auf seinen Stuhl fallen und brauchte einige Zeit, um sich zu sammeln. »Felix, setzt dich bitte in den Stuhl dort«, sagte er dann ruhig und wies mir eine Sitzgelegenheit zu. »Ich verstehe deine Erregung nach allem, was vorgefallen ist. Ich versuche zumindest, es zu verstehen. Doch ich muss es mir entschieden verbitten, dass du mich bezichtigst, dich niedergeschlagen, entführt und gefangen gehalten zu haben! Denn deine Schlussfolgerungen sind nicht ganz richtig. Ich bin natürlich *nicht* der Vater von Sandras Kind! Das ist völlig absurd. Ich habe demnach keinen Grund, dich aus dem Verkehr zu ziehen. Zumindest diesen nicht. Sie ist und war auch nie meine Geliebte. Es ist an der Zeit, dass du … nun, du sollst es erfahren. Nicht Sandra ist meine Geliebte…«, er seufzte und machte eine Kunstpause, »… ihre Mutter war es. Damals, als wir noch nicht in München lebten. Ich hatte oft in München zu tun in der Zeit. Die ganzen Vorbereitungen zum Einstieg in die Kanzlei meines Onkels. Der Umzug. Da habe ich eben Sandras Mutter kennen gelernt. Ja, ich habe einen Fehler gemacht. Ja, Sandra ist deine Halbschwester. Deshalb bin ich so ausgerastet, als ich dieses widerliche Foto von dir und ihr in der Zeitung sah.«

Gut, dass ich saß, denn das saß!

»Ich bin dein Vater, Felix«, fuhr mein Vater fort. »Wir hatten nicht immer das beste Verhältnis, aber ich könnte dir nie antun, was du mir hier unterstellst! Nie! Egal was passieren würde, ich könnte es nie! Du wirfst mir immer Standesdünkel vor, Adelsdünkel. Vielleicht bin ich tatsächlich ein arroganter Vonundzu und ein konservativer Spießer. Doch du bist mein Sohn! Dein Lebensentwurf und die Erwartungen, die ich einst in meinen Sohn gesetzt habe, sind zweierlei grundverschiedene Paar Schuhe. Darüber war ich nie glücklich, das kannst du mir glauben. Und ich habe trotz allem *immer* zu dir gestanden!« Er rang sichtbar um Haltung. »Dass du mir so etwas zutraust ...«

»Entschuldige«, sagte ich leise. Ich glaubte ihm, nicht weil ich es wollte, sondern weil es offensichtlich war, dass ich mich in etwas verrannt hatte. Obwohl ich kaum hörbar gesprochen hatte, verzichtete mein Vater auf die Demütigung und sagte nicht: »Wie bitte, ich habe dich nicht deutlich verstanden.«

»Meine Halbschwester«, rekapitulierte ich dann und dachte an meine Vollschwester. »Weiß es Katharina?«

Mein Vater schüttelte den Kopf. Er sah noch nie so alt aus wie in diesem Moment. »Ich werde natürlich auch deine Schwester darüber aufklären. Es tut mir alles sehr Leid.«

»Hast du keine Angst, dass ich es Mama sagen werde?« Denn das plante ich sofort zu tun.

»Ich weiß es längst«, sagte meine Mutter. Als ich mich umdrehte, stand sie in der Tür. »Ich weiß es längst. Dein Vater ist ein Mann, mein Junge, keine Memme. Er hat es mir schon damals gestanden, als Sandras Mutter schwanger war.«

• • •

Später beim Essen vermied ich das Thema Sandra Klein nach Möglichkeit. Überhaupt wollte ich jegliches Thema meiden, denn die Enthüllung meines Vaters hatte mich wie ein Schlag getroffen. Andere zeugen bei Seitensprüngen Kinder, andere – nicht die eigenen Eltern. Ich brütete dumpf vor mich hin, ignorierte meine pochende, stechende, beißende und pulsierende rechte Hand und stopfte mit der linken Quarkknödel in mich hinein.

»Sie kannten doch Frau Meitinger, die Haushälterin der Gebrecht-Wenzels, nicht wahr?« Erzengel fühlte sich bemüßigt, die Konversation zu übernehmen und in die richtigen Bahnen zu lenken. Ich hörte kaum zu, denn die Schauspielerin und ihr Klan interessierten mich momentan kaum. Dass aber ausgerechnet meine Mutter leichthin mit Ja antwortete, ließ mich dann doch aufhorchen und hochschauen. Mit fielen Erzengels Buddhabändchen ein, und auch, wo ich zuletzt ähnliche gesehen hatte: am Handgelenk der Leiche.

»Ihr kanntet sie näher?«, fragte ich daher. »Weil sie auch Buddhistin war?«

»Na ja.« Meine Mutter wiegte leicht den Kopf zur Seite. »Gut kannten wir uns nicht. Wir trafen uns ab und an zum Meditieren. Sie war eine sehr freundliche und einnehmende Person. Sie war oft in Indien und Thailand unterwegs. Der Buddha dort«, sie deutete auf den antiken burmesischen Buddha aus Alabaster auf der Anrichte, »ist von ihr. Den hat dein Vater ihr mal abgekauft. Sie schien jedenfalls vermögend zu sein, oder sie hat bei Gebrechts gut verdient. Sonst hätte sie nicht so oft verreisen können.«

»Wisst ihr zufälligerweise etwas über ihre Familie, ihre Kindheit? Irgendetwas Privates?«

»Nein«, meine Mutter zuckte mit den Schultern und mein Vater aß gemütlich weiter, »jetzt, wo du fragst, fällt mir auf, dass sie eigentlich nie etwas über ihre Vergangenheit erzählt hat. Sie sprach immer nur von den Gebrechts als ihrer Familie. Sie fühlte sich dort sehr wohl. Besonders den Jungen, den Ulrich, hatte sie ins Herz geschlossen. Meist sprach sie von ›meinem Kleinen‹. Und mit Mona Wenzel schien sie ein sehr freundschaftliches Verhältnis zu haben. Nicht wahr, Heinrich?«

Mein Vater sah kurz irritiert auf. »Ja«, sagte er. »Mona Wenzel und Laura Meitinger waren gut befreundet. Den Eindruck hatte ich auch. Aber, wie deine Mutter schon sagte, wir hatten mit Frau Meitinger keinen sehr engen Kontakt.«

»Wusstet ihr, dass Laura Meitinger adoptiert war? Dass die alte Meitinger-Bäuerin aus Spitzingsee das Mädchen angenommen hatte?«

»Natürlich«, antwortete mein Vater und widmete sich wieder seinem Essen. »Aber bevor du fragst: Nein, ich kann dir dazu keine Details bekannt geben.«

»Aber du weißt mehr Details?«, bohrte ich nach. »Erbt eigentlich die alte Meitingerin, wenn Laura so vermögend war?«

»Das wird sich bei der Testamenteröffnung zeigen, die ich kommenden Mittwoch nach der Beerdigung vornehmen werde. Ich glaube, da werden sich einige umschauen, wer erbt und wer nicht«, sagte mein Vater sibyllinisch. »Genug, ich habe bereits zu viel geplaudert. Möglicherweise weiß ich mehr Details. Doch ich habe meinen Klienten gegenüber eine Schweigepflicht. Ganz besonders meinem neugierigen Sohn gegenüber halte ich mich strikt daran. Das Thema ist für mich beendet.« Ich kannte meinen Vater gut genug, um zu wissen, dass er mir garantiert keine weiteren Fragen mehr beantworten würde.

15

Ich saß zu Hause vor dem Computer und schrieb einen langen, sehnsuchtsvollen Elektrobrief an Emil im Ewigen Eis. Wenn man schon mal emotionale Stütze braucht, ist die kilometerweit weg. Mühsam tippte ich mit einer Hand. Ich hatte Erzengel gebeten, mich nach dem Abendessen bei meinen Eltern zum Haus der Gebrecht-Wenzels nach Straßlach zu fahren. Nach aktuellem Stand der Dinge konnte nur dort mein Entführer sitzen, doch wir fanden alles dunkel vor. Ich hatte Sturm geläutet. Nichts. Dann hatte ich mich von Erzengel zur Notambulanz in der Nußbaumstraße fahren lassen. Dem ersten Arzt, der unsensibel an der Hand herumgetatscht hatte, war ich mit gefletschten Zähnen ins Gesicht gesprungen, damit er auch mal spüren konnte, was Schmerzen bedeuteten. Einen einfühlsameren Arzt, zwei nette Krankenschwestern, ein Röntgenbild und etliche Spritzen (vermutlich war eine davon gegen Tollwut) später hatte ich die Diagnose: Handgelenk gebrochen. Kompliziert. Tolle Nachricht. Gegipst und voll auf Droge hatte ich mich zuletzt von Erzengel einfach vor dem Haus absetzen lassen und ihn fortgeschickt, weil ich nach dem, was ich erfahren und erlebt hatte, einfach für mich sein wollte. Er hatte mir angeboten, zu bleiben, zu sprechen. Ich wollte nicht. Niemanden sprechen oder sehen. Keine Lust auf gar nichts.

Ich berichtete meinem Süßen ausführlich von dem, was vorgefallen war, inklusive meiner aktuellen Schlussfolgerung, dass mich nur Thomas Gebrecht selbst (oder vielleicht seine Frau) entführt haben konnte, weil ich irgendeinem mysteriösen Familiengeheimnis auf der Spur war, und schloss mit »Komm, so schnell du kannst«. Doch bevor ich auf »Senden« klickte, überlegte ich es mir anders. Emil sollte ungezwungen seine freien Tage genießen können. Meine Nachricht hätte ihn umgehend nach München zurückgebracht. Ich löschte mein Mail und schrieb stattdessen ein paar unverfängliche und dennoch sehnsuchtsvolle Zeilen.

Dann zappte ich ein wenig im Fernsehen, kurz vor Mitternacht laufen manchmal die besten Filme. Nicht an diesem Tag. Also blieb ich bei einem Homeshoppingsender hängen, auf dem eine sonnenstudiogegerbte Mutantin mit Cleopatraperücke völlig überteuerte Kosmetik verscherbelte. Das Wesen war entweder ein Alien oder das Ergebnis eines perversen Experiments der Schönheitschirurgie. Alles an ihr schien künstlich, von den hohen Wangen, den straffen Titten, der faltenlosen Haut bis hin zu den aufgespritzten Lippen und dem strahlenden Lächeln. Klar, dass Mona Wenzel sich angesichts der Konkurrenz in Form einer dampfplaudernden Mutantin mit rabenschwarzer Zweitfrisur einiges einfallen lassen musste, um ihren Ramsch an die Frau zu bringen.

Kosmetik-Aliens langweilen. Also surfte ich lieber noch ein wenig im weltweiten Netz herum. Zum Beispiel auf die RTL-Seite mit dem Trainingslager für *QuiT*-Kandidaten. Das hatte ich noch nie gemacht, doch nun schien es mir sinnvoll. Ich schaffte es jokerfrei bis zur Fünfhunderttausend-Euro-Frage, dann brach es mir das Genick und ich stürzte auf sechzehntausend herunter. Langweilig. Ich spielte noch eine Runde, diesmal flog ich schon bei zweitausend Euro raus, beim dritten Versuch kam ich immerhin auf zweiunddreißigtausend Euro. Na also, doch was nützt es mir, wenn ich die Fragen von vergangenen Sendungen beantworten kann? Ich brauche einen *Flow,* wenn ich je auf den Stuhl kommen sollte. Einen richtigen *Flow,* bei dem die Fragen stimmen. Schluss mit Training. Ich suchte als Claudia Bertani den Chatroom von *PeoplePlus* auf, doch da war, vermutlich uhrzeitbedingt, nicht viel los und man tratschte über Michael Schumacher. Da sich die Klatschbasen ausführlich darüber unterhielten, dass man nun die Sportschuhe von Schumi auch in ausgesuchten Läden kaufen könne, vermutete ich schwer, dass sich hinter einem der Pseudonyme ein PR-Beauftragter des Schuhherstellers verbarg. Weder SPlatz noch Bunny versuchten mit mir Kontakt aufzunehmen. Als ich ein paar Minuten später meine Mails abrief, in der Hoffnung, dass Emil bereits geantwortet hätte, wurde ich enttäuscht. Doch es gab ein kurzes Mail von bunny@web.de: »Sandra ist kein Luder. Gibst du auf? Das gibt es nicht.« Das war alles. Ich löschte es wütend und gab mich meiner schlechten Laune hin.

* * *

Gegen die aufkeimende Depression gab es für mich nur ein Mittel: einen langen Nachtspaziergang. Ein paar grauenerregend schlechte Halloweenmasken trieben sich auf den Straßen herum. Jede Gestalt, die vorbeikam, musterte ich wachsam. Die meisten der schlimmen Fratzen entpuppten sich beim näheren Hinsehen übrigens als überhaupt nicht verkleidet. Wenn jedoch ein Clown darunter gewesen wäre, hätte er schneller mein Knie in seinem Gemächt gehabt, als er *trick or treat* hätte sagen können.

Die Nacht war ungewöhnlicherweise angenehm lau. So lief ich langsam die Straßen entlang, dachte, ich ließe mich treiben, doch als ich dann den Goetheplatz überquerte und die Mozartstraße hinunter Richtung Theresienwiese ging, wusste ich, dass ich unbewusst einem Ziel entgegengesteuert war. Ich kam an Emils Haus vorbei und sah kurz sehnsuchtsvoll zu den dunklen Fenstern hoch. Wenig später erreichte ich das Haus der Prinzessin, als ich zu den Fenstern ihrer Privatwohnung hochsah, stellte ich zu meiner Freude fest, dass noch Licht brannte. Ich klingelte kurzentschlossen und stellte mich so ins Licht, dass man mich durch die Kamera der Gegensprechanlage gut sehen konnte. Man ließ mich ein.

Die Haushälterin der Prinzessin, eine alte Ungarin, die auf den Namen Ilonka hörte, begrüßte mich freundlich und schien nicht allzu verwundert, dass ich zu so später Stunde auftauchte. »Durchlaucht sind oben im Büro«, ließ sie mich wissen. »Gehen Sie ruhig hinauf. Der junge Herr Gebrecht ist noch bei ihr.« Den hatte ich nicht erwartet. Als ich die Büroräume betrat, überraschte ich die Prinzessin, wie sie Ulrich Gebrecht tröstend in den Armen hielt. Er schluchzte ergreifend. Isabella zu Badenstein-Fürengroot-Badenstein reagierte erstaunt und sichtlich ungehalten auf mein plötzliches Auftauchen in ihrem Allerheiligsten.

»Felix«, rief sie stirnrunzelnd und ließ Uli los, der mich mit weit aufgerissenen Augen ansah. »Um diese Uhrzeit?! Du wurdest mir nicht gemeldet. Das finde ich etwas ungewöhnlich. Nun, da du schon hier bist – was kann ich für dich tun?« Sie hatte sich und die Rolle der Gesellschaftsdame wieder im Griff. Sie hüstelte dezent.

»Du kennst Felix, Tante Isabella?«, fragte Uli verwundert und schneuzte sich. Er war diesmal nicht als Transe oder sonst etwas verkleidet, sondern trug Jeans und Pullover.

»Sicher doch. Er arbeitet für mich.«

»Davon hat mir niemand etwas gesagt!«, rief der junge Mann erstaunt.

»Mir sagt auch kaum jemand was!«, beklagte ich mich. »Hat dich Isabella nicht informiert, dass ich den Lover von Sandra Klein nur markiere?«

Uli verneinte.

»Und dass besagte Sandra Klein auch gar nicht die Geliebte deines Vaters ist?«

Uli schüttelte wieder langsam den Kopf.

»Nun, sie ist … ach, egal.« Ich warf der Prinzessin einen Blick zu; sie erwiderte ihn wissend. »Ich erfahre so einiges nicht, Isabella.«

»Dann frag mich, Felix«, antwortete sie ruhig. »Frag mich. Ob ich dir allerdings antworten kann und werde, ist eine andere Sache. Übrigens, vielleicht interessiert es dich, dass Ulrich heute wieder Besuch von der Polizei hatte. Man behauptet, es sei nur noch eine Frage der Zeit, bis man ihm den Mord nachweisen könne. Diese Polizistin, du weißt schon, die mit dem gewöhnlichen Namen, hat sich aus Indizien etwas Abenteuerliches zusammengereimt. Ulrich ist deshalb zu Recht verzweifelt und beunruhigt. Sein Alibi ist wackelig.«

»Und weshalb beunruhigt es dich ebenfalls so sehr?«, fragte ich.

»Ulrich ist mein Patenkind. Da ist es nur zu verständlich, dass ich …«

»Natürlich«, winkte ich ab, um eine ausschweifendere Erklärung zu verhindern. »Doch wir wissen, dass auch Mona ein wackeliges Alibi hat. Da wir gerade über Kinder reden, Isabella. Obwohl wir uns nun schon eine Weile kennen, weiß ich kaum etwas über dich und deine Familie. Ich würde vor allem gerne was über deine Kinder erfahren.«

Die Prinzessin sah mich überrascht an. Dann umrundete sie langsam ihren Schreibtisch und setzte sich auf den Stuhl. Mit der linken Hand klappte sie das Notebook, das auf der Arbeitsfläche stand, zusammen und ließ es per Knopfdruck in der Versenkung verschwinden. »Meine Güte, Kleiner, was ist denn mit deiner Hand passiert?«, fragte sie dann und deutete kurz auf meinen Gips.

»Tut das arg weh?« Ulrich riss besorgt die Augen auf.

»Geht schon. Kleiner Kletterunfall«, sagte ich leichthin.

»Ulrich, mein Schatz«, sagte die Prinzessin dann schwach. »Geh bitte hinunter und bitte Ilonka, dir einen Kakao oder etwas ähnliches zu machen. Ich möchte mit Felix ein wenig unter vier Augen plaudern.«

»Aber Tante Isabella«, antwortete Uli pikiert. »Ich würde auch gerne etwas mehr über deine Familie erfahren …«

»Das wirst du zu gegebener Zeit, mein Junge.« Die Prinzessin ließ keinen Widerspruch zu und der junge Mann verließ uns.

Die alte Dame stand auf und bot mir ein Glas Champagner an, ich nahm es dankend an. »Du fragst nach meiner Familie? Gut. Du weißt, dass ich stets Wert darauf gelegt habe, dass meine Lieben keinen Einzug in die Medien gefunden haben. Nenn es Standesdünkel, doch ich habe mehr als einen guten Namen zu schützen. Ich verabscheue diesen Vulgärjounalismus.«

»Du lebst davon.«

»Diese Hyänen können Familien zerstören! Was glaubst du, warum wir jetzt so ein Theater um Mona Wenzel veranstalten? Nur um diese Familie zu schützen! Nächste Woche wirst du in allen Zeitungen, die zählen, Home-Storys finden. Sogar Ulrich haben wir eingebunden. Mona Wenzel und Thomas Gebrecht werden von Johannes B. Kerner über Maischberger bis Beckmann alle Shows aufsuchen. Die PR-Maschinerie läuft auf Hochtouren. Wir sind die Eins-A-News. Weißt du, einst hat die Prinzessin von Wales mit ihrem Interview, in dem sie ihre Bulimie zugab und zur Heiligen Diana mutierte, in Sachen PR und Spiel auf der Medienklaviatur bis heute unerreichte Maßstäbe gesetzt. Es muss unser Ziel sein, das zumindest für den deutschen Markt zu toppen. Wir brauchen dich noch für ein bis zwei Auftritte mit Sandra Klein in der Öffentlichkeit. Speziell nach diesen Fotos von dir und ihr auf der Mülltonne!« Sie unterdrückte ein Kichern und sah mich schelmisch an. »Du bist der geborene PR-Mann, Felix. Diese Aktion war äußerst riskant, und ich muss dich dafür tadeln, dass du das nicht mit uns abgesprochen hattest, aber letztlich zählt das Resultat. Brillant! Schade nur, dass es dem Mädchen das Genick brechen wird. Sie wird so nie Karriere machen können. Mona Wenzel hingegen hat nun wieder die gewünschte Aufmerksamkeit der Öffentlichkeit. Sie bekommt interessante Rollenangebote. Das …«

»Prinzessin, entschuldige, dass ich dich an dieser Stelle unterbreche«, sagte ich. »Hyänenfütterung ist nun mal dein Geschäft. Wir wollten aber über deine Familie sprechen. Vor allem über deine Kinder.«

»Richtig«, sie schmunzelte charmant, weil ich ihr Ablenkungsmanöver verhindert hatte. »Mein verstorbener Gatte,

August Laurens Fürst zu Badenstein-Fürengroot-Badenstein, und ich hatten das große Glück, drei wohlgeratene Kinder großziehen zu dürfen. Zwei Töchter, auf die ich äußerst stolz sein kann. Meine älteste, Isabella, ist mit einem spanischen Industriellen verheiratet und lebt auf Menorca, und meine jüngste Tochter, mein Nesthäkchen, dürfte dir nicht unbekannt sein.«

»Wie?«, fragte ich völlig überrumpelt. »Ich kenne keines deiner Kinder!«

»Doch, natürlich kennst du Penelope.« Die kalte Katze Penelope war also ihre Tochter! »Sie hatte leider einen sehr schlechten Geschmack in ihrer Jugend und sich mit Kreisen abgegeben, die für uns normalerweise nicht *comme il faut* sind. Sie hat einen gewissen Kazmarek geheiratet und auf all ihre Titel verzichtet. Sie wollte so rebellisch sein. Sie war früher ein klein wenig wie du. So sympathisch republikanisch, so apart bourgeois.« Die Prinzessin winkte müde ab. »Nun, das hat sich gelegt. Sie arbeitet für mich, ja. Und das macht sie ausgezeichnet. Sie hat ihre Lektion gelernt und wird selbstverständlich bald wieder einen guten Namen führen. Sie ist mit einem Wittelsbacher verlobt, wusstest du das? Nein, wie denn auch. Das haben wir bisher nicht offiziell gemacht. Penelope ist noch jung genug, damit vielleicht auch mein sehnlicher Wunsch nach Enkelkindern in Erfüllung geht, falls ich das noch erleben sollte. Und Penelope wird einmal das Geschäft übernehmen, wenn ich dazu keine Kraft mehr habe. Das kann sehr bald sein, Felix. Sehr bald. Meine Gesundheit hat einen kleinen Knacks.«

»Was ist mit deinem dritten Kind? Ich habe gehört, dass er Geschäftspartner von Thomas Gebrecht gewesen ist und verschollen sei.«

»Verschollen, ja.« Sie schwieg eine Weile. »Oder sagen wir besser tot. Ich habe meinen Sohn Christoph überall suchen lassen, habe aus meiner Tasche Expeditionen ins hinterste Indien finanziert, habe die Umgebung seines letzten bekannten Aufenthaltsortes durchkämmen lassen. Er weilte in Bodh

Gaja. Dort beschloss Christoph, den Weg von Hijras zu gehen.« Namen, die mir nichts sagten und mir letztlich egal waren. Die Prinzessin machte eine lange Pause. »Hijras, ja. Alles, was man noch von ihm in der Nähe von Bodh Gaja fand, war sein Rucksack. Leer. Den Behörden blieb keine andere Schlussfolgerung, als dass er von Straßenräubern überfallen und ermordet worden sein muss. Ich ließ ihn vor zehn Jahren dann für tot erklären. Was blieb mir anderes übrig? Natürlich habe ich lange die Hoffnung gehegt, dass ich meinen Sohn einmal wiedersehen würde. Ich war immer eine Träumerin.« Sie lachte bitter.

»Christoph hatte mit Thomas Gebrecht eine florierende Filmproduktion, nicht wahr? Sie wollten sogar den amerikanischen Markt erobern. Wer hat dann den Anteil deines Sohnes an der Firma geerbt? Thomas Gebrecht?«

»Ich verwalte diese Anteile«, antwortete die Prinzessin schnell und hustete. »Wer sonst? Christoph war nicht verheiratet.«

»Hatte dein Sohn eine Freundin? Oder eine Geliebte?«

»Nein, sicher, da gab es schon die eine oder andere Freundin, doch zuletzt, als er starb, war er allein.«

»Ich habe gehört, dass er in den wilden Sechzigern auch ziemlich wild gewesen sein muss. Stimmt es, dass er auch mit Mona Wenzel ein Verhältnis hatte, bevor sie Thomas Gebrecht heiratete?«

Die alte Dame versteifte ihren Rücken und rutsche auf dem Stuhl. Das Thema schien ihr unangenehm. »Ja, das habe ich auch gehört«, sagte sie kurz.

»Kannte er auch Laura Meitinger, die ermordete Haushälterin?«

»Ja«, seufzte die Prinzessin, »sie kannten sich sehr gut. Wie kommst du darauf?«

»Ich habe bei ihr Fotos mit Christoph gefunden«, entgegnete ich. »Hatten sie ein Verhältnis?«

»Oh.« Die Prinzessin zog die Augenbrauen hoch. »Du hast ein wenig herumgeschnüffelt?«

»Wundert dich das?«

»Nein.« Sie lachte. »Es hätte mich gewundert, wenn nicht. Und um deine Frage zu beantworten: Nein, Verhältnis konnte man es nicht nennen. Es war eine sehr einseitige Liebe.«

16

Ich bekam den Anruf am nächsten Morgen. »Herzlichen Glückwunsch!«, jubilierte die freundliche Redaktions-Dame. »Sie sind drin. Kommenden Dienstag ist die Aufzeichnung hier in den Studios in Köln-Hürth. Mein Kollege wird Sie noch anrufen, um die Details für Ihre Reise und die Übernachtung abzuklären. Wir sollten uns nun ein wenig unterhalten, damit ich die redaktionellen Kärtchen mit Informationsmaterial über Sie für unseren Moderator Jürgen Roth vorbereiten kann …«

Meine Wangen glühten vor Freude, dass es nun endlich geklappt hatte. Alles andere schien plötzlich so weit weg. Ich plauderte mit der jungen Dame fast eine halbe Stunde lang, dann noch ein paar Minuten mit ihrem Kollegen, der mir zu meinem Entsetzen offenbarte, dass ich schon um fünf Uhr sechsundvierzig mit dem Intercity fahren müsste, um pünktlich in Köln zu sein. Mein Argument, dass das kurz nach Mitternacht sei, damit als Schlafentzugsfolter gelte und somit ein Verstoß gegen die Genfer Menschenrechtskommission sei, interessierte ihn herzlich wenig. Morgen bekäme ich mein Bahnticket per Post. Dann war noch meine Mailbox mit jeder Menge Informationsmaterial über den Sendeablauf, das Mitbringen von Kindern ins Studio, das Einweisen von Telefonjokern und die Anreise per Pkw vollgestopft. Nun hieß es, die Telefonjoker zu ihrem bevorstehenden Einsatz zu instruieren. Meine Mutter weigerte sich zunächst energisch, bei »so etwas« mitzumachen, als sei die Sendung obszön. Katja freute sich ein Loch in den Bauch und forderte gleich mindestens zehn Prozent von der Summe, die ich durch ihren Tipp gewinnen würde. Stürzinger hingegen brummelte nur kurz, dass er schon Zeit hätte, aber ansonsten keine große Hilfe wäre.

»Das zu entscheiden, überlass ruhig mir«, sagte ich. Ich hatte ihn wohlweißlich im Büro angerufen, damit wir nicht wieder Vergangenheitsbewältigung betreiben konnten. »Immerhin weißt du, wer Rubens ist, oder?«

»Klar«, antwortete er. »Ein Rennfahrer.«

»Siehste!«, rief ich triumphierend.

»Was?«

»Nichts, schon gut. Rubens ist ein Rennfahrer.«

»Hör mal, Schlaumeier«, grunzte Stürzinger und ich hörte, wie er sich eine Zigarette ansteckte. Dass seine Augen nun das lichte Blau des blassen Herbsthimmels angenommen hatten, konnte ich förmlich vor mir sehen. »Natürlich weiß ich auch, dass dieser Rubens ein … äh … Komponist war. Aber du willst mich als Sportjoker, oder?«

»Schon gut, Stürzi!« Wir lachten beide lauthals. »Übrigens, hat deine Kollegin nun den ominösen, verschwundenen Schlüssel zum Schubfach der Kommode gefunden?«

»Das lass mal ihre Sorge sein«, antwortete Stürzinger.

* * *

Meine vordringliche Sorge galt momentan Thomas Gebrecht, mit dem einiges zu besprechen war. Das Büro des Filmproduzenten befand sich in einem unscheinbaren Altbau am Viktualienmarkt. Zu Fuß konnte ich die Strecke von meiner Wohnung aus in gut zehn Minuten schaffen.

»Hast du einen Termin bei Herrn Gebrecht?«, fragte mich

Sandra Klein, der ich gleich im Empfangsbereich über den Weg lief.

»Nein«, antwortete ich. »Aber ich muss dringend zu ihm.«

»Was ist mit deinem Arm?«

»War fensterln.«

Sie lachte kurz, beugte sich über den Tresen, hinter dem die Empfangsdame saß und telefonierte, nahm einen Terminkalender und blätterte darin. Eine überflüssige Aktion, die Geschäftigkeit vortäuschen sollte, denn natürlich war der aktuelle Tag aufgeschlagen. »Thomas ist gerade in einer Besprechung mit seiner Frau und der Prinzessin. Nein, halt, die ist ja krank. Frau Kazmarek ist zugegen. Wie lange das dauert, weiß ich nicht«, sagte Sandra Klein. »Vielleicht kannst du warten und ihn dann später kurz ...«

»Du weißt, wer ich bin?«, fragte ich sie unvermittelt.

»Sicher, Felix von Schwind«, antwortete sie unbekümmert. Dann runzelte sie die Stirn. »Ach so, du weißt also Bescheid. Hat es dein Vater dir gesagt?«

»Es ist auch der deinige.«

»Ja, er ist auch der meinige«, sagte sie langsam und sah verlegen weg. Ein Vakuum tat sich zwischen uns auf, das keiner füllen konnte oder wollte. »Ich muss dann mal weiter. Bin eher zufällig hier. Nach unserer kleinen Mülltonnenaktion muss ich jetzt erst noch mit einem Team von *Leute heute* Klamotten shoppen gehen und meine absoluten Lieblingsläden zeigen. Ich habe eben eine Liste bekommen, welche Läden das zu sein haben. Dann habe ich die Anweisung, für einige Tage unterzutauchen. Natürlich so, dass es die Presse erfährt. Alles läuft wie am Schnürchen. Wir sehen uns bestimmt.« Sie schüttelte mir unbeholfen die Hand, wobei sie mir nicht in die Augen sah und schulterte ihre Handtasche. Weg war sie. Was sollte ich tun? Natürlich würde mich eine Besprechung zwischen den erwähnten Personen nicht daran hindern, einfach hineinzuplatzen. Die Schwierigkeit bestand nur darin, die Tür zu Gebrechts Büro zu finden, denn die Empfangsdame beachtete mich nicht und quatschte ohne Punkt und Komma ins Telefon. Bevor ich mich auf die Suche machen konnte, öffnete sich am Ende des Flurs die Tür und heraus kam Jens, der Monsterpicklige. Er winkte mir zur Begrüßung kurz zu und eilte zur Toilette, ich hingegen zu dem Raum, aus dem er kam. Die Tür war noch angelehnt, ich lauschte erst.

»Mona, du bist dir sicher, dass du den Feldbusch-Auftritt noch toppen kannst?«, sagte eben die kalte Katze Penelope und bezog sich auf den schlecht gespielten Auftritt von Verona Feldbusch in der *Johannes B. Kerner*-Show, bei dem sie plötzlich in eine Sturzflut von Tränen ausgebrochen war, weil ihr Verflossener sie angeblich vor zig Jahren mal geohrfeigt hatte.

»Natürlich!« Die Schauspielerin zog an ihrer Mentholzigarette und ließ den Rauch durch die Nase entweichen. »Ich habe das Heulen schließlich bei Jane Schütt gelernt. Wer hat bloß die Feldbusch da gecoacht? Das war so unglaublich miserabel! Ich hoffe nur, dass diesmal der Kerner etwas mehr Contenance wahrt und nicht wieder einen Lachanfall unterdrücken muss wie bei der Feldbusch.«

»Das war nur, weil das Schmierentheater nicht richtig abgesprochen war«, beruhigte Penelope. »So genial dieser Auftritt und vor allem die darauf folgende Presse auch waren, wir können es besser! Diesmal wird Kerner richtig vorbereitet, dass du emotional sehr angegriffen bist und womöglich die Nerven verlierst, wenn du auf dieses Luder angesprochen wirst.«

»Können wir mit ihm nicht ein Stichwort verabreden, wann Mona in Tränen ausbrechen soll?«, fragte Thomas Gebrecht.

»Gute Idee. Überlasst das mir«, sagte Penelope und stand auf. »Ach übrigens«, fügte sie dann hinzu, »wir haben schon einen Ghostwriter aufgetrieben.«

»Ghostwriter?«, fragte Mona Wenzel.

»Natürlich, meine Liebe. Du schreibst jetzt ein Buch, wie du diesen Mord unter deinem Dach, dieses grauenhafte Trauma verarbeitest. Hat Thomas dich nicht informiert?«

»Ach, Thomas«, sagte die Wenzel eher tadelnd als wütend.

»Entschuldige, Liebes«, antwortete Gebrecht. »Ich dachte wirklich, ich hätte es dir erzählt.«

»Wie dem auch sei«, fuhr nun die kalte Katze fort. »Die Verträge mit Bertelsmann stehen, fünfzigtausend Exemplare sind Starauflage und nächste Woche liefert der Ghostwriter die ersten drei Kapitel. So, nun muss ich aber wirklich!« Das Treffen schien zu Ende zu sein. Also klopfte ich und tat so, als hätte ich nichts gehört. Mein Eintreffen schien niemanden zu überraschen. Penelope rief nach Jens, als sei er ein Hündchen. Mona Wenzel lächelte mir kühl zu und verabschiedete sich.

Thomas Gebrecht wies auf den Stuhl vor seinem Schreibtisch und sagte höflich: »Was kann ich für Sie tun, Herr von Schwind?« Er runzelte die Stirn und fügte hinzu: »Ich wüsste jedoch nicht, dass wir einen Termin haben.«

»Wissen Sie, was ich mich die ganze Zeit gefragt habe? Warum wurde Sandra Klein als falsche Geliebte ausgesucht. Abgesehen davon, dass sie von verschiedenen Seiten aus verschiedenen Gründen protegiert wird. Aber das werden schlanke Frauen auch. Frauen, denen man allein wegen ihrer Äußerlichkeit eher das Luder abnimmt. Warum also eine üppige Wuchtbrumme?«

Gebrecht machte eine verwunderte Geste. Ich fuhr fort: »Weil es Ihrem Geschmack entspricht. Weil Sie auf barocke Frauen stehen, Herr Gebrecht. Laura Meitinger war barock, oder? Wissen Sie, was ich glaube, Herr Gebrecht?« Ich hatte einen echten Flow, vorhin war noch alles diffus und verschwommen, nun sah ich glasklar. »Sie hatten ein Verhältnis mit Ihrer Haushälterin. Ich weiß nur noch nicht genau, ob Sie sie umgebracht haben oder ob es Ihre Frau war.«

Thomas Gebrecht sah mich mit unverholener Neugier an und lächelte höflich. Jenes nachsichtige Lächeln, das man Idioten schenkt. »Netter Versuch, Herr von Schwind. Ich will Ihnen mal was sagen, ja, ich hatte ein Verhältnis mit unserer Haushälterin, schon seit etlichen Jahren. Ich habe kein Problem damit, es hier offen zuzugeben. Meine Frau wusste es von Anfang an, die Prinzessin wusste es. Sonst niemand. Schon gar nicht unser Sohn. Der darf das nie erfahren.« Er lehnte sich in seinen Stuhl zurück. »Ja, ich habe Laura geliebt.«

»Warum sind Sie mir gegenüber plötzlich so offen, Herr Gebrecht?«, fragte ich. »Hatten Sie nicht neulich noch ganz andere Intentionen, die Sie veranlasst haben, mich aus dem Verkehr zu ziehen?«

»Ich verstehe nicht ganz.«

»Sie haben mich entführt und in ihr Haus am Spitzingsee eingesperrt, weil Sie von Sandra Klein wussten, dass ich hinter das Arrangement gekommen bin und Angst hatten, dass ich die wahre Geliebte finde: Ihre Haushälterin«, rief ich. »Wie lange wollten Sie mich da oben schmoren lassen? Ich habe mir einen komplizierten Handgelenksbruch zugezogen!«

»Das müssen Sie mir jetzt wirklich mal genauer erklären. Sie wurden in meinem Berghaus eingesperrt? Wieso?« Er spielte das Unschuldslamm sehr überzeugend. »Und was hat das mit Ihrem Gips zu tun?«

»Oscarreif«, sagte ich und applaudierte kurz unbeholfen. »Ich werde Sie natürlich nun anzeigen. Das ist klar. Für den Mord an Laura haben Sie sicher ein gutes Motiv: Eifersucht. Und es sollte mich nicht wundern, wenn Ihr Alibi zusammenbricht. Sandra hat zu oft gelogen, um noch glaubhaft zu sein. Sie zahlen sie für das Alibi.«

»Sie reden Unsinn«, wiegelte Gebrecht ab. »Grund zur Eifersucht hatte ich nie und auch sonst niemand.«

»O ja, wer zweimal mit der gleichen pennt, gehört schon zum Establishment«, sagte ich. »Sie sind ja in den lockeren Sechzigern gut dabei gewesen und haben Ihre munteren Abenteuer gehabt. Sie und Ihre Entdeckung Mona und Ihr Partner Christoph. Bäumchen wechsel dich, was man so hörte. Mona zwischen zwei Männern. Selbst die Prinzessin ist darüber im Bilde. Ging das Verhältnis zwischen Mona Wenzel und Christoph weiter, als Sie schon mit ihr verheiratet waren? Vielleicht kam es Ihnen ganz gelegen, dass Christoph zu Badenstein in Südostasien verschollen ist. Da hatten Sie Mona für sich allein. Dann kam Laura, das Prachtweib von Haushälterin und es ging munter weiter. Diesmal vermutlich unter Ausschluss Ihrer Gattin!«

»Was wissen Sie schon, Herr von Schwind«, sagte Thomas Gebrecht und lächelte. »Sie sind jung und haben keine Ahnung vom Leben. Sex, Sex, Sex – da ist noch ein bisschen mehr. Sie haben Recht, früher waren wir frei, liebten, wen wir wollten, wann wir wollten. Mona liebte Christoph, Mona liebte mich und heiratete mich. Menschen lieben nun mal Menschen. Glauben Sie mir, auch Mona liebte Laura. Anders als ich, aber sie liebte sie von Herzen, denn sie verband etwas sehr Wertvolles, etwas, was ich nicht bieten konnte.«

»Sind wir hier bei der Rätselstunde?«, fragte ich ungehalten. »Wollen Sie mir jetzt weis machen, dass Mona Wenzel eine Lesbe sei?«

Gebrecht lachte lauthals. »Das nun wirklich nicht! Köstlich! Das muss ich Mona erzählen.«

• • •

Wenn Kommissarin Müller nicht genau da unvermittelt aufgetaucht wäre und mich gebeten hätte, zu gehen, hätte ich vielleicht noch mehr erfahren können. Doch die Kommissarin kam mir letztlich sehr gelegen. Ich war so in Rage, dass ich sie um ein kurzes Vieraugengespräch bat, in dem ich Thomas Gebrecht meiner Entführung bezichtigte. Die Kommissarin machte sich eifrig Notizen und hakte bei jedem Detail nach.

»Sie wissen, was diese Anschuldigungen für Folgen haben können?«, fragte sie mich dann, als wolle sie mir keinen rechten Glauben schenken.

»Ja«, antwortete ich im Brustton der Überzeugung und legte nach. Ja, ich bestand auf eine Anzeige wegen Freiheitsberaubung. Ja, Thomas Gebrecht sollte in den Knast!

Dann schlenderte ich federnden Schrittes zum Ausgang. Die Müller würde den Filmproduzenten sicher mitnehmen müssen. Noch machte ich mir keinerlei Gedanken darüber, wie lächerlich meine Aussage geklungen haben musste, und dass die greise Meitingerin, die ich als Zeugin benannt hatte, gar keine Zeugin sein konnte, denn ihr gegenüber hatte ich mit keinem Wort die Entführung erwähnt. Dass also ich am Ende wie ein Idiot dastehen würde, kam mir im Hochgefühl, das die bevorstehende Verhaftung von Thomas Gebrecht mit sich brachte, nicht in den Sinn.

Im Empfangsbereich hatte sich seit vorhin nichts geändert. Die Empfangsdame telefonierte immer noch oder schon wieder und schenkte mir keine Beachtung. Da der Terminkalender, den Sandra vorhin hervorgeholt hatte, so praktisch vor mir auf dem Tresen lag, schielte ich hinein. Und da die Dauertelefoniererin gerade die Tapete musterte, blätterte ich ein wenig darin, zu dem Tag, an dem Laura Meitinger ermordet wurde. Dort stand tatsächlich um sechzehn Uhr ein Termin für »TG« in der Bavaria-Filmstadt, Geiselgasteig, noch interessanter war jedoch, dass um siebzehn Uhr dreißig schon der nächste Termin für »TG« angesetzt war, diesmal mit »Isa«. Die Handschrift war eine andere. Keine Angabe von Ort. Noch etwas fiel mir auf, bevor ich das Büro verließ: die Aktenhängeregisterschränke, die hinter der Telefondame standen. Es waren dieselben Modelle, die die Prinzessin hatte. Doch hier steckten in allen Schlössern die Schlüssel. Genau solche Schlüssel, wie der, den ich im Schubfach von Laura Meitinger gefunden hatte.

* * *

»Ich habe auf Sie gewartet, Herr von Schwind«, sagte Mona Wenzel, die im Foyer des Hauses stand und hektisch an einer ihrer mageren Mentholzigaretten saugte. »Kommen Sie, ich möchte mit Ihnen eine Kaffee trinken gehen.«

Dass ich nicht unbedingt mit ihr einen Kaffee trinken gehen wollte, schien ihr nicht in den Sinn zu kommen. Wir bummelten hinüber zum Gärtnerplatz, wo sie mich in eines jener neumodischen Kaffeehäuser einlud, die ständig rappelvoll mit Fashionvictims jeglichen Geschlechts und Alters waren. Und das, obwohl sie seltsamerweise nach amerikanischen Großstädten hießen – denn jeder, der jemals in Amiland auch nur an Kaffee genippt hat, weiß, dass die dortige Plörre als hinterhältige Körperverletzung zu bewerten ist. Demnach sollten amerikanische Kaffeehäuser eigentlich gähnend leer sein. Doch weil man hier loungig auf Lederdesignteilen herumchillen konnte, sich selbst bedienen musste und dafür mehr zahlte, als anderswo, brummten die Läden. Mona Wenzel, mit dunkler Sonnenbrille und Kopftuch auf den Spuren von Greta Garbo, holte uns die Latte Macchiati und sagte: »Dass ich Sie und meinen Sohn, neulich überrascht habe, ist mir so ... unglaublich peinlich.« Sie wurde tatsächlich rot.

»Mir ist es vermutlich noch viel mehr bohlen«, antwortete ich. Sie stutzte kurz, legte ihre Sonnenbrille ab und lachte herzhaft.

»Das ist gut, den muss ich mir merken!« Sie musterte mich. Neulich hatte ich sie in irgendeiner Fernsehshow gesehen, da hatte der Moderator sie umschleimt und gefragt, woran es läge, das sie so wahnsinnig jung aussähe. Und sie hatte geantwortet, dass sie kein Geheimnis aus ihrem Alter machen würde, tatsächlich schon über fünfzig sei, und einfach auf sich achten würde. Daher könne sie immer noch Rollen spielen, die für Mittedreißigjährige geschrieben seien. In Wahrheit war sie geliftet und sah besonders jetzt bei Tageslicht eben aus, wie straffgezogene Frauen höheren Alters aussahen. Jedenfalls nicht wie Mittdreißigerin nen.

»Mein Sohn Ulrich«, fuhr sie fort, »ist sehr sensibel, wissen Sie? Ich möchte nicht, dass ihm etwas Unangenehmes widerfährt. Er leidet so sehr unter den Verdächtigungen, er könnte etwas mit dem Mord an Laura zu tun haben. Ich bitte Sie, tun Sie ihm nicht weh!«

»Ich habe nicht die Absicht,« beruhigte ich die Schauspielerin. »Ich fürchte jedoch, Ihr Sohn macht sich bei mir Hoffnungen auf etwas, was ich ihm nicht bieten kann.«

»Das liegt nur daran, dass momentan sein Familienleben so durchgerüttelt wird. Würde es Ihnen gefallen, wenn ein lieber Mensch ermordet würde und zudem noch Ihre Eltern wackelige Alibis haben?«

»Stimmt«, gab ich zu, dann hakte ich ein: »Sie waren, habe ich gehört, kurz vor oder nach dem Mord im Haus. Und Sie haben nichts bemerkt?«

»Nein«, sagte sie entrüstet. »Natürlich nicht. Glauben Sie, ich wäre dann mit zu Penelope gegangen? Entsetzlich, wenn ich mir vorstelle, dass womöglich noch der Mörder im Haus war, als ich … Einfach entsetzlich!«

»Darf ich Sie noch etwas fragen?«, sagte ich. »Ihr Mann meinte, Sie hätten Laura Meitinger auch sehr geliebt …«

»Dazu, Herr von Schwind, werde ich Ihnen sicher nichts sagen. Ich bin jedenfalls keine Lesbierin, falls Sie das meinen.«

»Ich weiß, dass Sie schon lange von dem Verhältnis zwischen Ihrem Mann und Laura wussten. Warum haben Sie jetzt erst diesen Zirkus veranstaltet?«

»Dieser Zirkus, Herr von Schwind, ist eine sorgsam geplante Aktion. Frau Klein wurde auf ihre Rolle vorbereitet. Man sagt, sie hätte Talent und mein Mann hat bereits einen Vertrag für ihren ersten Film mit ihr abgeschlossen. Zum Start der Aktion haben wir uns zugegebenermaßen recht kurzfristig entschieden.«

»Weil Sie von dem Mord ablenken wollten?«

Sie lachte kurz und affektiert. »Absurd. Der Termin bot sich einfach an. Die Verkaufszahlen meiner neuen Kosmetiklinie verlangten nach einer kleinen Stütze, wenn Sie es genau wissen wollen. Wir haben die Verpackung remodeln lassen, der Serie ein neues, zeitgemäßeres Aussehen gegeben, die Preise heraufgesetzt. Kurz einen exklusiveren Appeal aufgebaut. Sie, Herr von Schwind, sollten wissen, wo Ihr Platz in unserer kleinen Scharade ist. Er ist definitiv nicht im Bett meines Sohnes.« Sie setzte wieder ihre Sonnenbrille auf und löffelte den Milchschaum, der sich am Boden ihrer Kaffeeglases gesammelt hatte. Dabei behielt sie die ganze Zeit die Eingangstür im Auge. »Spielen Sie nicht mit meinem Sohn, Herr von Schwind. Ich bitte Sie inständig.« Die Eingangstür flog auf und herein stolzierte Sandra Klein, ein Kamerateam im Schlepptau. Ein zufriedenes Lächeln huschte um Mona Wenzels Mund, dann warf sie einen kurzen Blick auf ihre Uhr.

»Und das hier ist mein Lieblingscafé«, jubilierte Sandra mit weitausholender Geste. »Ist das nicht entzückend? Hier bin ich fast jeden Tag!« Sie flirtete kurz mit der Kamera, dann traf ihr

Blick Mona Wenzel und sie verstummte. Mona erhob sich langsam, hielt ihre Sonnenbrille fest, als ob sie Gefahr liefe, ihr von der Nase zu rutschen und ließ die Unterlippe dramatisch beben. Tötende Blicke durchzuckten den Raum. Das TV-Team fing alles ein: Monas rauschender Abgang war perfekt. Ebenso Sandras verlegenes: »Mona, Schätzchen! Hach, das ist mir jetzt aber total bohlen!«

»Okay, wir haben es dann«, sagte der Kameramann und schaltete sein Gerät aus. »Kurze Pause. Wir sollten hier wirklich einen Kaffee trinken.«

»Gute Idee«, sagte Sandra und kam kurz zu mir. »Du, weißt du, wo in diesem Laden die Toiletten sind? Ich war schließlich noch nie hier.«

17

Der hängt seit neuestem ständig hier herum«, flüsterte mir Jens zu und machte eine Kopfbewegung Richtung Ulrich Gebrecht, der auf einem Schreibtischstuhl herumlümmelte und an einem Computer Mahjong spielte. »Wartet auf Ihre Durchlaucht. Die ist beim Arzt. Das kann dauern.« Jens nestelte an seiner Brille herum. Der große rote Pickel thronte unverändert an der Nasenwurzel.

»Darf ich mal telefonieren?«, fragte ich, denn seit ich mein Handy im Sebastiansstüberl der Berghütte geschrottet hatte, war ich wieder auf das gute alte Festnetz angewiesen.

»Nur zu.« Jens deutete auf die Telefone auf den Schreibtischen.

»Allein, bitte.«

»Dann geh nach nebenan ins Büro Ihrer Durchlaucht.« Jens öffnete mir die Tür. »Aber Vorsicht. Sie mag es nicht, wenn man herumschnüffelt. Sie legt Fallen.« Er deutete auf Papiere, die sich scheinbar achtlos auf dem Schreibtisch stapelten, quer darüber lag ein Lineal. »Sie weiß, wie das Lineal liegt. Sie weiß, welcher Stift sich wo befindet. Das hier sieht nur nach kreativem Chaos aus. Also fass besser nichts außer dem Telefon an.«

»Ich werde mich hüten«, antwortete ich und wählte, nachdem ich endlich allein war, die Nummer von Sandra Klein. »Toller Auftritt vorhin. Wie weit gehst du mit dem Lügen?«, fragte ich sie zur Begrüßung. »Für Geld.«

»Was ist nun wieder?«, fragte sie genervt zurück.

»Der Termin am Mordtag. Du hast behauptet, Thomas und du seid erst gegen neunzehn Uhr vom Bavaria-Filmstudio Geiselgasteig zu Hause eingetroffen. Er hatte aber bereits um halb sechs einen neuen Termin mit der Prinzessin.«

»Der Termin mit der Prinzessin fand in deren Privaträumen statt!«, rief Sandra ungehalten. »Thomas war fast die ganze Zeit mit mir zusammen, wir sind direkt vom Geiselgasteig zu ihr. Nun nicht ganz direkt. Wir mussten noch kurz zu ihm, weil er Unterlagen aus seinem Arbeitszimmer holen wollte, die er benötigte. Bei der Prinzessin mussten wir ein wenig warten, dann tauchte sie auch schon auf und wir hatten ein Meeting in ihrem Salon. Das dauerte so bis gegen sieben Uhr abends, Später haben wir uns chinesisches Essen geholt und sind zu Herrn Gebrecht. Ich habe, wie verabredet, im Gästezimmer geschlafen. Den Rest kennst du. Meine Güte, es ist alles wahr. Ich habe nie gelogen, ich hatte nur die Anweisung, diesen Termin zu verheimlichen. Warum auch nicht? Thomas war in der fraglichen Zeit nicht zu Hause.«

»Ihr wart nur eine Stunde im Geiselgasteig, richtig? Warum hat das die Polizei nicht herausgefunden? Die mussten doch nur euren Geschäftspartner befragen, mit dem ihr euch getroffen habt.«

»Was weiß denn ich?«, rief Sandra. »Ich war bei der Befragung nicht dabei, verdammt noch mal. Ich hatte nur Anweisung, von dem Treffen mit der Prinzessin nichts zu sagen. Punkt. Ich dachte, es war deshalb, weil wir da die Einzelheiten über eine geschäftliche Transaktion besprochen hatten, die die Geschäftsanteile von Christoph zu Badenstein betreffen.«

»Spann mich nicht auf die Folter«, sagte ich.

»Was hältst du von mir?!«, rief sie erbost. »Ich bin immer noch meinem Chef gegenüber zu Loyalität verpflichtet! Außerdem haben sie mich mindestens eine Viertelstunde hinausgeschickt.

Da ging es wohl ans Eingemachte. Frag die Prinzessin, wenn du wissen willst, worum es ging.«

»Und bei den Gebrechts, während dein Chef seine Unterlagen holte, bist du da bei ihm gewesen?«

»Nein«, sagte sie unbekümmert. »Ich habe unten im Wagen gewartet.«

»Tolles Alibi!«, rief ich. »Und Mona Wenzel ist dir nicht zufälligerweise begegnet? Die soll auch um diese Uhrzeit herum im Haus gewesen sein.« Sandra verneinte. »Kann es sein, dass Laura Meitinger Einblick in die Geschäftswelt ihres Liebhabers hatte?«

»Keine Ahnung. Wer ist denn ihr Liebhaber gewesen?«, fragte Sandra so naiv, dass man ihr glauben musste, dass sie es nicht wusste.

• • •

So stand ich nach dem Ende des Telefonats im Büro der alten Dame und sinnierte vor mich hin. Bröckelnde Alibis allenthalben. Ich holte den Schlüssel aus der Tasche. Im einen Eck des Raums standen zwei Hängeregisterschränke mit je drei Schüben, die verschlossen waren. Sollte ich es jetzt wagen? Die Wahrscheinlichkeit, dass jemand hereinkommen und mich überraschen könnte, war mehr als groß. Trotzdem probierte ich es. Der Schlüssel passte an keinem der oberen drei Schlösser des linken Schranks. Ich kniete mich hin, um die unteren Schlösser auszuprobieren.

»Rechts unten«, sagte Ulrich, er hatte sich über mich gebeugt. Ich hatte ihn nicht kommen hören und fuhr vor Schreck so zusammen, dass ich ihm mit der Schulter einen Kinnhaken versetzte. Er hielt sich den Unterkiefer und sagte: »Rechts unten ist das Fach, das für Laura reserviert war, falls es das ist, was du suchst. Ich weiß das ganz genau.« Ich starrte ihn an, unfähig mich zu bewegen. »Was ist?«, fragte er. »Ich könnte nun natürlich zu Tante Isabella gehen und dich verpfeifen, oder einfach Penelope rufen. Klar könnte ich das. Aber was habe ich davon? Du wirst Gründe haben.«

Ich nickte.

»Du hast Laura sehr gemocht, hm?« Ich schubste ihn sanft.

»Ja.« Er sah weg. »Sie war mehr eine Mutter zu mir als meine Mutter. Sie war … einfach toll.« Er sah mich wieder an. »Sie hat mir immer Geschichten erzählt und hatte immer eine Süßigkeit oder so. Glaubst du auch, dass ich es war, der sie umgebracht hat?«

»Nein«, sagte ich ehrlich. »Wusstest du, dass dein Vater ein Verhältnis mit Laura hatte?«

»Wie bitte?« Uli zog die Stirn kraus. »Na ja, ehrlich gesagt, habe ich mir das all die Jahre gedacht. Sicher war ich mir allerdings nie. Sie waren sehr diskret.« Er zuckte mit den Schultern. »Ich wollte es vermutlich gar nicht wissen. Denkst du jetzt, Thomas hat Laura …«

»Er hat ein halbseidenes Alibi. Wie du und deine Mutter auch«, sagte ich gleichgültig. »Vielleicht bringt uns ja der Inhalt dieses Schubfachs weiter. Du willst doch auch, dass wir den Mörder von Laura finden, oder?«

»Ja. Die Sache ist ganz einfach«, fuhr er fort. »Wir öffnen gemeinsam das Fach, aber versprich mir, dass wir alles wieder hineintun. Du nimmst nichts mit, klar? Falls jemand reinkommt, war ich halt einfach neugierig. Ich tu dir hier einen Gefallen, und im Gegenzug wirst du mir auch einen Gefallen tun, einverstanden?« Er fuhr mir mit seiner Hand sanft über die Schulter und kraulte mir den Nacken. »Einverstanden?«

Was blieb mir anderes übrig als zuzustimmen.

»Na, los, rechts unten!«, forderte er mich auf und strich über meinen Hinterkopf. Ich fasste hin, er war tatsächlich Rechtsträger. »Nein, doch nicht hier!«, kicherte Uli. »Ich meine das Schubfach, den Rest erledigen wir später.«

• • •

Wenn ich da nur geahnt hätte, wie viel später er mit später meinte. Ulrich Gebrecht hatte sich keinen rechten Reim auf das machen können, was wir in Lauras Fach fanden. Ich schon eher, doch ich brauchte zum Sortieren die Hirne meiner Freunde. Ulrichs »später« hinderte mich an der Kontaktaufnahme, denn er bestand darauf, dass ich ihn am Abend erst auf die Halloween-Party im ›Vollmer-Haus‹ begleitete. Alles Kopf- oder Armschmerzen vortäuschen, Magenkoliken heucheln und behaupten, meine Großmutter sei plötzlich verstorben, half nichts. Ulrich nahm mich mit zu sich, um sich und mich zu verkleiden. Dass ihn dort seine aufgelöste Mutter empfing, die ihm berichtete, dass Thomas von der Polizei vorübergehend festgenommen worden sei, weil er mich angeblich entführt habe, beeindruckte Uli kaum.

»Thomas? Der soll Felix entführt haben«, wischte er die Sorgen seiner Mutter beiseite. »Das ist doch absoluter Nonsens. Thomas wird bald wieder draußen sein.«

»Er ist auch längst wieder draußen«, rief Mona Wenzel ungehalten. »Sie sollten sich schämen, Herr von Schwind, solchen Unsinn über meinen Mann zu verbreiten. Und dann noch die arme alte Meitingerin mit hineinzuziehen.«

»Ich …«, begann ich, nun erst wurde mir klar, wie wackelig die ganze Anschuldigung gegen Gebrecht auf eine objektive Ermittlerin wie Kommissarin Müller wirken musste. Ich Idiot. Gebrecht würde nun mich verklagen und was sonst noch alles. »Ich wurde jedenfalls entführt und in Ihrem Bergbauernhof festgehalten«, sagte ich trotzig. »Man wird die Spuren bei einer Durchsuchung im ersten Stock finden!«

»Hört auf zu streiten«, mischte sich Uli ein. »Wenn die Bullen Spuren finden, dann werden sie sicher früher oder später auch den Entführer finden.« Er zog mich mit in sein Zimmer.

»Wieder in Ordnung?«, fragte er.

Ich zuckte resigniert mit den Schultern. Sicher hatten meine Entführer längst alle Spuren beseitigt. Man würde nichts finden und … »Du glaubst mir?«, fragte ich ihn.

»Ich … äh, dass du entführt worden bist? Sicher, warum nicht.« Es klang überhaupt nicht überzeugend, er drehte sich auch zu schnell weg, um mir nicht in die Augen blicken zu müssen. Also ließ ich das Thema bleiben. Ich wusste, was ich wusste.

»Hey, du Trauerkloß«, riss mich Uli aus den trüben Gedanken. »Wie wäre es mit diesem total scharfen Fummel?« Schon staffierte er mich wahnsinnig gruselig aus, indem er mir einfach ein Matrosenoutfit verpasste, das so gar nicht mit meinem Gipsarm harmonierte. Er befummelte mich zwar nach allen Regeln der Kunst, doch da wir unter Zeitdruck standen, entkam ich weiteren erotischen Komplikationen.

»Damit siehst du richtig süß aus!«, rief er immer wieder verzückt, während er mit seinem Cowboykostüm, mit dem er aussah wie Buffalo Bill auf Extasy, kämpfte.

Schon hetzten wir wieder los, weil er erst mit seinen Kumpels im ›Iwan‹ verabredet war. Dort saß ich alter Seebär dann zwischen blutjungen Bubis aus gutem Hause und fühlte mich plötzlich unendlich greise und völlig uncool. In der Früh, als ich im Spiegel schon wieder ein graues Haar mehr entdeckt hatte, hatte ich mich zwar als Tattergreis, aber nicht so unendlich alt gefühlt. Doch hier saß ich nun, und stellte fest: Zehn Jahre können Welten bedeuten. Sie hatten sich alle als schrille Kuhjungen verkleidet und redeten über *Sex and the City.* Nichts gegen die Serie, sie war eine der wenigen Gründe, warum ich überhaupt noch einen Fernseher hatte und schließlich hatte ich mir jüngst in Thailand alle Staffeln auf DVD gekauft, doch die Konversation drehte sich in erster Linie um die Sahneschnitte, die im Vorspann auftaucht: »Da steht doch die Sarah Jessica Parker in diesem wahnsinnig tuffigen rosa Tütü mitten auf dem Broadway, oder was das für eine Straße ist, und dann fährt dieser Bus vorbei, auf dem die Werbung für ihre eigene Kolumne ist, und dann wird sie doch so voll gespritzt, weil der Bus durch 'ne Pfütze rast, und sie will sich deswegen aufpissen und dreht sich zur Kamera um, und dann läuft da im Hintergrund dieser Pornotyp durch das Bild! Ihr wisst schon, der Latinohengst mit dem schwarzen Shirt und der coolen Jeans und als dann die ganze Szene zum Standbild einfriert, macht er gerade einen Schritt und man sieht volle Kanne, was der für ein Mörderpaket in der Hose hat.«

»Quatsch, der hat doch diese weite Jeans an und das ist nur eine Falte!«

»Eben! Das sagt doch alles! Soooo ein Teil bestimmt!« Kreisch, gacker.

Wo war doch gleich der Notausgang?

18

Ist dir immer noch kalt?«, fragte Ulrich Gebrecht und ließ seine Hand in das heiße Badewasser gleiten.

»Nein«, antwortete ich und räkelte mich im angenehmen Schaumbad. Ulrich hatte mich nach Hause begleitet. Bis zur Fete im ›Vollmer-Haus‹ hatten wir es nicht mehr geschafft, denn ich war zu einer bibbernden Frostbeule mutiert, schwach und kränklich. Es war nicht einmal gespielt. Ich hatte mich absetzen wollen, doch Uli ließ sich nicht abschütteln. Um mich aufzuwärmen, hatte ich mir ein Vollbad gönnen müssen. Uli hatte vor Freude gestrahlt, als er mir das Wasser einließ. Natürlich wusste ich, dass es nun kein Entrinnen mehr gab. Emil würde es mir nie verzeihen können, weil er es nie erfahren würde. Mich vor Ulis begehrlichen Augen ausziehen zu müssen, war eigentlich bereits vollzogener Akt. Schon tastete Ulis Hand nach meinem Schwanz und zog sachte daran. Mit der anderen Hand hielt Ulrich den Joint, an dem er gelegentlich gierig saugte – in dieser Gestik und Mimik erinnerten mich seine Gesichtszüge stark an die seiner Mutter. Zwecks der Romantik hatte er einfach eine Flasche Wein geöffnet, im Bad einige große Kerzen angezündet, die er ungefragt in der ganzen Wohnung zusammengesucht hatte, und die CD mit asiatischer Plöng-Musik aufgelegt, die Erzengel mir neulich geschenkt hatte. *Plöng Oooohm Plöng Zimbel Plöng Gong Plöngplöngplöng,* machte es. Ich relaxte und konzentrierte mich auf Ulis massierende Hand.

»Na also, geht doch«, sagte Uli nach einer Weile mit zufriedenem Grunzen und zog seine Hand aus dem Wasser. Er nahm den letzten Zug von seinem Joint, stand schwankend auf und begann sich ebenfalls auszuziehen. Dabei hätte er beinahe mein Telefon in die Wanne geschubst, das ich, einer alten Gewohnheit folgend, auf den Wannenrand gelegt hatte. Da ich zu den Menschen gehöre, die klingelnde Telefone generell nicht ignorieren können, und ungern das wohlige Wasser verlassen, um die Auslegeware volltropfend zum Apparat zu hechten, lege ich mir das Telefon immer neben die Wanne. Uli hatte seinen Strip beendet und stand in voller Pracht vor mir. Vorsichtig stieg er ins Wasser und setzte sich auf meinen Bauch. Ich hielt meinen mit einer Plastiktüte umwickelten Gipsarm noch höher über den Wannenrand. Das Wasser schwappte über, Uli kicherte und ich versuchte, mich nicht aufzuregen. Der Bursche hatte seinen Belohnungsfick redlich verdient. Er griff hinter sich, massierte meinen Ständer fordernd, hob seinen Hintern und brachte meine Eichel an seiner Rosette zum Anschlag. Er holte tief Luft, murmelte »Ich bin ganz entspannt« und ließ mich in sich hineingleiten. Die Seifenlauge sorgte für einen raschen Flutscheffekt, der ihm die Luft nahm.

»Hey«, sagte ich müde, »ich hätte gerne noch einen Schutzanzug drüber!«

»Ich nicht«, keuchte er. Die Anstrengung, so plötzlich den ganzen Felix zu verkraften, war ihm ins Gesicht geschrieben. Er atmete schwer, man konnte ihm ansehen, wie er arbeitete und arbeitete, um mich in sich geil zu finden. Er wartete eine halbe Ewigkeit, bevor er mit langsamen Bewegungen anfing, die sich steigerten. Nun schien er entspannt, bald befriedigte er sich an mir im schnellen Auf und Ab. Diskussionen sind sinnlos, wenn die Prostatamassage erst mal im Gang ist. Er stöhnte, Wasser schwappte und das Telefon klingelte. Er behielt seinen Rhythmus bei und sagte nur: »Geh ran! Das finde ich noch geiler, wenn du währenddessen mit jemandem telefonierst!«

»Ich aber nicht.«

»Los, geh ran!«

»Und wenn es meine Mutter ist?«, gab ich zu Bedenken.

»Na, umso besser!«, rief er und begann heftig in dem Tempo, in dem er auf mir ritt, zu onanieren. Es war nicht meine Mutter, sondern Katja.

»Störe ich?«, fragte sie und aus der Art, wie sie danach kicherte, schloss ich, dass sie vermutlich heimlich eine Kamera in meinem Badezimmer installiert hatte und uns nun beobachtete.

»Nö«, keuchte ich, denn Uli ließ nun seinen Schließmuskel an einer sehr empfindlichen Stelle arbeiten. Ich biss mir auf den Zeigefinger.

»Umso besser, Honey«, sagte Katja. »Ich wollte nur abchecken, ob du da bist. Man erreicht dich ja in letzter Zeit so schlecht. Mein Göttergatte ist eben auf dem Weg zu dir und wird dir einiges zu berichten haben.«

»Und was?«, stöhnte ich. Uli wichste wie wild und beschleunigte seinen Ritt.

»Das soll er dir selbst sagen. Er hat sich heute morgen mit einer dir nahestehenden Dame unterhalten und dabei gar Erschröckliches zu Tage befördert. Hui, spannend, nicht wahr? Es betrifft deinen Freund Ulrich Gebrecht und dürfte dich sehr interessieren«, antwortete Katja geheimnisvoll.

»Okay«, versuchte ich so emotionslos wie nur irgend möglich zu sagen.

»Habe ich dir eigentlich schon mal die näheren Hintergründe zum Heiligen Sebastian erläutert?«, plauderte Katja munter weiter.

»Äh, Katja«, keuchte ich. »Das ist momentan nicht so interessant für mich …«

»Natürlich ist das interessant, Felix! Denn der prangte ja gemäldetechnisch in deinem Gefängnis. Also, unser Sebastian hat nämlich sein Martyrium überlebt! Im Gegensatz zu sonstigen Heiligen. Er wurde von römischen Soldaten an einen Baum gebunden und von ihren Pfeilen aufgespießt. So was überlebt man in der Regel nicht. Außer, und hier sind sich viele Kommentatoren einig, die Pfeile sind nicht wortwörtlich zu verstehen. Kapische?! Die Römer haben Pfeile aus Fleisch und viel Blut aus ihren Köchern geholt, jeder Soldat nur einen …«

»Das ist zweifelsohne eine sehr packende Theorie«, rief ich verzweifelt, denn mein Pfeil spießte auch gerade einen Burschen auf. »Ich muss jetzt Schluss machen. Ich bin nämlich gerade in der Wanne und …«

»Nicht nur du«, unterbrach mich eine Männerstimme. Uli sah erschrocken auf und ejakulierte in diesem Moment eine gewaltige Ladung mit einem brünftigen Schrei auf mein Kinn und die Brust. Ich verdrehte den Kopf zu Tür. Dort stand Erzengel und schüttelte tadelnd den Kopf. Mit der rechten Hand spielte er mit meinem Wohnungsschlüssel, den er noch seit jenen Zeiten für alle Fälle hatte, als er und Katja sich manchmal so fetzten, dass er bei mir übernachtete.

»Was?«, rief Katja am anderen Ende der Leitung. »Was ist denn bei dir los? Klang, als hätte jemand einen Orgasmus gehabt.«

»Das täuscht«, sagte ich und spürte meinen Schwanz in Uli schnell auf die Größe eines Porschefahrergenitals zusammenschrumpeln. »Ich muss jetzt auflegen. Dein Süßer ist eben eingetroffen. Wir sehen uns später.« Uli ließ mich endlich frei und stand auf. Wasser und Schaum liefen seinen Körper hinab. Erzengel dachte nicht daran, sich umzudrehen oder wegzuschauen.

»Ich bin nicht gekommen!«, rief ich, als ob ich ihm eine Erklärung schuldig sei. Sich quasi nur als Dildo zur Verfügung stellen, kann man beim besten Willen nicht als Ehebruch oder so deuten, selbst wenn einem der Saft vom Kinn läuft, oder?

Warum fühlte ich mich dann dennoch wie ein Stück Scheiße? Das Telefonat mit Stürzinger war nur Onanie. Doch das hier …

»Das hier geht mich nichts an, aber es sieht so aus, als hätten wir das einzig echte Luder in dieser Geschichte gefunden!«, sagte Erzengel schmunzelnd und deutete auf mich. Dann betrachtete er Uli, der nach einem Handtuch angelte, um sich abzutrocknen »*Don't panic,* ich sage Emil nichts. Wir Männer müssen zusammenhalten. Wusste nicht, dass du seit neuestem auf halbe Portionen stehst. Gut, dass ich dich überhaupt antreffe, habe mal auf gut Glück reingeschaut. Und ein Bad wollte ich schon lange mal wieder nehmen.« Erzengel zog seinen Pullover aus und entledigte sich schnell aller Klamotten. Seine Brust war glatt, seine Eier waren es ebenso.

»Keine Sorge, Jungs.« Er stieg in die Wanne. »Katja hat mich gestern frisch rasiert, überall da, wo's hygienetechnisch problematisch werden kann.« Er grinste lüstern, packte Uli an den Schultern und drückte ihn zurück in die Wanne. Der Bursche ließ sich bereitwillig nieder. Seinem Blick entnahm ich, dass er sich nun einen heißen Dreier versprach. Erzengel setzte sich hinter Uli und spielte ein wenig mit Schaumflocken. Drei erwachsene Männer, von denen keiner unter Einsachtzig ist, in einer Wanne bringen ein leichtes Sardinenbüchsenfeeling mit sich. Erzengel spreizte seine Beine und ließ Uli, der sich gegen seine Knie gelehnt hatte, nach hinten auf seine Brust sinken. Er schob dem jungen Kerl seine Arme unter die Achseln durch und begann sanft Ulis Brustwarzen zu streicheln. Uli stöhnte vor Verzückung und bekam wieder einen Ständer.

»Gut so«, gurrte Erzengel in Ulis Ohr und sah mich mit einem fiesen Grinsen an. Ich musste das hier beenden, so viel war klar. Doch wie? Erst mal abwarten. Mein Freund hatte mit Sicherheit keinerlei erotisches Interesse an Ulrich Gebrecht. Erzengel sah mich weiter an und streichelte sein Opfer. »Und jetzt solltest du unserem Gastgeber ein paar Dinge erzählen, nicht wahr?«

»Hä?«, machte Uli ohne die Augen zu öffnen und streichelte hektisch jedes Stück freie Haut, das ihm in der rappelvollen Wanne zwischen die Finger kam.

»Das heißt: wie bitte! Stoffel.« Erzengels Ton wurde rauer, gleichzeitig verstärkte er seinen Griff und knetete Ulis Brustmuskeln. »Du verkleidest dich doch gerne. Als Frau oder als Matrose oder auch als Clown, nicht wahr?« Uli öffnete die Augen. »Im Gegensatz zu gewissen hier anwesenden Hobbydetektiven habe ich meine Hausaufgaben gemacht, Süßer. Und du kannst dir sicher sein, dass die Bullen früher oder später auch herausfinden, was ich schon weiß.« Er griff immer härter zu, seine Hände glitten tiefer und packten Ulis Latte fest wie ein Schraubstock.

»Was immer du auch erwartet hast, Bubi, eins sei dir gesagt: Ich bin so hetero wie der Papst katholisch ist, und wenn ich dir an den Schwanz gehe, dann nur, um ihn dir im Zweifelsfall zu zerquetschen, klar? *Ch'è tu crepi!*«

Uli nickte panisch.

»Ein kurzes Vieraugengespräch mit deiner Nachbarin, lieber Felix, bringt so manches ans Licht!«

»Du hast dich mit der ollen Veitlgruber unterhalten? Freiwillig?«, fragte ich, denn ich wusste immer noch nicht so recht, worauf er hinaus wollte. Die alte Veitlgruber wohnte eine Treppe unter mir und hatte die unangenehme Angewohnheit, den ganzen Tag durch ihren Türspion zu schauen und immer dann die Tür aufzureißen, wenn jemand vorbei ging, den sie kannte. Dann wurde dem Passierenden (meist mir) hemmungslos ein Gespräch reingedrückt. Als ob das noch nicht schon reichen würde, neigte die alte Veitlgruber zu ersten Anflügen von Alzheimer und bevorzugte eine luftige, nicht unbedingt gesellschaftsfähige Kleidung. Das hieß, sie war obenherum stets korrekt gekleidet, doch untenherum trug sie meist nur eine Unterhose mit Blümchenmuster und darüber eine fleischfarbene Strumpfhose. Betreten wegsehen, sobald ihre Tür aufging, war für mich längst eine der leichtesten Übungen.

»In der Tat. Sie hatte übrigens ein rosafarbenes Höschen und keine Strümpfe an. Wie dem auch sei. Da erfährt man zum Beispiel, dass du neulich von deinen Freunden sturzbesoffen durch das Treppenhaus getragen worden bist. Jaja, und einer von deinen Freunden, die dich mühsam schleppen mussten, war als Clown verkleidet, der andere als Kardinal.« Uli spannte seine Muskeln an und wollte sich aus Erzengels Griff befreien. »Sachte, Hübscher, sonst kannst du mit deiner Nudel nie wieder Soße absondern. Dann seid ihr drei auf die Straße gewankt, wo ein kleines rotes Auto wartete. Wie klein, fragte ich Frau Veitlgruber. Ganz klein, antwortete sie, so ein neumodisches Kasterl. Ein Smart oder Mini, meinte ich. Sie darauf: Keine Ahnung, aber klein und rot war's. Was für ein Auto fahren wir denn, Ulrich Gebrecht?«

»Das … lass mich los, du tust mir weh«, jammerte der Junge und wand sich.

»Willst du unserem Felix nicht endlich etwas sagen?«, fragte Erzengel und ließ endlich Ulis Pimmel los. Zur Vorsicht legte er ihm jedoch seine Hände schwer auf die Schultern. Der junge Gebrecht sah betreten nach unten und bedeckte überflüssigerweise seine Scham mit beiden Händen. Der sexgeile Twen war zum verlegenen Bürscherl geschrumpft.

»Du fährst einen Mini Cooper«, sagte ich verdattert zu Uli. »Einen roten.«

»Ja«, der Junge begann zu weinen. »Ja, verdammt noch mal, ich habe dich mitgenommen in unsere Berghütte. Ein Kumpel hat mir geholfen. Ich wollte doch nur, … ich wollte nicht …«

»Was?«, schrie ich. »Mich in der Hütte verrecken lassen? Du hast mich entführt!«

»Nein«, greinte Uli. »Mann, kapier doch endlich, dass ich mich total in dich verliebt habe! Merkst du das denn nicht? Ich wollte nur, dass wir ein ungestörtes Wochenende miteinander verbringen können. Damals wusste ich ja noch nicht, dass du und diese Sandra Klein nur ein Show-Paar seid. Ich bin ja schon am selben Nachmittag zurückgekommen, aber da hattest du dich ja schon selbst befreit. Ich bin davon ausgegangen, du bist noch betäubt. Da wollte ich alles schön herrichten, mit Feuer im Kamin und so, und dich überraschen und so richtig verwöhnen. Immer ist uns jemand dazwischen gekommen, wenn wir endlich mal am … am Kuscheln waren. Ich wollte, dass du … na ja, … dass du der Erste bei mir bist. So jetzt ist es raus.« Er heulte.

»Soll das heißen, dass du noch nie …«, begann ich und spürte eine Woge aus Mitleid aufsteigen. Was machte die Jugend von heute bloß im Bett? Nur ein bisschen Ringelpiez mit Anfassen und Rumlutschen?

»Felix, der Jungfrauenöffner«, prustete Erzengel.

»Ja«, sagte Uli trotzig und schniefte. »Sehr witzig. Wirklich sehr witzig. Du warst der erste, den ich hinten reinlassen wollte. Die Jungs aus meiner Clique haben mich immer aufgezogen, weil ich … nur, weil ich im Gegensatz zu denen nicht wollte, dass mein erstes Mal mit irgendeinem scheiß Promisportler auf dem Klo vom ›Ganesha‹ stattfindet. Glückwunsch Felix. Du hast die Jungfrau geknackt. Am besten, du setzt es morgen groß in die Zeitung.« Er stand mit hochrotem Kopf auf und stieg aus der Wanne. Während er sich hastig abtrocknete und anzog, achtete er sorgsam darauf, dass er uns den Rücken zukehrte. »Es tut mir wirklich Leid, Felix«, sagte er. »Ich wollte dir nicht wehtun, wir haben dich nicht niedergeschlagen, sondern mit Chloroform betäubt. Es sollte wirklich nur ein Scherz sein.«

»Klasse Scherz«, antwortete ich und griff mir das Glas und die Weinflasche. »Besonders dein Vater wird sich darüber freuen, wenn er erfährt, dass er ziemlichen Stress hatte, weil sein Sohn endlich anal penetriert werden wollte.«

Uli rannte aus der Wohnung und schlug die Tür krachend hinter sich zu.

»Und ich auch!«, rief ich ihm sinnloserweise hinterher. »Ich hatte deswegen auch verdammten Scheißstress!«

»Lass ihn«, sagte Erzengel müde. »Er hat genug am Hals.«

»Ach ja?« So schnell wollte ich mich nicht beruhigen. »Der ist wirklich ein Fall für Katjas Verein zur Förderung benachteiligter Kinder prominenter Eltern. Inszeniert eine Entführung, weil er seinen Arsch endlich … haben will. Wetten, dass der natürlich alle Spuren längst beseitigt hat …?« Erzengels finsteres, nachdenkliches Schweigen brachte mich auch dem Konzept.

»Was ist?«, fragte ich unsensibel, bevor mir schlagartig klar wurde, was ihm durch den Kopf ging. Der Moment, als er gegen seinen Willen anal penetriert wurde. Mehrfach. Der Hobbypsychologe in mir sah darin auch den Grund für sein gestörtes Essverhalten. Seit ich das erste Mal meine neugierige Nase in einen Kriminalfall gesteckt hatte, war ich mehrfach zusammen- und niedergeschlagen worden, hatte mich zu Sex mit Lustgreisinnen und Bordellbesuchen zwingen müssen und wäre beinahe als gefesselter, und dann missbrauchter Hauptdarsteller eines Snuff-

Videos geendet, ich war von einem Massenmörder beinahe bewusstlos gewürgt worden und hatte einen Hörsturz erlitten, mein süßes kleines Auto war in Flammen aufgegangen und ich war nun auch entführt worden. Noch dazu hatte ich wirklich schwere Schuld auf mich geladen, weil ich für einen Unfall verantwortlich war, der einen Exkollegen von mir an den Rollstuhl fesselte. Doch nichts von alledem hat mich je so sehr beschäftigt und mir mehr Qualen verursacht als die Tatsache, dass mein bester Freund Archange Angeletti bei unseren letzten »Ermittlungen« von zwei Kerlen ans Bett gefesselt und mehrfach vergewaltigt wurde. Erzengel verdrängte seitdem. Er hatte einen HIV-Test gemacht, der zum Glück negativ ausgefallen war, und danach brachte er das Thema nie mehr zur Sprache.

»Hör mal«, sagte ich einfühlsam, »wann machst du endlich eine Therapie?«

»Wenn es da auch was von Ratiopharm gibt«, antwortete er trotzig, dann lachten wir kurz. »Ich kann einfach nicht darüber zu einem Fremden sprechen.«

»Du solltest es wenigstens endlich mal Katja sagen.«

»Ja«, sagte er langsam. »Ich weiß. Das sollte ich. Nur wie soll ein Mann seiner Frau das sagen? Themenwechsel.« Erzengel schüttelte den Kopf, wie um eine lästige Fliege los zu werden, schwenkte auffordernd Ulis Weinglas, und ich goss ihm randvoll ein. »Du weißt, ich werde mich, nach allem, was ich in Kambodscha gesehen habe, für was Karitatives engagieren. Das muss einfach sein.«

»Bravo«, lobte ich.

»Außerdem werde ich ein wenig an deine Zukunft denken. Was hältst du davon, dass ich bei der Prinzessin darauf bestehe, dass du mein persönlicher Presseagent wirst? Die soll dich fest anstellen und du arbeitest nur für mich. Wäre doch ein Ding, oder? Dann müsstest du dich nicht mit Pseudowichtigen herumschlagen.«

»Cool«, antwortete ich. Jobproblem in der Wanne gelöst. »Und du glaubst, die Prinzessin lässt sich darauf ein?«

»*Why not?* Kannst du noch ein wenig heißes Wasser nachlassen, Felix«, sagte er dann und lehnte sich in der Wanne zurück.

»Ist grad so gemütlich hier drin. Ich bin ja bekanntlich nicht sonderlich etepetete, sonst wäre ich auch nicht zu euch in diese Siffe hier gestiegen, aber wisch dir bitte endlich den Schlonz von dem Bubi aus dem Gesicht, sonst kommt noch mehr davon ins Wasser. Das fände ich dann richtig eklig!«

»Es ist nichts weiter passiert«, sagte ich über das laufende Wasser hinweg, säuberte mich mit der einen Hand, so gut es ging, und trank mein Weinglas in einem Zug aus. Ich versuchte mich so auszustrecken, dass ich Erzengel nicht irgendwo intim berührte, was ein Ding der Unmöglichkeit schien. Also ließ ich meinen Versuch bleiben und berührte intim. Es war beileibe nicht das erste Mal und diesen Posten hatten wir längst geklärt, also war an körperlicher Reaktion seinerseits nichts zu erhoffen. Mit einer sehr körperlichen Reaktion meinerseits wussten er und ich umzugehen, sie ließ sich trotz aller Klärungen zwar meist, aber eben nicht immer vermeiden. Wir ignorierten sie weitestgehend und ich schämte mich nicht dafür, ich entschuldigte mich nicht mal mehr.

»Schon klar. Hier riecht es nach Kiff«, sagte er schnuppernd. »Da hätte ich jetzt mal wieder Böcke drauf. Sag bloß, du hast was im Haus.«

»Ich dachte, du hast das Rauchen und die meisten Drogen aufgegeben? Außerdem hat der Bub gekifft, nicht ich.«

Erzengel winkte ab. »Aufgegeben? Rauchen ja, nie wieder. Drogen nein, immer wieder. Wenn auch immer seltener. Ist dir eigentlich klar, dass wir im Endeffekt ein total perverses Verhältnis haben, Felix?« Jetzt wurde er philosophisch.

»Im Endeffekt haben wir eine total solide Freundschaft«, antwortete ich nachdenklich. Wir berührten noch einander, doch meine kurze Erregung war längst abgeklungen, wie meist, wenn wir lange genug warteten. »Siehst du? Nichts mehr steht zwischen uns.«

19

Ich habe prinzipiell nichts gegen Mitternacht-Soirees«, sagte Katja und gähnte herzhaft, als wir frisch gebadet bei ihr auf dem Sofa saßen. »Nur halten mich die lieben Kleinen sowieso schon die halbe Nacht auf Trab, da würde ich gerne die andere Hälfte schlafen. Alles, was ihr mir bisher über diesen Bubi erzählt habt, klingt nach einer verzogenen Heulsuse, also ein Paradekandidat für meinen Verein zur Förderung armer, benachteiligter Kinder prominenter Eltern. Ich bereite schon mal ein Aufnahmeformular vor. Doch nun zu Wichtigerem: Was war also in diesem ominösen Schubfach?«

»Aller möglicher Papierkram, Geschäftsunterlagen zu der Produktionsfirma, die den Anteil von Christoph zu Badenstein betreffen. Was haben die in Lauras Fach zu suchen, frage ich. Doch damit habe ich mich nicht so sehr beschäftigt. Mindestens ebenso interessant ist das hier.« Ich legte alles auf den Tisch, was ich von Uli unbemerkt einstecken konnte. Eigentlich hätte ich alles einstecken können, denn der beachtete mich kaum, sondern starrte die ganze Zeit auf ein paar Fotos, die Laura in jüngeren Jahren zeigten.

»Hier, der Pass von Christoph Prinz zu Badenstein-Fürengroot-Badenstein. Was hat der da zu suchen? Da ein Ersatzpass für Laura, ausgestellt von der deutschen Botschaft in Bangkok, ein Personalausweis für eine gewisse Laura Schmid und dann das hier: die Adoptionspapiere von Laura Meitinger sowie diese Erklärung von Christoph Badenstein. So eine Art handschriftliches Testament, wenn ich das richtig gelesen habe.« Ich wedelte mit den jeweiligen Papieren. Katja und Erzengel stürzten sich sofort darauf und blätterten in Pässen und Testamenten.

»Hier steht, dass im Falle eines Ablebens von Christoph das gesamte Barvermögen an Laura Meitinger geht, und die Geschäftsinteressen in der Produktionsfirma von seiner Mutter wahrgenommen werden sollen, bis das Kind das dreißigste Lebensjahr vollendet hat. Dann soll es an den Nachwuchs gehen«, fasste Erzengel zusammen und sah fragend auf. »Welches Kind? Hatte Christoph Kinder? Ich dachte immer, die Prinzessin ist scharf darauf, endlich Enkel zu bekommen …«

»Merkwürdig. Aber sie hat keine Enkel«, bestätigte Katja und runzelte die Stirn. »Zu dem Thema habe ich sie schon mal vor einigen Monaten ausgequetscht. Das hier ist auch seltsam, der vorläufige Pass für eine gewisse Laura Meitinger. Ausgestellt am 4. April 1981! Gib mal die Adoptionspapiere her. Hier! Habe ich mir doch gedacht! Die alte Meitingerin hat eine gewisse Laura Schmid, angeblich geboren 1948 in München, erst am 17. Mai 1981 adoptiert.«

»Das erklärt endlich, warum die alte Meitingerin keine Kindheitsdöntjes von Laura erzählen konnte«, sagte ich.

»Moment mal«, rief Katja aufgeregt dazwischen. »Wann wurde Laura adoptiert? Im Mai? Wieso hat sie dann schon vorher einen Ersatzpass, der auf ihren neuen Namen lautet? Und die Verfügung von Christoph Badenstein, dass Laura Meitinger, nicht Schmid, sein Barvermögen erbt, ist bereits vom 3. Januar 1981!«

»Vielleicht war da die Adoption von Laura Schmid schon beschlossene Sache«, gab Erzengel mit Recht zu bedenken. »Oder jemand hat nicht damit gerechnet, dass mal jemand nachrechnet!«

»Und warum sollte eine alte, kinderlose Bäuerin, die ihren Hof an einen bekannten Filmproduzenten und dessen berühmter Gattin verkauft hat, eine erwachsene Frau adoptieren, die kurz darauf Haushälterin mit erheblichem Barvermögen in just jenem Haus des bekannten Filmproduzenten plus berühmter Gattin wird?«, fragte ich.

»Vermutlich aus demselben Grund, warum jahrelang eine alte, kinderlose Prinzessin von Anhalt am Fließband Menschen adoptiert hat, die Turnhuber oder so heißen«, antwortete Katja. »Weil die Turnhubers dieser Welt zu viel Geld haben und eine neue Identität hinter einer neuen, glitzernden Fassade wollen.« Es klingelte. Wir sahen uns überrascht an. Schließlich war schon fast Mitternacht.

»Keine Panik«, sagte Katja, obwohl niemand von uns auch nur ansatzweise wegen eines Türläutens in Panik geraten würde. »Ich geh schon.« Weg war sie.

»Ja, was gibt's«, rief sie unwirsch jemandem zu, der offenbar vor der Tür im Treppenhaus stand.

»Süßes oder Saures«, kam die freche Antwort. Sicher Kinder, die sich auch zur Geisterstunde mit Süßigkeiten eindecken wollten, weil heute Halloween war.

»Wie meinen?«, fragte Katja scharf. Man konnte förmlich hören, wie die Kleinen unter ihren Masken erbleichten.

»Süßes oder Saures«, klang es schon deutlich schüchterner.

»Interessant. Und was ganz genau meint ihr damit?« Katjas Stimme war so kalt, dass sich beinahe Raureif auf die Möbel legte.

»Na ja, was Süßes eben oder es gibt Saures«, piepste ein leises Stimmchen verlegen.

»Na also, es geht also doch in halbwegs zusammenhängenden Sätzen. Immer schön die großen Buchstaben zuerst. So, und warum das alles?«

»Weil … heute ist doch der 31. Oktober. Halloween.«

»Nein, meine lieben Kleinen.« Katja machte nun auf Pädagogik. »Richtiges Datum, falscher Anlass. Der 31. Oktober ist Reformationstag. Also ist heute Reformationstag. Schönen Abend noch.« Sie schlug die Türe zu und kam zurück zu uns ins Wohnzimmer. »Kinder!«, seufzte sie künstlich und lauschte kurz. »Gott sei Dank sind die unseren nicht aufgewacht. Wo waren wir stehen geblieben?«

»Was haltet ihr von folgender, verwegener Theorie«, sagte ich. »Die Prinzessin hat mir gegenüber ja zugegeben, dass diese Laura Wieauchimmer und ihr Sohn Christoph sich kannten, und sie sagte, dass es eine einseitige Liebe war. Angenommen, Christoph steht auf Laura. Er ist ein Abenteurer, der gerne reist. Daher setzt er sie als Erbin ein. Das Geschäftliche überlässt er natürlich lieber seiner gewieften Mutter. So wie es momentan aussieht, hat diese Laura Schmid gewaltig Dreck am Stecken, vielleicht hat sie sogar Christoph mit irgendwas erpresst. Sie schafft es, dass die Prinzessin ihr durch eine Adoption eine neue Identität und eine ordentliche Anstellung als Haushälterin verschafft. Womöglich hat Laura sogar etwas mit dem Verschwinden von Christoph zu tun. Den Ersatzpass und den Perso hat sie sich vermutlich in Bangkok machen lassen, da gibt es hervorragende Fälscher. Wenn es in diesem Fall ein Luder gibt, dann ist das eindeutig Laura Meitinger!«

»Laura, das Luder? Vielleicht ist sie eine Killerin, die von Gebrecht beauftragt wurde, seinen Geschäftspartner loszuwerden?«, sagte Erzengel und winkte gleich ab. »Okay, zu weit hergeholt.«

»Warum nicht?«, antwortete Katja. »Schließlich war sie in den letzten Jahren Gebrechts Geliebte.«

»Der hat nun allen Grund, dafür zu sorgen, dass nicht zu stark in Lauras Vergangenheit herumgestochert wird. Er lässt seine Beziehungen spielen, deshalb werden der Tatort und die Leiche so schnell wieder freigegeben«, ergänzte ich. »Ich habe erfahren, dass schon kommenden Mittwoch die Beerdigung sein soll. Da der Staatsanwalt beziehungsweise der ermittelnde Kripobeamte beeinflussen kann, wie sorgfältig und gründlich eine Obduktion vonstatten geht, haben sie vermutlich nur die Todesursache ermittelt und dann die Leiche freigegeben.« Stürzinger hatte mir mal Vorträge gehalten, wie sehr das Ermittlungsziel und die Vorgaben der Beamten die Arbeit des Pathologen beeinflussen können. Seiner Ansicht nach, und die teilte er mit nicht wenigen Experten, liefen eine Menge Mörder frei herum, nur weil die Leichenschau oft zu oberflächlich gemacht wird. Der perfekte Mord passiert tausendfach.

»Was willst du nun mit den ganzen Sachen tun?«, fragte Erzengel.

»Ich werde sie morgen wieder in das Fach legen und mich ein wenig mit der Prinzessin unterhalten.«

»Morgen ist Sonntag, Süßer«, gab Katja zu bedenken.

»Na und? Was kann mich schon aufhalten?«

* * *

Der Sonntag konnte mich tatsächlich nicht aufhalten, achtunddreißigkommaacht Grad Fieber hingegen schon. Ich hatte nicht umsonst am Vorabend so gefroren, es waren die Vorzeichen einer völligen Überanstrengung und eines daraus resultierenden kleinen grippalen Infekts gewesen. Nun sind Achtunddreißigkommaacht nicht die Welt und ich vertraute ganz den alten Hausmitteln meiner Großmutter: Ich hatte in der Notapotheke alles an Chemie gekauft, was mir helfen konnte. Schließlich musste ich am Dienstag fit sein für *Quizzen ist Trumpf.* Also einen Tag ausruhen. Einfach relaxen und den lieben Gott einen guten Mann sein lassen. Halloween hin, Morde her. Ich wollte nur das Bett hüten und mich auskurieren. Rumgammeln und abhängen. Und nebenbei den kompletten Brockhaus auswendig lernen, um fit zu sein für meine Show.

Und von der Million träumen, die mich erwartete! Die Ereignisse der letzten Tage hatten mir keine Zeit gelassen, mich seelisch auf den großen Tag vorzubereiten. Ich malte mir das Zweihundertfünzig-Quadratmeter-Loft mit Dachterrasse aus, das ich mir als Erstes anschaffen würde, in dem Emil und ich bis ans Ende unserer Tage glücklich und zufrieden leben würden. Ach, Emil! Warum war der ausgerechnet so weit weg, wenn ich ihn als moralische Stütze bei der Show in Köln brauchte. Da die Sonne meines Lebens nicht mitkommen konnte, hatte ich beschlossen, ganz allein zu fahren. Keine Begleitperson im Studio, nur der Moderator und ich. Zwischendrin überkamen mich Panikattacken, dass ich bei den Vorrunden zu langsam die Abecede-Tasten drücken würde, und gar nicht auf den Stuhl käme. Dann hingegen sah ich mich in einem sensationellen *Flow* bis zur Million fliegen und ich shoppte in Gedanken bei ein paar Antiquitätenhändlern und bestellte bei einer Galerie ausgesucht schöne afrikanische und asiatische Kunst. Ich überlegte, wie viel dann noch für einen Luxusurlaub auf Bali übrig bleiben würde, als mich wildes Klingeln brutalst aus den Träumen riss. Durch Clownüberfälle misstrauisch geworden, öffnete ich erst, nachdem ich durch den Spion niemand vor meiner Tür stehen sah. Doch der Besucher, der die Treppen hinaufhastete, war leider besagter Ex-Clown Ulrich.

»Entschuldige, dass ich dich am Sonntag überfalle«, keuchte er, und drängte in meine Wohnung. Sicherheitshalber vergewisserte ich mich, dass ihm keiner seiner Kumpel folgte, um mich schachmatt zu setzen. »Tut mir Leid, dass ich gestern so abgehauen bin, aber ...« Schon fing er wieder zu Schluchzen an. Katja hatte recht: voll die Heulsuse.

»Schon okay«, sagte ich großmütig. »War gestern happig für dich, aber du wirst verstehen, dass es für mich da oben noch happiger war.« Ich wedelte kurz mit dem Gipsarm. »Und erheblich schmerzhafter.«

»Klar. Wirst du mich jetzt anzeigen?« Er schenkte mir einen Dackelblick.

»Hör mal«, erklärte ich ihm. »Ich habe Fieber. Ich bin krank und möchte meine Ruhe haben. Geh bitte.«

»Bitte«, wimmerte er.

»Gut, ich habe deinen Vater wegen Entführung angezeigt und mich damit selbst in Schwierigkeiten gebracht, weil mir niemand geglaubt hat. Nun habe ich bereits die Polizei telefonisch informiert, dass er es nicht war, sondern du, und dass ich keinen Wert mehr auf eine Strafverfolgung lege, weil es ein Irrtum war. Wahrscheinlich hat mir das auch wieder niemand geglaubt. Aber diesmal wird auch Erzengel für mich aussagen.«

»Das hast du gemacht?« Er sah mich dankbar an. »Dann ist alles in Ordnung?«

»Fast«, bremste ich ihn. »Entführungen sind Kapitalverbrechen, bei denen die Staatsanwaltschaft ermitteln muss. Das heißt, es wird natürlich ein Ermittlungsverfahren und eine Verhandlung gegen dich geben.«

»Oh«, er setzte sich auf das Sofa und fing wieder zu heulen an.

»Krieg dich wieder ein. Ich werde natürlich aussagen, dass nichts schlimmes passiert ist, dass alles ein dummer Streich war und du ein harmloser Kerl bist, der einfach … tja, was nur, … gehirnamputiert war?«

»Verliebt war«, schluchzte Uli. »Und noch verliebt ist, Felix! Ich liebe dich. Du bist ein toller Mann, du bist …« Mit dieser Einschätzung hatte er zweifelsohne Recht, doch sein Verhalten nervte. Er ließ sich auf die Knie fallen und umklammerte meine Beine. War ich irgendwie in *Versteckte Kamera* geraten?

»Und du hast für dein Alter einen tollen Körper!« Wie bitte? Was heißt hier für mein Alter? In dieser Sekunde durchzuckte mich der verlockende Gedanke, dass ich mir meine gebrochene Hand mit einem ordentlichen Batzen Schmerzensgeld vergolden lassen könnte. »Gib uns eine Chance, bitte.«

»Ulrich«, sagte ich scharf. »Mach dich bitte nicht lächerlich.«

»Das ist mir egal«, schniefte er. »Dann mach ich mich eben lächerlich! Laura hat mich verlassen, Tante Isabella wird mich bald verlassen. Das verkrafte ich nicht. Weißt du, was es heißt, der Sohn von Mona Wenzel zu sein? Ich brauche jemanden. Dich! Verlass mich nicht auch noch.«

Gut, Felix, wenn dir ein armes Psycherl am Rockschoß klebt und den großen Zusammenbruch kriegt, dann ist das volle Sonderprogramm gefragt. Mit allem Fingerspitzengefühl, das mir zur Verfügung stand, packte ich die große Keule, um dem Theater ein- für allemal ein Ende zu bereiten: »Ulrich, ich finde dich weder erotisch noch sonst was. Ich bin keinen Deut in dich verliebt, ich finde dich nicht einmal sympathisch. Ich werde mich auch nie in dich verlieben, kapiert. Du hast sicher längst bemerkt, dass ich kein Hetero bin, Sandra Klein ist nicht meine Freundin.

Ich bin aber in festen Händen, ich liebe einen anderen. Punkt. Und jetzt geh bitte.«

»Du lügst«, sagte er frech mit höhnischem Unterton. »Oder du spricht wirr im Fieberwahn. Denn gestern in der Wanne, da hatten wir den tollsten Sex, den es gibt. Du stehst auf mich. Dein Körper sagt etwas ganz anderes als dein Mund!«

»Gestern in der Wanne hattest du vielleicht Sex.« Ich lachte fies. »Ich persönlich verstehe unter tollem Sex etwas anderes als zu telefonieren!« Ulrich ließ meine Beine endlich los und holte ein Taschentuch heraus, in das er sich dramatisch laut schneuzte. Hatte er es also endlich gefressen. Er stand auf.

»Ist schon klar, dass du das sagen musst«, antwortete er. »Ich gebe dir alle Zeit, die du brauchst, um mit deinem Freund Schluss zu machen.«

»Hast du mir eigentlich zugehört, Ulrich Gebrecht?«

»Sicher.« Er ging zur Tür, dreht sich um und schmunzelte. »Du willst mich verletzen, weil du es dir nicht eingestehen kannst. Denk drüber nach, dann weißt du, wo du hingehörst. Ich kann warten.«

An Lexikonauswendiglernen war natürlich nicht mehr zu denken.

20

»Felix, wie schön, dass du mich besuchst«, keuchte die Prinzessin und richtete sich in ihrem Bett auf. Sie sah blass und krank aus. Und das erste Mal wirklich alt. Ich hatte noch nie die Ehre gehabt, in ihren Privatraumen empfangen zu werden.

Nun war ich von ihrer Haushälterin Ilonka durch die Raumfluchten geleitet worden, die vor erlesenen Antiquitäten, üppigen Vorhängen und Volants, dicken Perserteppichen oder Tigerfellen und kostbaren Gemälden nur so strotzten. Die Kunstsammlung der Prinzessin schien mir Millionen wert zu sein. In ihrem großzügigen, komplett in Weiß eingerichteten Schlafzimmer herrschte eine schlichte Eleganz, ganz im Gegensatz zu dem barocken Überschwang der anderen Zimmer.

»Aber bevor du mir sagst, was mir diese Ehre verschafft«, sagte die alte Dame und deutete in die Zimmerecke auf einen kleinen Stapel mit Packpapier und Schnüren sorgsam verpackter Schachteln, »bring mir doch bitte das oberste Paket her.«

Ich tat, wie gewünscht und gab es ihr. Es war ein großes, rechteckiges, aber sehr flaches Päckchen.

»Hier«, sie überreichte es mir feierlich. »Ein Geschenk zu deinem Geburtstag, lieber Felix.«

»Prinzessin.« Ich schmunzelte. »Du weißt genau, dass ich im Sommer Geburtstag hatte!«

»Dann ist es eben ein verspätetes Geschenk, du kannst auch ruhig bis zu deinem nächsten Geburtstag warten mit dem Auspacken. Oder nimm es als vorgezogenes Weihnachtspräsent. Was auch immer. Ich wollte dir nur eine Freude bereiten, Kleiner.«

»Das ist sehr nett, Isabella, und tausend Dank auch, aber es wäre nicht nötig …«

»Was ist schon nötig?«, unterbrach sie mich. »Ist der Tod nötig? Sicher. Denn er lässt uns überhaupt erst leben. Felix, du hast vielleicht schon mitbekommen, dass es mit meiner Gesundheit nicht zum Besten steht. Um ehrlich zu sein, es wird bald mit mir zu Ende sein. Man hat ein Karzinom in meiner Lunge entdeckt. Es hat bereits Metastasen überall gebildet. Ich weiß es längst.«

»Lungenkrebs?«, fragte ich erschüttert. »Warum? Ich meine …«

»Ich habe vierzig Jahre meines Lebens als Kettenraucherin verbracht, Felix.« Sie hustete steinerweichend. »Seit über zehn Jahren verzichte ich auf Tabakkonsum jeglicher Art. Zu spät. Nun bekomme ich Medikamente über Medikamente. Doch du bist nicht gekommen, um über meine Krankheit zu sprechen, richtig?«

»Ehrlich gesagt, scheint mir das momentan doch der wichtigere Punkt zu sein«, entgegnete ich.

»Das hast du nett gesagt, mir scheint das aber nicht so«, sagte die Prinzessin. »Worum geht es?«

»Laura Meitinger.«

Die alte Dame seufzte schwer, dann sah sie mich schmunzelnd an. Ihre Augen funkelten verschmitzt. »Du hast herumgestöbert, nicht wahr?« Sie ließ ihren Blick durch den Raum schweifen und für einige Minuten am Familienwappen ruhen, das über dem Kamin an der Wand gegenüber dem Bett hing. Es war nicht das Wappen der Badensteins, sondern ihrer Herkunftsfamilie, des ungarischen Fürstenhauses Esterhazy. Auf einmal machte es klick bei mir. Ich starrte die Prinzessin an und sagte dann: »O nein, Prinzessin. So plump? So raffiniert plump?!«

»Immerhin bist du darauf reingefallen, mein Lieber. Ich habe doch deine Neugier dadurch erst angestachelt.«

»Natürlich, du hast ein Laptop in deinem Büro, und wusstest, dass ich im *People Plus*-Chatroom bin. SPlatz! Bunny! Platz heißt auf ungarisch *ter,* also Es-ter, und *bunny* ist das süße kleine Hasi. Esterhazy. Eigentlich ganz logisch. Du hast mir die Mails geschickt und mich angestiftet.«

»Höchst erfolgreich, wie ich denke, denn sonst wärest du nicht hier. Deine Art, sich in einen Fall zu verbeißen, hat mir damals, als wir uns kennen lernten, so gut gefallen. Ich wollte, dass du vor allem meinen kleinen Ulrich entlastest. Die Polizei hat sich so schnell auf ihn eingeschossen, dass mir keine andere Wahl blieb, als dich heiß zu machen, wie du es nennst.«

»Ich habe deinen Ulrich noch nicht entlastet«, sagte ich. »Übrigens belastet er *mich* momentan ziemlich.« Sollte ich ihr erzählen, dass er mich seit seinem Auftritt gestern bereits fünfmal angerufen hatte? Ich ließ es bleiben. »Ich habe nur noch mehr Verdächtige ins Spiel gebracht. Aber das hätte die Polizei doch auch.«

»Nein, nicht so schnell«, erwiderte die Prinzessin. »Es gibt Dinge, die wird die Polizei nicht erfahren müssen. Zum Beispiel Laura Meitinger. Ich habe der Frau eine neue Identität verschafft, denn sie hatte in ihrer Vergangenheit – nun, wie soll ich sagen – einen gewissen Punkt, der verhinderte, dass sie ein neues, unbeschwertes Leben anfangen konnte. Keine Sorge, sie ist keine Mörderin oder etwas ähnliches. Nein, ich würde nie einen Verbrecher decken. Sie musste nur ein wenig die Identität wechseln, um frei zu sein und … Nun, mein Sohn Christoph liebte Laura mehr als irgendetwas anderes, das ließ er mich wissen, bevor er auf der Straße nach Hijras verschwand. Auch wenn er wusste, dass Laura für ihn nichts empfand, hat Christoph mich damals eindringlich gebeten, für sie zu sorgen. Was ich gerne tat.«

»Prinzessin, ich weiß, dass Laura Meitinger offenbar keine Vergangenheit besitzt und sie außerdem schon vor ihrer Adoption durch die alte Bäuerin unter diesem Namen auftaucht …«

»Da war die Adoption schon in die Wege geleitet.« Sie fragte mich nicht, woher ich das alles wusste. Vermutlich ahnte sie es. »Es waren rein familiäre Gründe, die Laura dazu bewegten, die Identität zu wechseln. Ich kann dir nur so viel sagen, dass sie aus einem sehr angesehenem Adelshaus stammte und ihre Familie vor einer großen Schande bewahren wollte. Nichts Kriminelles! Auf meine Ehre, das musst du mir glauben. Sie ließ sich in Bangkok ein klein wenig kosmetisch verändern und falsche Papiere ausstellen, damit konnten wir alles in die Wege leiten.«

»Warum erbte sie das Barvermögen, du hingegen kommissarisch die Geschäftsanteile für irgendein Kind? Klingt danach, als hätten Laura und Christoph Nachwuchs in die Welt gesetzt, obwohl du gesagt hast, das sei eine einseitige Liebe gewesen. Und ich dachte außerdem, du hast keine Enkel.«

»Keine legitimen«, antwortete sie. »Die Ehe meiner ältesten Tochter mit dem Spanier blieb leider ohne Kinder, und Gott sei dank auch der Fehltritt meiner kleinen Penelope. Richtig. Christoph war nie verheiratet, aber er hat ein Kind, für dessen Wohlergehen ich mich verantwortlich fühle. Er hat es mit seiner Geliebten gezeugt, bevor Laura in sein Leben trat.« Sie sah mich auffordernd an. Ich überlegte fieberhaft.

»Das Kind …, der Sohn von Mona Wenzel, also Ulrich ist dein Enkel«, schloss ich dann.

Sie nickte. »Thomas Gebrecht ist unfruchtbar. Das wissen wir schon seit den frühen Siebzigern. Er und Mona wollten aber unbedingt Kinder haben. Natürlich nach Möglichkeit einen Stammhalter. Da ist mein Sohn eingesprungen. Gott, wie das klingt! Eingesprungen! Nun ja.« Sie lachte bitter und ohne einen Anflug von Humor. »Sie waren gleich beim ersten Mal erfolgreich mit dem Stammhalter. Das alles passierte sehr gegen meinen Willen, das kannst du mir glauben! Ich war *entschieden* dagegen!«

»Warum hat Mona eigentlich nicht Christoph geheiratet?«, fragte ich. »Sie waren doch mal ineinander verliebt.«

»Nun, damals ist mir gelungen, das zu verhindern, was mir später bei Penelope nicht mehr gelang«, sagte die alte Dame trocken. »Nämlich, dass sich eines meiner Kinder durch eine Heirat unter Stand unglücklich macht. So reizend Mona Wenzel ist, sie ist nur eine Schauspielerin und kommt aus einer einfachen Familie. Gott sei Dank hat sie sich später für Thomas Gebrecht erwärmen können.«

»Du manipulierst Menschen, Prinzessin«, sagte ich tadelnd. »Ich weiß nicht, ob ich das gut finde.«

»Darauf kommt es im Zweifelsfall auch nicht an, mein Bester«, antwortete sie sachlich. »Zum einen verdiene ich mein Geld damit. Zum anderen manipuliere ich in diesem konkreten Fall nicht, ich verhindere nur, dass meiner Familie Schaden zugefügt wird. Die Esterhazys und die Badensteins haben mehr zu verlieren, als die Gebrechts oder Wenzels. Verzeih, das klingt nun nach überheblichem Standesdünkel, nicht wahr?« Sie machte eine kleine Pause. »Es ist aber wahr, Felix Freiherr derer von Schwind, deren Stammbaum bis ins elfte Jahrhundert zurückreicht!«

»Ein uralter Stammbaum ist aber nicht mein Verdienst«, warf ich ein.

Sie winkte ab. Dann stand sie mühsam auf. »Von all dem wissen nur wir beide sowie Mona und Thomas! Und ich denke, es ist besser, wenn wir es vorerst dabei belassen, einverstanden? Ulrich wird am Mittwoch bei der Testamentseröffnung das Vermögen von Laura Meitinger erben. Das hat Christoph damals so festgelegt. Der Junge erfährt nur, dass die Haushälterin so sehr an ihm gehangen hat, dass sie ihn als Erben eingesetzt hat. Mehr nicht. Den Geschäftsanteil seines leiblichen Vaters bekommt er, wenn Ulrich dreißig geworden ist. Völlig unabhängig davon, wann ich sterbe.« Sie hakte sich bei mir unter und zog mich langsam Richtung Tür.

»Damit haben wir aber noch immer nicht den Mörder von Laura Meitinger«, sagte ich.

»Richtig, noch nicht. Doch ich bin sicher, für dich ist diese Sache, die Aufklärung nur noch eine, nun, … nennen wir es Petitesse. Ich habe dich doch nicht vergebens als meinen persönlichen Joker in dieses mysteriöse Spiel gebracht, oder?« Sie sah mir fest in die Augen, jegliche Ironie war daraus gewichen. Dann deutete sie zur Tür und sagte: »Ich begleite dich nun hinaus. Vergiss dein Geschenk nicht!« Wir schlenderten ihrem Tempo entsprechend den Flur entlang. So gebrechlich und hinfällig hatte ich Isabella Prinzessin zu Badenstein-Fürengroot-Badenstein noch nie erlebt. Auf halber Strecke kam uns Penelope Kazmarek, bald eine derer von Bayern, entgegen.

»Wer immer Laura Meitinger ermordet hat«, flüsterte mir die alte Dame noch zu, bevor uns ihre Tochter erreichte. Sie klang wie ein Trainer, der seinem besten Athleten für den Endspurt zu Olympischem Gold den letzten Motivationsschub geben will. »Du wirst es herausfinden, ich weiß es.« Dann verabschiedete sie sich. »Bring unseren Gast bitte hinunter, Penelope.«

»Äh, ich wollte noch kurz oben im Büro …«, sagte ich. Ja, was wollte ich oben im Büro? Dass ich die Papiere zurücklegen wollte, konnte ich kaum zugeben.

»Nein«, unterbrach mich die Prinzessin bestimmend. »Penelope, bring unseren Gast bitte hinunter.« Sie wollte verhindern, dass ich mich einfach nach oben ins Büro schleichen würde. Ich gab nach, vielleicht war es ohnehin besser, ich vertraute mich good old Stürzinger an und überließ ihm alle Schlüssel und Unterlagen und Schlussfolgerungen, damit er sie seiner Kollegin weiterreichen konnte.

21

Ich trug die entwendeten Unterlagen noch bei mir, als ich am Dienstag den Allerherrgottsfrüh-ICE nach Köln bestieg. Warum ich sie bei mir hatte, wusste ich selbst nicht so genau. Auch bei Stürzi hatte ich nicht angerufen. Private Telefonate mit ihm waren mir einfach zu heiß. Natürlich hatte ich einen zaghaften Versuch unternommen, mich vertrauensvoll an Kommissarin Ingeburg Müller zu wenden, doch die baute Überstunden ab und hatte sich ein paar Tage Urlaub genommen. Das ließ mich zumindest ihre entnervte Vertretung wissen. Als der Typ mich dann gefragt hatte, ob er mir nicht weiterhelfen könne, hatte ich mich freundlich bedankt und schnell aufgelegt. Nein, nur ich konnte mir hier weiterhelfen. Die Prinzessin hatte mich am Vortag gut gecoacht.

Auf Grund der Uhrzeit befand ich mich noch im Zombiestadium, als der ICE den Münchner Hauptbahnhof verließ. Die wollten, dass ich ein Wrack bin und keine Chance auf den Stuhl habe. Ich war froh, dass ich schon am Vortag gepackt hatte: Zwei verschiedene Outfits, den Vorgaben entsprechend nichts Weißes, Schwarzes, Rotes oder Kleingemustertes, denn, wer weiß, vielleicht wäre ich ja Überhangkandidat und würde in zwei Aufzeichnungen drankommen. Da wäre Klamottenwechsel angesagt, damit die Zuschauer nicht merken, dass an einem Tag drei Sendungen hintereinander aufgezeichnet werden. Ich war für die erste Aufzeichnung um achtzehn Uhr vorgesehen. Obwohl ich ein Buch dabei hatte, zombte ich lieber vor mich hin und starrte in die noch dunkle Landschaft, die draußen vorbeirauschte. Ein diffuser rötlicher Schimmer am fernen Horizont hinter uns kündete von der aufgehenden Sonne.

Am Kölner Hauptbahnhof war der versprochene Abholmensch weit und breit nicht zusehen. Na, prima. Praktisch, dass die den Bahnhof direkt in den Dom gebaut haben, so hatte ich das Sightseeing in Nullkommazwei Sekunden beendet.

Schließlich stolperte ich doch über einen Jüngling, der ein winziges Zettelchen hochhielt: *RTL Quizzen ist Trumpf.* Schnell fanden sich noch ein Paar aus dem Schwäbischen, zwei resolute Damen aus dem Bayrischen und zwei Berlinerinnen ein, dann ging's ab nach Hürth, Studioluft schnuppern. Die anderen waren auf der Fahrt ganz aufgeregt und schnatterig. Ich guckte nur nach draußen und zählte Bausünden.

Das Studio, in dem jeden Dienstag drei Folgen *Quizzen ist Trumpf* aufgezeichnet wurden, war erstaunlich klein. Vor allem die Warteräume für die Kandidaten im ersten Stock. Einer für Nichtraucher, der trotzdem müffelte, und einer für Süchtige, in dem auf einem Monitor eine Endlosschleife der englischen Originalversion von *QuiT* mit einem unsäglich schleimigen Moderator lief.

Man plauschte ein wenig, stürzte sich wie ausgehungert auf das kalte Büffet (kein Lachs mehr da) und stellte schnell fest, dass man sich mit den anderen Kandidaten wenig zu sagen hatte. Einige waren total verbissen, andere wirkten völlig fehl am Platze. Es waren Quizshow-Profis dabei, die schon die Herren Jauch oder Pilawa oder Clerici oder Opdenhövel oder gar Frau de Mol hinter sich hatten. Ich kam mir absolut schlecht vorbereitet vor. Bei der Kandidateneinweisung mussten wir unterschreiben, dass wir nichts über die Sendung verraten, bevor sie über den Äther geht. Bei der

Studioeinweisung ließ man uns kurz auf dem Stuhl der Stühle probesitzen und auch Knöpfchen bei der Testrunde drücken. Ich taxierte die anderen, wer könnte mir gefährlich werden? Niemand, beschloss ich. Ich komme auf den Stuhl. Punkt.

Um mich beim Warten auf die Aufzeichnung etwas abzulenken, holte ich die Unterlagen hervor, die Katja, Erzengel und ich neulich durchgegangen waren. Ich las alles noch einmal, aber mir kamen keine neuen Ideen. Ich blätterte in Christoph zu Badensteins Pass herum. Las seinen vollen Namen mit allen fünf Vornamen (Christoph Laurens Mortimer Stefan Franz) und amüsierte mich über den von der Prinzessin so hoch gehaltenen Standesdünkel. Sicher hatte auch Penelope so viele Vornamen, wie es sich eben für den Hochadel gehört. Die Seiten dahinter enthielten zahllose Visa für die USA, China, Australien, Südafrika, Brasilien, Thailand, Indien und etliche andere Länder, deren Stempel ich nicht mehr entziffern konnte. Christoph war wirklich weit gereist. Ich träumte ein wenig von den fernen Ländern, die ich mit meinem Gewinn besuchen würde.

Kurz vor halb sechs. Die Telefonjoker standen nun bereits Gewehr bei Fuß und wir Kandidaten sollten uns Richtung Studio aufmachen. Mit dem Mobiltelefon, das mir Erzengel für diesen Tag geliehen hatte, rief ich schnell meine Joker an und wünschte uns allen Glück. Die Maske hatte bei mir nicht viel zu tun, ein wenig abpudern. Fertig.

Das Publikum wartete, wir wurden wie Gladiatoren in die Manege geführt und von einem Anheizer per Namen vorgestellt. Der Anheizer riss platte Scherze, um die Menge für den Starmoderator in Stimmung zu bringen, da durchzuckte es mich, wie wenn mich eine Wespe in den Hintern gestochen hätte. Ich blinde Nuss. Ich holte schnell noch einmal den Pass aus der Sakkotasche. Wieso war das Dokument überhaupt hier? Sagte die Prinzessin nicht, dass man von ihrem Sohn nur den leeren Rucksack und sonst gar nichts gefunden hatte? Ich blätterte hastig die Visumseiten auf. Wo war das Indien-Visum? Ich fand fünf an der Zahl. Das aktuellste verbuchte eine Einreise am 7. Januar 1981. Und eine Ausreise am 22. Februar 1981! Das bedeutete, Christoph zu Badenstein-Fürengroot-Badenstein hatte offensichtlich quicklebendig den Subkontinent verlassen. Direkt daneben fand ich einen dreieckigen Einreisestempel der Behörden in Bangkok mit Datum vom 22. Februar 1981. Das hieß … erst einmal aufstehen und dem beliebten Moderator Jürgen Roth, der eben das Studio betrat, die Hand schütteln. Ich steckte den Pass weg. Der junge Prinz war nicht in Indien verschwunden. So viel stand fest. Wenn überhaupt, dann verschwand er in Thailand. Was sollte das Ganze?

Wie unpraktisch, dass genau in diesen Sekunden die Aufzeichnung losging, bei der ich hochkonzentriert sein musste, um bis an mein Lebensende ausgesorgt zu haben. Auf der anderen Seite musste ich dringend mit Katja telefonieren. Das hieß also, diesen Quotenzirkus so schnell als möglich hinter sich zu bringen.

Die Aufzeichnung begann mit einem Überhangkandidaten von letzter Woche, der der Schnarchzapfen in Person war und bei jeder Frage runde drei Stunden Bedenkzeit herausschinden wollte. Ich war kurz davor, dem Trottel die Antworten vorzusagen. Doch mein Hirn rotierte um andere Fragen:

Wie kann ein Verschollener in Thailand auftauchen, der angeblich auf dem Weg nach …, was sagte die Prinzessin noch einmal, war sein Ziel gewesen? Irgendwas mit H.

Wo verschwand Christoph wirklich?

Verschwand er überhaupt?

Warum taucht Laura Meitinger, die angeblich aus einem altehrwürdigen Adelshaus kam, genau dann auf, als Christoph, ebenfalls aus einem altehrwürdigen Adelshaus, verschwindet?

Warum wurde die Leiche von Laura Meitinger so schnell nach der Obduktion freigegeben?

Warum hat die Prinzessin einen solchen Wirbel um die angebliche Affäre zwischen Thomas Gebrecht und Sandra Klein veranstaltet?

Nun, selbst wenn ich auf die anderen Fragen noch keine Antwort hatte, ich glaubte eine auf diese zu haben: Das ganze Theater war nicht deshalb inszeniert worden, weil die Karriere von

Mona Wenzel bergab ging – es war nur inszeniert worden, um von dem Mord abzulenken und vor allem von der Person Laura Meitinger. Die Öffentlichkeit sollte sich mit dem Faschingsluder und der Wenzel befassen.

Noch etwas musste ich mir noch einmal ins Gedächtnis rufen: Die Prinzessin hatte mich als Pseudo-Lover für Sandra Klein ausgewählt, weil sie wollte, dass ich herumschnüffle, schließlich hatte sie mich auch mit ihren seltsamen Mails bei Laune gehalten. Nun hatte mich die Prinzessin aber schon am Vorabend des Leichenfundes angerufen und mich auf meine Aufgabe vorbereitet. Das konnte nur heißen: Isabella zu Badenstein-Fürengroot-Badenstein wusste schon am Tatabend von dem Mord!

Ich schluckte und brach in kalten Schweiß aus, weil keine andere Schlussfolgerung möglich war: Die Prinzessin wusste, wer der Mörder oder die Mörderin war! Und sie hatte mich für viel Geld engagiert, ihn zu überführen! Ich …

Ausgerechnet jetzt scheiterte der Nichtswisser an der pipifaxeinfachen Zweiunddreißigtausend-Euro-Frage (»Was sind Alveolen?« – Lungenbläschen, Honey, und nicht mexikanische Kakteen. Wenn man so was nicht weiß, hat man in der Sendung nix zu suchen, aber die nehmen ja wohl jeden!) und purzelte zurück auf die Gewinnstufe von sechzehntausend Euro. Immer noch viel zu viel für diese Nullnummer. Meine geistige Anwesenheit war kurzzeitig hier im Studio gefragt. Moderator Jürgen Roth stellte nun die zehn neuen Kandidaten der Vorrunde vor. Ich lächelte in die Kamera, als es hieß »Felix von Schwind aus München« und musste Laura Laura sein lassen. Die Vorauswahlfrage (»Ordnen Sie diese vier Stilepochen chronologisch …«) beantwortete ich in exakt 4,3 Sekunden (»Romanik, Renaissance, Rokoko, Romantik«) und war damit auf dem Stuhl. Trotz der Gipsarm-Behinderung. Na also, geht doch, wenn man nur will. Jetzt aber zackig. Es gilt noch einen Mordfall zu lösen!

Wie üblich wurde die Aufzeichnung unterbrochen. Man verkabelte mich, die heißen Stühle wurden aufgebaut und schon ging die Aufzeichnung weiter. Von nun an begann ich ein kurzes Leben als schizophrener Quiz-Zombie, dessen vordergründig anwesender Teil geldbringende Fragen laut beantwortete, in dessen Innerem jedoch eine Quizshow mit ganz anderen Fragen tobte. Man stellte mich ausführlicher vor, Jürgen Roth betonte, dass ich ledig und noch dazu ohne Begleitung gekommen sei. Naiv, wie ich zu diesem Zeitpunkt noch war, korrigierte ich nicht in Richtung: Ledig ja, aber in festen Händen. Ich war absolut ruhig wie in einem Wattekokon, verdrängte Christophs Reisen und dachte nur, dass ich charmant und gesprächig, aber nicht aufdringlich sein darf. Wenn Jürgen mich nicht leiden kann, bin ich schnell wieder draußen. Und noch eins war klar: Ich war schlicht und einfach Quotenfutter. Wer auf dem Stuhl sitzt, ist allen Beteiligten schnurzpiepegal. Also spielte ich einfach. Selbst Tage später sollten mir die meisten Fragen, die mir vom Moderator gestellt wurden, nicht mehr einfallen.

Ich hetzte regelrecht durch die Niedrigsummen, die Fünfhundert-Euro-Gewinnstufe war schnell erreicht. Das Prinzip des erfolgreichen Quizformats ist denkbar einfach: Pro Frage bekommt man vier Antwortmöglichkeiten; hat man im Multiple-Choice-Verfahren die richtige Lösung gegeben, kommt man eine Stufe weiter und spielt um den doppelten Betrag. Auch die Fragen von eintausend Euro bis zur zweiten sicheren Stufe von sechzehntausend Euro ließen sich quasi nebenbei beantworten. Ich wunderte mich über mich selbst. Ich ließ mich zu dem einen oder anderen Scherz hinreißen, immer eingedenk, dass ich so schnell als möglich mit Katja oder noch besser mit Stürzinger telefonieren musste. »Natürlich, Herr Roth, ist das Tanztheater von Pina Bausch in Wuppertal beheimatet, nicht in Solingen oder Bochum. Nein, nein, da bin ich mir ganz sicher. Nein, keinen Joker. Doch, ich bin absolut sicher! In Wuppertal schwebt nicht nur die Bahn.« Mach hinne! Ich verlor zwischenzeitlich den Euro-Stand aus den Augen. Was Klinophobie bedeutet? Angst vor Betten. Weiter bitte, denn nun hatte ich die sechzehntausend Euro sicher. Puh, entspannen.

Der Moderator verzweifelte langsam angesichts meiner Zockerqualitäten. Zugegeben, mehr als einmal riet ich munter vor mich hin, denn es war ein Spiel. Mehr nicht. Wen interessiert zum Beispiel, wer 1976 beim Elfmeterschießen patzte und Deutschland im Spiel gegen die Tschechoslowakei um die Europameisterschaft brachte? Richtig: niemanden. Jürgen Roth hielt es speziell hier für nötig, mich an die drei Joker zu erinnern: Man kann das Publikum befragen, oder zwei falsche Antworten löschen lassen, oder einen von seinen drei Telefonjoker anrufen. Also tat ich ihm den Gefallen und befragte das Publikum. Die Mehrheit des Publikums entschied, dass Uli Hoeneß der Sündenbock war. Ich schloss mich dieser Mehrheit an und war eine Runde weiter. Dass eine Oper von Prokofjew »Die Liebe zu den drei Orangen« heißt, weiß dann wirklich jeder, und ich grübelte, warum die so etwas überhaupt jenseits der Fünfhundert-Euro-Gewinnstufe fragten. Um Jürgen einen Gefallen zu tun, machte ich dennoch ein wenig Theater, tat, als wolle ich vielleicht das den Fiftyfifty-Joker ziehen. Dann antwortete ich endlich. Spannung. In die Auflösung kam die Schlusströte. Ich war Überhangkandidat für die nächste Aufzeichnung.

Prima, dachte ich mir, schnell in München anrufen. Katja über die Ungereimtheiten informieren. Die Prinzessin anrufen. All das. Doch kaum war ich vom Stuhl, schnappte mich eine Redakteurin, gratulierte mir zu was auch immer, und schleppte mich in den ersten Stock zu den Aufenthaltsräumen.

»Nein, jetzt können wir Sie leider nicht kurz telefonieren lassen, Herr von Schwind«, beschied man mir lapidar. »Was auch immer Ihnen so wichtig erscheint, es muss warten.«

Klamotten wechseln, etwas trinken, noch mal Maske, kurzes Interview für die Website von RTL. Fotos mit Jürgen Roth machen. Schon hieß es »Aufzeichnung Zwei geht los«.

Zehn neue Kandiaten saßen im Kreis hoffnungsvoll auf ihren Stühlchen und warteten gierig darauf, dass ich endlich den Weg freimachen würde. Als ob das wirklich so wichtig war! Ich war nur körperlich anwesend, grübelte und kombinierte verzweifelt. Ach ja, ich tat so, als sei statt ein paar Minuten ein ganzer Tag zwischen den Sendungen gelegen. Heuchelte, ich hätte schlecht geschlafen und mich mit aller Welt darüber unterhalten, was ich mit dem Geld machen würde.

Dann die Weiß-der-Geier-wie-viel-Euro-Frage. Als Jürgen Roth sie vorlas, und sie gleichzeitig auf meinem Monitor erschien, schlug es bei mir ein wie der Blitz.

»Was versteht man unter den indischen Hijras? Sind das a) Elefantenführer; b) Angehörige der höchsten Kaste; c) Nagelbrettfakire; d) Eunuchen, die als Frauen leben?«

Das Studiopublikum stöhnte auf. Sauschwere Frage.

Wie hieß Christoph gleich noch mal mit zweitem Namen? Eben hatte ich es noch im Pass gelesen und nicht weiter darauf geachtet. Laurens – wie sein Vater.

Was hatte die Prinzessin gesagt, wohin ihr Sohn unterwegs war, als er verschwand? Hijras.

Warum hatte Thomas Gebrecht betont, dass seine Frau Mona Wenzel einst Laura Meitinger sehr geliebt hatte? Weil Christoph Prinz zu Badenstein-Fürengroot-Badenstein auf den Spuren der Hijras wandelte, sich von Indien nach Thailand begab, wo man auch schon Anfang der achtziger Jahre des vorigen Jahrhunderts eine ordentliche Geschlechtsanpassung bekommen konnte, und dann als Laura Schmid zurückkehrte, die eine neue Identität bekam. Alles, weil die Prinzessin natürlich verhindern wollte, dass ihre Familie offiziell mit so einem schwarzen Schaf leben musste. Vertuschen und manipulieren, das verlangte der Standesdünkel, und alles war glatt gegangen. Laura Meitinger lebte bei dem Sohn, den sie als Mann gezeugt hatte und hätte ein geruhsames Leben führen können, wenn nicht … Ja, was wenn …?

»Herr von Schwind«, drängte sich Jürgen Roth in meine Gedanken. Sein Ton war leicht ungehalten. Ich hatte offenbar schon zu lange schweigend da gesessen. Mein Gott, die Quote! Mundfaule Grübler verführten zum Zappen.

»Äh, ich möchte bitte einen Telefonjoker anrufen«, sagte ich schnell. »Und zwar Katja Bremer, oder nein, doch lieber Klaus Stürzinger. Hmm, ach, ich rufe Katja Bremer an.«

»Gut«, flötete der Moderator. »Was zeichnet denn Frau Bremer aus, dass Sie sie nun anrufen wollen?«

»Sie ist eine gute Freundin und Theologin.«

»Das ist nun nicht gerade eine theologische Frage, oder?«

Schlaumeier. »Stimmt, aber sie weiß allgemein sehr viel. Gerade über Indien.«

Schon wurde von der Regie der Wählton eingeblendet. Dann meldete sich meine Freundin so, wie man es den Telefonjokern eingebläut hatte – nach dem dritten Tuten sowie mit Vor- und Nachnamen: »Katja Bremer.«

»Jürgen Roth hier, guten Abend.«

»Guten Abend, Herr Roth.« Katja war die Ruhe selbst. »Hat er es also geschafft?«

»Ja, ihr Freund Felix von Schwind sitzt hier. Haben Sie denn daran gezweifelt?«

»Keine Spur! Wer, wenn nicht er sollte auf den Stuhl kommen.« Gelächter.

»Sehen Sie. Sie sind sein zweiter Joker und raten Sie mal, bis wohin er es geschafft?« Mussten die jetzt auch noch ewig herumplänkeln? Plauder, plausch. Hundertfünfundzwanzigtausend Euro. Katja wowte pflichtgemäß. Laber, sülz. Und ich saß auf Kohlen. Dann endlich kam ich zum Zug. Dreißig Sekunden Zeit.

»Pass auf Katja, die Frage ist nicht so wichtig, denn ich kenne die Lösung. Indische Eunuchen, die als Frauen leben, nennt man Hijras. Nicht wahr?« Noch zwanzig Sekunden. Katja stammelte verwirrt: »Ja, soweit ich weiß, ja.«

»Verschollene Söhne, die auf den Pfaden der Hijras wandeln, nennt man Laura. Kapiert?« Noch fünfzehn Sekunden.

Katja rief: »Ach du meine Güte! Du hast Recht! Ich habe übrigens über Bodh Gaja recherchiert, wo Christoph verschwand. Dort steht der Baum, unter dem Buddha meditierend Erkenntnis erlangte!«

»Das passt ja wie die Faust aufs Auge! Hijras ist die Lösung. Unternimm nichts, bis ich mich wieder melde!«

Katja sagte noch kurz: »Okay, Hijras…« Aus. Die Verbindung wurde unterbrochen. Jürgen Roth sah mich irritiert an. Katja würde hoffentlich die richtigen Schlüsse ziehen.

»Darf ich kurz unterbrechen?«, quäkte die Stimme des Regisseurs aus dem Studiolautsprecher. »Herr von Schwind, was machen Sie da? Sie wissen, dass Sie Ihren Gewinn nur dann ausgezahlt bekommen, wenn diese Aufzeichnung auch tatsächlich ausgestrahlt wird? So, wie das eben lief, können wir das nicht senden. Wir haben Frau Bremer in der Leitung gehalten. Herr von Schwind, Sie wussten die richtige Antwort auch ohne Telefonjoker und wir werden in jedem Fall Antwort D einloggen. Wir wiederholen das ganze Telefonat noch einmal. Diesmal tun Sie bitte so, als ob Frau Bremer Ihnen die Antwort sagt, einverstanden?«

»Klar«, sagte der Moderator und ich nickte.

»Wir spielen noch einmal den Wählton vom Band ein, da können wir gut anschließen. Und Ruhe bitte.«

Wir wiederholten den Anruf, wie es erwartet wurde, und ich war mir absolut sicher, dass ich nun genau wusste, wer Laura Meitinger auf dem Gewissen hatte. Jetzt konnte ich relaxen und gehen.

Waren wirklich die Alibis *aller* Beteiligten richtig überprüft worden?

Waren Mona Wenzel und später auch Thomas Gebrecht wirklich zufällig zur oder kurz nach der Tatzeit im Haus gewesen?

Als ob mich diese Fragen nicht schon genug beschäftigten, las auch Jürgen Roth schon wieder eine momentan irrelevante Frage vor: »Wie heißt Krusty, der Clown, aus der Zeichentrickserie *Die Simpsons* mit richtigem Namen?«

Noch bevor die Antworten eingeblendet wurden, unterbrach ich ihn und tat etwas, was ich immer schon gerne machen wollte, also sagte ich: »Darf ich antworten, bevor die Lösungen kommen, denn als Fan weiß ich, dass er Herschel Krustofsky heißt. Bitte einloggen. Keine Joker.«

Wie viele Fragen denn noch? Kapierten die nicht, dass ich schnellstmöglich nach München musste? Warum grinsten mich alle so dämlich an? Warum rollte Jürgen Roth so mit den Augen?

»So, Herr von Schwind, nun geht es also um eine Million Euro!«, rief der Moderator ganz verzückt. »Sind Sie bereit?«

Nein, ehrlich gesagt war ich nicht bereit, denn ich war mental kurzfristig ausgestiegen. Man hätte mich nach meinem Namen fragen können – *nada.* Großes schwarzes Loch im Hirn, einfach so, von jetzt auf hopp. Wie hieß doch gleich der wahnsinnig attraktive Kerl, in den ich unsterblich verliebt war? Egon? Nein, aber so ähnlich. Ich stierte vor mich hin und nickte blöde. Ich konnte noch immer nicht glauben, wie ich das Puzzle gelöst hatte. Was zählte daneben? Schnöder Mammon etwa? Gut, eine Million Euro sind ein Argument zur erhöhten Konzentration. Emil hieß mein Herzensschatz. Das schwarze Loch füllte sich langsam mit Hirn. Bestens, ich war wieder da.

»Was versteht man unter Braguette? a) einen Spezialschliff für Diamanten; b) die mittelalterliche Schamkapsel; c) eine südamerikanische Sukkulente; d) einen Bootstyp aus dem Mittelmeerraum.«

Keine Ahnung. Nicht den Hauch einer Ahnung. Was nützte mir da noch der Fiftyfifty-Joker, den ich sofort in die Waage schmiss. Und die Schamkapsel und die Sukkulente blieben stehen.

»Sie wissen, was eine Schamkapsel ist?«, fragte der Moderator mit zynischem Lächeln. Jetzt, glaubte er, hat er mich.

»Ja, das trug der modische Mann im Mittelalter, um damit sein Gemächt deutlich zu betonen«, antwortete ich gelassen, schließlich habe ich all die Jahre im Fachgebiet Gemächtkunde einiges Wissen sammeln können. »Heute hat ein Porsche diese Funktion übernommen.« Das Publikum johlte anzüglich.

»Und eine Sukkulente ist eine Art Kaktee.« Doch es war mir einfach zu heiß. Zwar vermutete ich, dass die Schamkapsel die richtige Antwort sein muss, doch ich riskierte, auf sechzehntausend Euro zurückzufallen, wenn ich falsch lag. Also beschloss ich, mit den Fünfhunderttausend nach Hause zu gehen. Das sind eine Million Mark, flüsterte mein kleines Umrechnungshirn, das seit der Euro-Einführung vor allem bei größeren Beträgen immer noch nicht zur Ruhe kommt.

»Ich steige aus«, sagte ich. Lieber feige und reich, als mutig und abgestürzt. Aber war ich wirklich feige? Ich hatte eine gute Freundin eines Kapitalverbrechens überführt. Und mit einiger Sicherheit würde ich nun nicht das horrende Honorar kassieren, das mir besagte Freundin in Aussicht gestellt hatte.

»Es war nett mit Ihnen«, schleimte ich ein wenig und rutschte dynamisch vom Stuhl. Händeschütteln und tschüss.

Die Presseleute von RTL schleppten mich in ein Büro, Verträge unterschreiben. Eine halbe Million sind Grund genug für Pressemitteilungen und vorbereitete Interviews, die ich schnell geben musste.

»Am Samstag wird die Sendung ausgestrahlt, daher empfehlen wir, dass Sie ab diesem Tag für mindestens zwei Wochen Urlaub nehmen und abtauchen! Nur wir dürfen wissen, wo Sie sind.«

Schon gut. Dass ich eben so viel Geld gewonnen hatte, dass ich kotzen könnte, realisierte ich immer noch nicht. Es war viel zu abstrakt. Das Theater ringsum. Man ließ mich nicht sofort zum Bahnhof und zurückfahren.

Was ist fünfhunderttausend anderes als eine Zahl?

22

Ich packte Wochen später in Emils Beisein das Geschenk der Prinzessin aus. Mir stockte der Atem. Es war das Gemälde von Francis Bacon, das in ihrem Büro gehangen hatte. Ein männlicher Akt in klassischer Bacon-Verzerrung. Grandios gemalt und abgesehen davon locker mehr wert, als die Summe, die ich gewonnen hatte. Ein Portrait von Christoph zu Badenstein, wie mir der Titel verriet, der auf der Bildrückseite handschriftlich vermerkt war. Ein Briefumschlag aus feinem Bütten klemmte hinten zwischen Leinwand und Keilrahmen. Ich öffnete ihn. Auf dem Papier darin stand nur »Danke für alles, was du für mich getan hast, Isabella«.

• • •

Damals, als ich noch in Köln gewesen war und endlich eine freie Minute gefunden hatte, um das Handy herauszukramen, das mir Erzengel geliehen hatte, musste ich mich erst noch beinahe mit einer Redakteurin prügeln, die mir das Telefon entwinden wollte. »Denken Sie daran, dass Sie niemandem vor Ausstrahlung der

Sendung über Ihren Gewinn informieren dürfen!« Schon gut, das hatte ich ohnehin nicht vor.

Es war mitten in der Nacht gewesen, doch ihre Haushälterin Ilonka war schon nach dem ersten Klingeln dran gewesen und hatte mich sofort zur Prinzessin durchgestellt – nicht ohne mich noch darauf hinzuweisen, das vorhin Frau Katja Bremer angerufen hätte und auf Wunsch der Prinzessin abgewimmelt worden sei.

»Felix.« Der Atem der Prinzessin rasselte. »Ich habe schon mit deinem Anruf gerechnet! Endlich.« Sie hielt die Hand vor die Muschel und sagte leise in den Raum: »Penelope, mein Schatz, lass mich bitte fünf Minuten alleine telefonieren. Danke.«

»Gut, Isabella«, begann ich. »Hijras sind indische Eunuchen, die wie Frauen leben, meist als Prostituierte. Keine Transsexuellen. Dein Sohn war keine Hijra. Er hat sich in Bangkok zur Frau operieren lassen, Gesichtsveränderung inklusive. Damit das bei der Obduktion nicht sofort auffällt, wurde eine schnelle Freigabe der Leiche gefordert. Und deshalb wurde auch dafür gesorgt, dass nicht Klaus Stürzinger die Ermittlungen leitet. Er wäre euch womöglich schnell auf die Schliche gekommen. Die unerfahrene Ingeburg Müller ließ sich viel einfacher in Schach halten.«

Wie zur Bestätigung hustete die Prinzessin.

»Zurück zu Christoph, von Laurens nach Laura ist es nur ein kleiner Schritt. Als Laura konnte er bei seinen Freunden Unterschlupf finden und immer bei seinem Sohn sein. So weit, so klar. Du hast für sie offiziell die Geschäfte weitergeführt. Dieses Arrangement konnte nur so lange funktionieren, so lange alle mitspielten. Doch nun wollte Laura ihren Sohn Ulrich aufklären. Ihm von seinem wahren Vater erzählen. Das, liebe Prinzessin, konnte dir nicht gelegen kommen. Wo der Ruf gleich zweier guter Namen auf dem Spiel steht! Die Esterhazys und die Badensteins. Nicht wahr?«

»Wozu sollte ich dir widersprechen, Felix«, sagte die alte Dame matt. »Meine Kinder haben mir einiges zugemutet, ich habe viel geschluckt! Wenn mein Gatte nicht so früh gestorben wäre, wäre sicher manches anders gelaufen. Der hätte nicht zugesehen, wie sein Sohn für einen anderen Kinder zeugt und sich dann in eine Frau verwandelt, um mit dem, für den er die Kinder gezeugt hat, ins Bett zu gehen. Pfui, wie ein billiges Flittchen, ein Luder! Ich habe sehr viel *ge*duldet, mehr noch *er*duldet! Christoph wollte Laura sein. Gut, ich habe mich damit arrangieren müssen. Es ist schließlich mein Kind. Doch nun wollte er es seinem Sohn sagen, weil dieser vermaledeite Krebs seine tödlichen Finger auch nach ihm ausgestreckt hatte. Das konnte ich nicht zulassen! Das hätte ich nicht mehr ertragen können!« Sie seufzte schwer und wiederholte: »Das konnte ich nicht mehr ertragen! Diese Schande, die unsere Familie für lange Zeit ruiniert hätte.«

»Du hast Laura im Streit mit dem Brieföffner getötet, oder?« Schweigen am Ende der Leitung, doch ich hatte die Geschichte, während ich im Studio dumme Fragen für Geld beantwortet hatte, wasserdicht zu Ende kombiniert. Also fuhr ich fort: »Der erste Stich in den Rücken, dann hat sie sich erschrocken umgedreht und du hast noch einmal zugestochen. Ich vermute, du hast im Affekt gehandelt und anschließend selbst Mona und ihren Mann angerufen, die dann ins Haus gekommen sind, wo ihr euch beraten habt, was zu tun ist. Mona und Thomas haben nur lückenhafte Alibis, du ebenfalls, beziehungsweise ist deins sicher nie überprüft worden. Man wird letztlich niemandem von euch endgültig den Mord an Laura Meitinger nachweisen können. Denn selbst wenn ich nun zur Polizei gehe, und sage, dass du mich extra engagiert hast, um dich zu überführen, dass du mir ständig Hinweise gegeben hast, zuerst über deinen Angestellten Pickel-Jens, dann per Mail, dann ist damit nichts bewiesen. Habe ich Recht?«

»Du hast eine brillante Kombinationsgabe, Felix von Schwind«, antwortete sie keuchend. »Ich freue mich, dass ich mich in dir nicht geirrt habe. Du täuschst dich jedoch in einem Punkt: Thomas und Mona waren wirklich nur zufällig zur Tatzeit im Haus und haben nichts mitbekommen, was das Schicksal von Chris… von Laura anging. Weder Thomas noch Mona sind zu den Schlussfolgerungen gekommen, zu denen du gekommen bist. Sie wollen nur einander schützen! Ist das nicht amüsant? Ich halte meine Familie für äußerst schützenswert. Meine kleine Penelope sitzt jeden Abend bei mir am Krankenlager. Ich habe sie hinausgeschickt. Sie weiß nicht, worüber wir beide sprechen. Und das ist auch einerlei. Sie heiratet in Bälde, das alleine zählt. Und ich werde nicht mehr dabei sein können. Lebe wohl, Felix, mein Kleiner. Gönne mir Frieden. Denn ich werde nun für alles, was ich tat oder nicht tat, ohnehin schwer bestraft.«

»Halt, Prinzessin«, rief ich noch. »Wir werden gemeinsam die Polizei informieren.«

»Felix, bitte!« antwortete die alte Dame tadelnd. »Du weißt: *De mortuis nil nisi bene.* Denk an diese Worte.«

»Isabella«, insistierte ich unbeirrt. »Ich bitte dich. Erleichtere dein Gewissen, und gestehe, was du getan hast!«

»Nein«, sagte sie und hustete erbärmlich. »Das werde ich nicht. Ich habe nun viel Wichtigeres vor.«

• • •

»Ich habe gleich bei der Prinzessin angerufen«, begrüßte mich Katja atemlos. Ich hatte sofort ihre Nummer gewählt, nachdem die Prinzessin das Telefonat mit mir beendet hatte. »Die hat mich aber so was von abwimmeln lassen! Sie war es, oder? Ist sie eine Kindsmörderin?«

»Denke schon«, sagte ich. »Ich habe eben mit ihr gesprochen. Ich habe ihr auf den Kopf zugesagt, was ich denke. Und soll ich dir was sagen? Sie hat mit keinem Wort etwas zugegeben. Sie hat ums Verrecken nicht gesagt: Ja, ich war's. Keinen Ton. Weißt du, was sie stattdessen sagte: Man soll nichts Schlechtes über die Toten sagen.«

»Was will uns das nun wieder sagen?«

»Sie stirbt.«

»Also doch eine Art Geständnis. Denn damit gibt sie letztlich zu, dass sie es war.« Katja schwieg einen Moment.

»Diesen Schluss lässt es in der Tat zu«, sagte ich.

»Ach, Felix. So eine Scheiße. So eine verdammte Scheiße. Ich mochte die alte Schachtel wirklich gerne.« Hörte ich da einen unterdrückten Schluchzer? »Sie hatte ihren Standesdünkel und diesen Familienspleen, sicher. Doch sie war eine klasse Frau und unheimlich integer. Wer hätte gedacht, dass sie deshalb eines ihrer Kinder töten würde.« Nun vernahm ich deutlich einen Schluchzer durch den Telefonhörer.

»Katja?«, fragte ich. »Alles in Ordnung?«

»Klar«, schniefte sie. »Nur ein wenig erkältet.«

»Vorhin, als wir dich in der Sendung angerufen haben, warst du noch pumperlgesund.«

»Schnauze, Schwind.« Sie schluckte deutlich hörbar. »Die Prinzessin hat also das schwächste Glied in ihrer Familie beseitigt, um die Familie an sich nicht zu zerstören. Und sie hat dich ganz schön manipuliert.«

»Sie tut es immer noch.«

»Sie hat dich engagiert, sie zu überführen. Und sie hat es so geschickt gemacht, dass man ihr schwerlich etwas nachweisen kann. Du bist quasi der Hüter ihres Vermächtnisses. Klingt das nicht super melodramatisch? Du musst jetzt entscheiden, ob sie am Ende ihrer Tage noch Ärger mit der Polizei bekommt, oder nicht. Deine Aussage stünde gegen ihre und die Bullerei müsste in jedem Fall im Dreck wühlen ...«

»Schnauze, Bremer«, unterbrach ich sie. Katjas Rührung mit dem Schicksal der Prinzessin hatte auch mich ergriffen.

»Was willst du nun tun? Steht eine Aussage bei der Polizei noch zur Debatte?

»Was weiß denn ich«, sagte ich langsam. Ich lehnte mich gegen eine Wand. »Gib mir eine Nacht. Morgen, wenn ich wieder in München bin, sehen wir weiter.«

»Ach, bevor ich es vergesse! Wie viel hast du denn eigentlich abgestaubt bei Jürgen Roth?«

»Eine halbe Million.«

»Glückwunsch.«

* * *

»Ich habe nun viel Wichtigeres vor«, hatte die Prinzessin zum Ende unseres Telefonats gesagt. Und sie hatte dieses Vorhaben in die Tat umgesetzt. Sofern man Ins-Koma-fallen als Wichtigeres ansehen wollte.

Als ich am nächsten Tag wieder in München war, erfuhr ich, dass die Prinzessin bereits mehrere Stunden ohne Bewusstsein war.

Die alte Dame starb neun Tage später, ohne je aus dem Koma erwacht zu sein. Thomas Gebrecht und Mona Wenzel beteuerten nach wie vor, dass sie bei ihren kurzen Aufenthalten zur Tatzeit niemand anderes im Haus gesehen hatten. Man konnte ihnen jedenfalls rein gar nichts nachweisen. Kurze Zeit später sortierte Kommissarin Ingeburg Müller die Akten zum Mordfall Laura Meitinger bei den ungelösten Fällen ein, die auch in Zukunft nicht zu klären sein werden. Denn man soll nicht Schlechtes über die Toten sagen, also sagte ich nichts. Was hätte es auch gebracht?

Den Pass und die anderen Unterlagen, die ich aus dem Schubfach hatte mitgehen lassen, ließ ich eines schönen Tages, als ich Penelope meine Aufwartung machte, unauffällig wieder im Schubfach verschwinden.

23

Mona Wenzel veröffentlichte unter ihrem Namen in schneller Folge ihr Trauerverarbeitungsbuch, dann ein Kochbuch unter dem Motto »Futter dich schön« und einen Ratgeber zum Thema »Knackig bleiben bis zur Vergreisung« – die Bücher waren alle von Ghostwritern erstellt und schnellten auf die ersten Plätze der Verkaufscharts. Der Name derer von Badenstein-Fürengroot-Badenstein blieb trotz aller offenen Fragen rein, das Luder, das eigentlich nie eins war, würde niemandem mehr schaden. Und so konnte Penelope Kazmarek in Ruhe weiter ihre Vermählung mit einem Wittelsbacher vorantreiben und eine Prinzessin von Bayern werden.

Nichts änderte sich.

Oder doch?

Nach meinen zwei Wochen abtauchen (Emil hatte sich zum Glück noch mehr Urlaub nehmen können und wir waren einfach nach Bali geflogen, wo wir uns Luxus pur gaben), stellte sich heraus, dass mein Gewinn mir genau sechsundzwanzig Heiratsanträge per Telefon, Brief und E-Mail von diversen Damen eingebracht hatte. Kein einziger Herr war darunter. Offenbar war ich das, was in schwulen Kontaktanzeigen gerne als »Heterotyp« gesucht oder angepriesen wird. Vier ehemalige Klassenkameraden nahmen urplötzlich Kontakt zu mir auf (davon zwei aus der Grundschule), nur um festzustellen, was eigentlich vorher schon klar war: Nämlich, dass wir uns rein gar nichts zu sagen hatten. Hundertsieben Bettelbriefe landeten im Altpapier. Und Erzengel machte mich zur Sau, denn Braguette ist heute noch das französische Wort für Hosenschlitz. Also hätte ich ihn als Telefonjoker bestimmen sollen und hätte Katja nicht mit unnützen Telefonaten belästigen sollen und hätte eine Million Euro gewinnen können und hätte, hätte, hätte ... Ich ärgerte mich nicht wirklich und Erzengel saß längst wieder im Flieger nach Hollywood, wo er sich hemmungslos seinem gestörten Körperverhältnis hingeben konnte. Denn schließlich war das der Geburtsort aller gestörten Körperverhältnisse.

Emil, der von allem im fernen Stockholm nichts mitbekommen hatte, barst jedesmal vor Stolz, wenn wir uns meinen TV-Auftritt ansahen. Was wir eigentlich zu unserer Hauptbeschäftigung erkoren hatten. Nur das liebeskranke Terrorisieren von Ulrich Gebrecht störte wirklich. Jeden Tag hatte er mir eine E-Mail geschrieben und mir darin seine ewige Liebe geschworen. Gott sei Dank hatten Emil und ich uns auf Bali ausgesprochen – oder zumindest so etwas Ähnliches: An einem herrlichen Abend hatte er nach drei Cocktails ein wenig herumgedruckst und mich gefragt, ob ich denn in den drei Wochen unserer Trennung irgendwelche Eskapaden gemacht hätte. Da er mich so was nie fragen würde, wenn er nicht selbst etwas zu beichten hatte, hatte ich keck zurückgefragt, ob er irgendwelche Eskapaden im ewigen Eis gehabt hätte.

Ein sehr gedehntes »Nein, nichts, was dich beunruhigen könnte« war seine Antwort gewesen.

»Bei mir war auch nichts Beunruhigendes«, hatte ich geantwortet und es war ja auch nach dieser Definition nichts Beunruhigendes vorgefallen. Wir hatten uns tief in die Augen geschaut und uns so schnell wie möglich auf den Weg in unser Zimmer gemacht. Der Sex in dieser Nacht war so gut wie schon lange nicht mehr, weil der Akt an sich nur nette Nebensache wurde.

Als Ulrich Wenzel nach unserem Traumurlaub mal wieder anrief und Emil zufällig ans Telefon ging, weil ich zu faul zum Aufstehen war, hörte ich ihn sagen: »Hör zu, Süßer, nur weil du wahrscheinlich seinen Schwanz gespürt hast, brauchst du dir nichts einbilden. Ich spüre täglich sein Herz.« Dann legte er auf und kam zu mir aufs Sofa zum kuscheln. Ich schwieg und hätte vor Rührung fast heulen können. Das Thema war endgültig gegessen.

• • •

Eben hatte ich meinen Kontoauszug zum unzähligsten Male laut vorgelesen. Es war immer noch nicht ganz in mein Bewusstsein gedrungen. Ich war reich. Nicht nur durch den Gewinn, auch Penelope Kazmaerk hatte anstandslos das Honorar, das mit ihre Mutter zugesagt hatte, überwiesen. Ich brauchte mir keinerlei finanzielle Sorgen mehr machen. Warum kapierte ich das nicht? In der Videoaufzeichnung konnte ich gut sehen, dass ich während der Show ein Zombie war und nichts von dem kapierte, was um mich herum geschah.

»Und jetzt?«, fragte Emil mich. »Was willst du machen? Du brauchst nicht mehr arbeiten.«

»Als ob Nichtstun was für mich wäre!«, antwortete ich. »Ehrlich gesagt, habe ich keine Ahnung, was ich tun soll.« Klar, ich könnte mich ein wenig um den plötzlichen Familienzuwachs Sandra kümmern, deren Luderkarriere schon nach wenigen Wochen festgefahren war. Doch das wäre eine Mitleidsaktion gewesen und auf so was hatte ich keine Böcke mehr. Und der persönliche Medienreferent von Erzengel werden schien mir auch nicht der Brüller.

»Wie wäre es, wenn du Krimis schreiben würdest?«, schlug Emil vor. »Vier Themen hast du ja schon.«

Das war in der Tat überlegenswert. »Soll ich gleich mit dieser Geschichte anfangen?«, fragte ich und überlegte mir fieberhaft einen Einstieg. Es müsste mit dem Besuch bei Mona Wenzel beginnen, oder noch besser mit dem Telefonat, in dem Emil sich als Bärentöter outete. »Eigentlich eine geile Idee. Und das ganze nenne ich dann einfach *Luder!*«

»Na ja«, Emil schien nicht begeistert. »Das klingt nicht nach Krimi. Und eigentlich war Laura Meitinger kein Luder, oder?«

»Das fällt unter künstlerische Freiheit, Mann.«

»Nenn es halt *Tod eines Luders,* das ist krimitechnisch besser.«

»Als ob du krimitechnisch eine Ahnung hättest!«

»Mehr als du, schließlich bin ich ein Killer!«

PS:

Handlung und Personen sind frei erfunden, jede Ähnlichkeit mit lebenden oder toten Personen wäre rein zufällig. Die geschilderte TV-Sendung hat so natürlich nie stattgefunden. Die Quizzen ist Trumpf-Fragen habe ich mir selbst ausgedacht. Es ist aber sehr gut möglich, dass diese oder ähnliche Fragen bereits in irgendeiner der zahlreichen Quiz-Formate vorkamen. Auch hier wäre eine Übereinstimmung rein zufällig.
Für alle, die bisher noch kein anderes Felix-Abenteuer gelesen haben und daher nicht wissen, was der korsische Lieblingsfluch von Erzengel *»Ch'è tu crepi«* bedeutet: Wörtlich übersetzt heißt es »Du sollst krepieren«, wird aber als allgemeiner Ausdruck à la »Scheiße«, »Fuck«, o. Ä. benutzt.

• • •

Dank einzig und allein an Carsten. Für alles und noch mehr.

Clemens Ismann

WECHSEL-JAHR
12 Erzählungen, 240 Seiten
€ 13,95 (D, A) / SFr 24,40
ISBN 3-86187-376-1

Ein Jahr – 12 Geschichten, in denen es turbulent zugeht:

Können sich Hasen in Ratten verwandeln? Oder Husaren in Matrosen? Können fünf Freunde am Herrentag in einer grünen Minna landen? Kann einen coolen Typ bei heißen Nummern eiskalt die Liebe erwischen? Ein Lottogewinn bekommt Flügel, ein Pauker fällt durch - in zwölf Geschichten wird es stürmisch, wenn Clemens und sein Partner den Ehehafen verlassen und in See stechen. Kein Wunder bei ihrem Motto: Treue ist doch nur ein Wort.

Der Erfolgsautor Clemens Ismann weiß, wie er Geschichten erzählt, die das Leben schrieb. Liebe, Lust und Frust - diese Gefühle sind so in den Text eingewoben, dass man sie beim Lesen geradezu verspürt, so als wäre man selbst einer der Protagonisten. Schade, dass ein Jahr nur 12 Monate hat ...

»Clemens Ismann [...] kennt seine Pappenheimer nur zu genau [...] und macht sich treffend, aber voller Sympathie lustig über seinesgleichen [...] Da schreibt ein Kenner mit scharfer Beobachtungsgabe – erfrischend einfach, ungestelzt und pointiert ...«

Jürgen Bieniek

Kriss Rudolph

L.A. AFFÄRE
Roman, 224 Seiten
€ 12,95 (D) / SFr 22,80 / € 12,95 (A)
ISBN 3-86187-293-5

Liebe liebt Überraschungen

Los Angeles: Stadt der Liebe, Träume und Überraschungen. Ben, Berliner durch und durch, hat sich Hals über Kopf in L.A. in Adam verliebt und nach zwei langen strapaziösen Jahren Fernbeziehung Berlin – Los Angeles sitzt er endlich im Flieger mit Ziel Hafen der Liebe. diesmal will er bei Adam bleiben und ihm nicht nur sein Herz schenken – nein, alles will er mit ihm teilen. Der Entschluss ist gefallen.
Doch Adam bekommt plötzlich kalte Füße und macht sich aus dem Staub und Ben steht allein im fremden Land. Eine abenteurliche Affäre nimmt ihren Lauf, die so ganz anders ist, als Ben das erwartet hätte …

Kriss Rudolph wurde vor 31 Jahren gegen seinen Willen in die niedersächsische Provinz hineingeboren und hat schon während seiner unglücklichen Jugend Texte geschrieben, die jedoch nie veröffentlicht wurden – sehr zu recht, wie er heute findet.
In Los Angeles arbeitete er für ein deutsches TV-Boulevardmagazin und begann mit der Arbeit an L.A. AFFÄRE.
Heute lebt der Autor in Berlin, wo er für einen Radiosender arbeitet, an seinem zweiten Roman schreibt und auf seine Green Card wartet.

Gerke van Leiden

NUR FLIEGEN IST SCHÖNER
Roman, 240 Seiten
ISBN 3-86187-375-3
€ 14,95 (D) / SFr 26,00 / € 14,95 (A)

Eine Roadstory um eine Motorradausfahrt mit dreifachem Happyend vom Meister der Pornografie Gerke van Leiden.

Lukes größter Wunsch ist, dass ihm endlich mal sein Riesenschwanz ordentlich geblasen wird. Doch seine Angetraute ekelt sich vor dem Ding, weil es ungeheure Mengen an Sperma verschleudert. Sein Schwager, der schon lange ein Auge auf Luke geworfen hat, weiß Rat: Schwule blasen gern, und logischerweise machen sie das zudem sehr gut. »Wenn wir an der schwulen Motorradtour Germanica teilnehmen, wird sich bei hundert Teilnehmern schon einer finden, der es dir besorgt ...«
Gesagt, getan, und das Abenteuer beginnt, bei dem Luke so einiges lernt: Die Freude am Motorradfahren in der Gruppe, die Genüsse des Sex von Mann zu Mann, dass Schwule von Heten sich eben doch unterscheiden und dass unter bestimmten Umständen selbst der beste Freund nicht immer meint, was er sagt.

Vom selben Autor bei BRUNO GMÜNDER erschienen:

DAS WEISSWURSTFRÜHSTÜCK UND ANDERE SAUEREIEN
Erzählungen, 224 Seiten
€ 12,95 (D) / SFr 22,80 / € 12,95 (A)
ISBN 3-86187-250-1

Neues aus der Schweiz

Fritz Kobi:
HEISSER DAMPF
Kriminalroman, 240 Seiten
€ 12,95 (D) / SFr 23,80 / € 12,95 (A)
ISBN 3-86187-380-X

Mord in der Sauna. Und der ermittelnde Kommissar entdeckt im Laufe der Ermittlungen seine Homosexualität. Und verliebt sich ausgerechnet in den Hauptverdächtigen.

In einem schwulen Sauna-Club in Bern wird der 16-jährige Tomi erdrosselt aufgefunden. Kommisar Wildbolz wird beauftragt, die Ermittlungen zu leiten. In der Szene gerät er in ein Labyrinth aus Intrigen und Geheimnissen. Dabei verliebt er sich in den jungen Freund des Sauna-Besitzers. Es hagelt Bombendrohungen und Erpresserbriefe, aber Wildbolz lässt sich nicht aufhalten. Trotz eines Abschiedsbriefs des Toten glaubt er nicht an einen Selbstmord. – Und er behält Recht!

Ebenfalls in der Schweiz spielt diese verrückte Krimi-Persiflage von Haymo Empl:

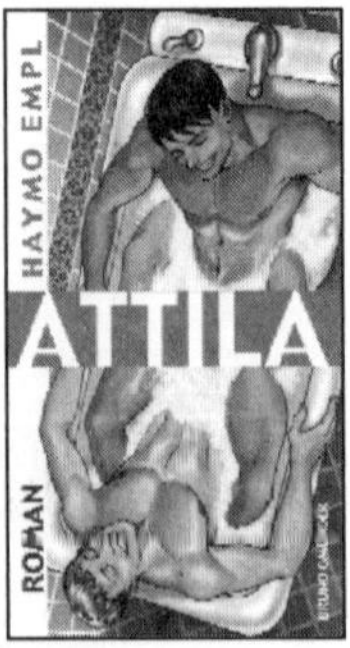

Haymo Empl:
ATTILA
Roman, 224 Seiten
€ 12,95 (D) / SFr 22,80 / € 12,95 (A)
ISBN 3-86187-238-2